KB267869

무적택배

무적택배 3

이원 판타지 장편 소설

초판 1쇄 찍은 날 § 2004년 3월 17일
초판 1쇄 펴낸 날 § 2004년 3월 27일

지은이 § 이원
펴낸이 § 서경석

편집장 § 문혜영
편집 § 김희정 · 김민정
마케팅 § 정필 · 강양원 · 이선구 · 김규진 · 홍현경

펴낸곳 § 도서출판 청어람
등록번호 § 제1081-1-89호
등록일자 § 1999. 5. 31
어람번호 § 제1-0476호

주소 § 경기도 부천시 원미구 심곡1동 350-1 남성B/D 3F (우) 420-011
전화 § 032-656-4452   팩스 § 032-656-4453
E-mail § eoram99@chollian.net

ⓒ 이원, 2004

값 8,000원

ISBN 89-5831-023-5 04810
ISBN 89-5831-020-0 (SET)

이원 판타지 장편 소설

목차

3

지식의 관

위대한 비밀
■ 제9장

고대의 철인간 아담을 기동시키는 데 성공한 일로 크게 고무된 무적 택배 사람들은 새로운 정보를 얻을 수 있을 것이라는 기대를 품고 아담을 대동하여 지휘차의 조종실에 모였다.

"아담의 메모리가 일부 소실되었다고 들었는데 우리에게 필요한 정보를 얻는 데는 지장이 없겠습니까?"

우진의 염려에 지혜는 자신있는 태도를 보였다.

"그 문제는 걱정하지 마세요. 과거 활동했던 시기의 메모리 데이터는 없어졌지만, 그 밖의 기능은 전부 정상이에요. 그리고 아담은 본래부터 지휘차의 중앙 컴퓨터와 연동되어 있어서 지휘차의 기능이며 그 안에 저장된 정보를 검색하는 데도 전혀 지장이 없구요. 게다가 수정처럼 통역 기능도 수행했던 모양이에요. 우리에겐 이 이상 유용할 수 없는 존재죠."

"생긴 것과는 다르게 꽤 유능하네."

박창이 히죽 웃으며 이죽거렸다. 지혜는 그를 매섭게 흘겨보았다.

"생긴 게 어때서? 생긴 거나 성능이나 그 녀석이 너보단 훨씬 나아!"

그 말이 떨어지기가 무섭게 바다가 정색을 하고 말했다.

"지혜 씨, 로봇은 로봇일 뿐입니다. 아무리 유능해도 결코 인간을 뛰어넘을 수는 없습니다. 방금 전의 그 말씀은 취소하셔야 합니다."

별 생각 없이 내뱉은 말에 너무도 진지하게 반응하는 바다의 태도에 지혜가 황당하다는 표정을 짓는데 박창은 짝짝 박수를 쳤다.

"옳소! 아무리 그래도 누더기 로봇보다 내가 못할라고."

"누더기라니! 아담이라고 부르랬잖아!"

지혜는 열을 내면서 박창의 귀를 잡아 비틀었다.

"아야야, 꼭 말로 안 되면 폭력이야!"

"말로 하면 안 듣는 게 누군데, 그래?"

박창을 상대로 흥분하고 있는 지혜에게 마리나가 말을 걸었다.

"그런데 아담을 통해서 어떤 일부터 알아볼 생각이세요?"

지혜는 박창의 귀를 놓아주고 그를 한 번 더 째려본 다음 표정을 가다듬고 일행에게 말했다.

"알아볼 일이야 많죠. 펠레즈에 남아 있는 고대의 시설이 어떤 것인지도 알아봐야겠고, 무적택배호의 블랙박스에 찍혀 있던 이곳의 달에 남아 있는 시설 및 기지에 대한 정보에다 다른 위대한 도시에 대한 정보 등 여러 가지가 있어요. 하지만 가장 먼저 알아볼 것은 우리가 보낸 전파를 되쏘는 인공위성에 대한 것이에요."

"어떻게 알아보실 건가요? 생각해 두신 방법이라도 있어요?"

릴리가 물었다. 지혜는 어깨를 으쓱하더니 빙긋 웃었다.

"간단해요. 아담에게 연락 가능한 인공위성을 조사하게 하는 거죠. 지금 당장 해볼까요?"

박상 등은 반신반의하며 고개를 끄덕였다. 지혜는 아담에게 명령을 내렸다.

"아담, 현재 연락이 되는 이곳에서 가장 가까운 인공위성을 찾아봐."

―예.

아담이 대답하자마자 계기판이 저절로 조작되더니 모니터가 켜지고 문자와 마크로 이루어진 메시지가 나타나자 아담이 말했다.

―기스칼 제3호 중앙 인공위성에서 답신이 왔습니다.

지혜는 즉시 자신의 휴대용 단말기를 꺼내 저장해 둔 정보를 불러내 모니터에 나타난 영상과 비교해 보더니 기쁜 얼굴로 일행에게 말했다.

"우리가 처음 여기 왔을 때 무적택배호에서 액세스했던 상대가 이것이었군요. 그때와 동일한 메시지와 마크예요."

"아직도 가동 중인 인공위성이 있다니 도저히 믿어지지 않네요."

우진이 믿기 어렵다는 표정을 했다.

"그러게. 손보는 사람도 없이 혼자 천 년을 버텼다는 이야긴데, 대체 인공위성이 얼마나 튼튼하다는 거야?"

박창도 혼잣말처럼 중얼거리며 고개를 갸우뚱거렸다. 박상은 아담에게 물어보았다.

"아담, 지금 답신을 보내온 것은 어떤 기능을 하는 인공위성이지?"

―기스칼 제3호 중앙 인공위성은 통신, 에너지 생산 및 송출, 기상 관측, 지질 탐사, 첩보 등의 임무를 수행하는 다목적 인공위성입니다.

"현재 모든 기능이 정상적으로 가동되고 있어?"

지혜가 물었다.

―기능을 점검하도록 연락했습니다. 잠시 기다려 주십시오.

얼마간 시간이 흐른 후 아담이 말했다.

―예, 정상적으로 가동 중이라 합니다.

아담의 대답을 들은 지혜의 안색이 눈에 띄게 환해졌다.

"잘됐네요. 다목적 위성을 이용할 수 있으면 여러모로 도움이 될 거예요."

지혜는 아담에게 계속 지시했다.

"다른 시설에도 연락되는 곳이 있는지 통신을 보내봐."

정상적으로 가동되고 있는 인공위성이 있다는 사실에 기대가 증폭된 무적택배 사람들은 아담의 다음 대답을 초조하게 기다렸다.

―기스칼 제8호 중앙 인공위성도 답신을 해왔습니다.

"제8호라고? 그건 어디에 있지?"

지혜가 서둘러 물었다.

―제3호 중앙 인공위성과 정반대 지점, 즉 여러분께서 계시는 현 위치의 반대쪽에 있습니다.

"다른 곳에서는 연락이 전혀 없어?"

―죄송합니다. 없습니다.

아담의 대답을 듣고 다들 얼마간 맥이 풀려 버렸다.

"역시 지금까지 가동 중인 지상의 시설은 없나 보군요."

바다가 실망스러운 기색으로 중얼거렸다. 그러자 우진이 말했다.

"꼭 그렇게 단정지을 수는 없죠. 인공위성은 지속적으로 궤도를 조정하지 않으면 추락할 테니 최소한의 기능을 유지하고 있어야 하지만, 지상에 남아 있는 시설은 펠레즈의 지하에 있던 벙커처럼 모든 기능을 끄고 밀봉해서 보존할 가능성이 큽니다."

그때 마리나가 말했다.

"그건 그렇고 이렇게 연락이 오는 인공위성들은 어떻게 생겼을까요? 하나가 그렇게 여러 가지 기능을 수행하는 걸 보면 크기가 작은 것은 아니겠어요."

"그렇겠죠. 그리고 대단히 견고하기도 할 테구요."

그렇게 대꾸한 지혜는 아담에게 명했다.

"아담, 기스칼 제3호 중앙 인공위성의 외양을 보여줄 수 있어?"

─알겠습니다.

아담이 대답하고 조금 있자 모니터에 영상이 떠올랐다. 납작한 원형의 비행접시 같은 물체 위에 꽃잎을 활짝 펼친 꽃 모양의 금속판이 얹혀 있는 형상의 물체였다.

"특이한 모양이네요."

릴리가 신기해했다.

"첩보에다 에너지 생산·송출 기능까지 있으면 전쟁 때는 공격 타깃이 되기 쉬웠을 텐데 저렇게 납작한 모양으로 괜찮았을까요."

우진은 납득이 가지 않는다는 반응이었다.

"뭔가 방어하는 방법이 있었겠죠. 그리고 지금에야 그런 것까지 생각할 필요는 없잖아요. 저게 정상적으로 가동해 주면 그만이지."

박창은 아무려면 어떠냐는 투였다.

"그야 그렇죠."

우진은 겸연쩍게 말했다.

"그런데 저런 인공위성이 어떻게 지금까지 멀쩡히 남아 있었을까요? 궤도에 남아 있는 걸 보면 최소한 궤도 유지 기능 정도는 가동시키고 있었다는 이야기잖아요. 1, 2년도 아니고 천 년 가까이 고장 한 번 나지 않았을 수는 없었을 텐데요."

마리나가 모니터를 바라보며 궁금해했다. 그러자 아담이 대답처럼 말했다.

─종합 인공위성에는 자가 점검과 복구 기능이 있습니다. 수리용 소형 장비를 내장하고 있고, 궤도상의 이물질을 제거하거나 회피하는 장치도 있습니다.

마리나는 박상의 옆에 서 있는 아담을 돌아보고 물었다.

"부품 조달은 어떻게 했지?"

─인공위성 내부에 부품 보관고가 있습니다.

아담의 대답을 듣고도 릴리는 미심쩍어했다.

"대체 어느 정도 부품을 넣어놓았기에 천 년이나 버틴 걸까요?"

"원래 있던 부품도 있었겠지만, 마지막 고대인들이 앞서 파괴된 다른 인공위성에서 조달해 예비 부품을 가득 채워놓지 않았을까요? 대책 없이 내버려 두었는데 지금까지 남아 있는 것은 아닐 겁니다."

우진의 짐작에 지혜가 고개를 끄덕였다.

"그 생각이 맞을 것 같네요. 펠레즈에 그만한 시설을 남겨놓은 것을 보더라도 상당히 주도면밀한 계획이 있었다고 봐요."

한참 인공위성을 화제 삼아 이야기를 나누는데, 바다의 낮고 어두운 목소리가 일행의 주의를 일깨웠다.

"지금 이야기가 본론에서 많이 어긋난 것 같은데, 우리의 본래 목적은 지구로 돌아갈 방법을 찾는 것 아니었습니까? 현재까지 우리가 얻은 수확이라곤 이 지휘차와 2개의 인공위성, 아담을 포함한 4대의 안드로이드들이 전부입니다. 이 별 사람들의 입장에서 보면 하나하나 중요한 보물이겠지만, 우리에게 중요한 건 그런 게 아니잖습니까. 이것들이 우리의 귀환에 어떤 도움이 되고, 또 그것들을 어떤 식으로 활용할 것인가를 중점에 두고 생각해야 한다고 봅니다."

바다의 지적에 좌중은 한동안 조용해졌다. 박창이 고개를 주억거리더니 지혜에게 물었다.

"바다 씨 말이 맞네. 지혜 누나 생각에는 인공위성을 어떻게 활용하면 좋을 것 같아?"

나머지 사람들의 시선은 지혜에게 쏠렸다. 지혜는 열심히 답을 궁리했다.

"활용할 방법이야 여러 가지가 있지. 우선 이 지휘차의 에너지 공급에 사용할 수 있어. 가까운 곳은 몰라도 멀리 다닐 때 일일이 펠레즈의 비밀 시설에 들러서 에너지를 채우지 않아도 되니까 대단히 편리해지는 셈이지. 고대의 다른 유적에서 쓸 만한 것을 발견했을 때도 에너지 문제를 해결해 줄 거고. 같은 문명의 장비들이니까. 적어도 에너지가 없어서 가동시키지 못하는 불상사는 없을 것이라는 이야기지."

"그 외에는?"

박창이 캐묻자 지혜는 눈을 두어 번 껌뻑이더니 조금 전보다 자신없는 말투로 말했다.

"기상 정보를 얻을 수 있으니까 날씨도 알 수 있겠지……."

"날씨를 알면 어디에 쓰려고?"

박창의 시들한 반응에 지혜는 기분이 상했는지 얼굴이 조금 붉어졌지만 얼른 반박할 말이 생각나지 않아 가만히 있었다. 우진이 어색하게 웃으면서 지혜를 돕고 나섰다.

"인공위성이 꼭 쓸모가 없는 건 아니죠. 만일 이 나라가 다시 침략

당하는 사태가 발생한다면 그런 때는 정말 큰 역할을 해줄 수 있을 겁니다. 기상 정보도 알 수 있고, 첩보 기능이 있다고 했으니까 적의 동향을 파악할 수도 있을 것 아닙니까?"

그러나 박창의 시큰둥한 태도는 여전했다.

"확실히 이 나라에는 도움이 되겠죠. 하지만 우릴 집으로 돌려보내 주지는 못하잖아요."

그러자 지혜가 발끈해서 쏘아붙였다.

"아직 조사 다 안 끝났어. 인공위성밖에 남은 게 없다고 결론난 것도 아닌데 왜 네 맘대로 단정하고 그래? 펠레즈에 남아 있는 시설이 어떤 것인지도 알아봐야 하고, 다른 위대한 도시에 대해서도 아직 모르고 있잖아."

"그래? 진작 말하지. 하도 인공위성 이야기만 해서 난 그게 다인가 보다 했지. 그럼 어서 다른 것도 알아봐."

박창은 뭐가 문제냐는 듯 넉살 좋게 미소 지었다. 그런 그를 얄밉다는 듯 흘겨본 지혜는 아담에게 고개를 돌리고 물었다.

"아담, 펠레즈에 있는 시간의 관의 최상층과 지하에 남아 있는 시설이 어떤 것인지 알 수 있어?"

─펠레즈 재건 본부를 말씀하시는 것이라면 최상층에는 태양열 에너지를 생산하는 집열판이 있고, 지하에는 통제실과 중앙 컴퓨터실, 기계실, 비상 에너지 생산 시설 등이 있습니다.

"펠레즈 재건 본부?"

생소한 단어에 의아해하던 무적택배 사람들은 곧 그것이 시간의 관을 부르던 과거의 명칭일 것이라 짐작했다.

"그 외에는?"

지혜가 재우쳐 물었다.

—펠레즈에 있는 시설은 에너지 생산 시설과 비밀 벙커, 그것을 제어하는 관련 설비 및 중앙 컴퓨터실이 전부입니다.

아담의 대답을 들은 무적택배 사람들은 다시금 실망했다.

"에너지 시설밖에 없다면 지금의 우리에겐 별로 소용이 없겠군."

박상이 씁쓸하게 혼잣말했다. 마리나도 한숨을 내쉬었다.

"그러게요. 지휘차가 사용할 에너지는 펠레즈의 지하 벙커에서도 충분히 얻을 수 있고, 조금 전에 확인한 인공위성도 에너지를 생산한다잖아요. 자꾸 에너지 시설만 생겨도 소용이 없는데."

"다른 건 없어? 대형 우주선, 아니, 소형이라도 우주선 같은 건 남아 있지 않아?"

박창이 아담에게 물었다.

—죄송합니다. 그런 것은 없는 것으로 알고 있습니다.

"쳇, 뭐야. 남아 있는 시설도 없으면서 웬 에너지 대책만 잔뜩 세워 놨대?"

박창은 불만스러운 투로 구시렁거렸다.

"에너지 관련 시설 이외에 다른 시설은? 가령 대형 도서관이나 박물관처럼 정보에 관련된 시설은 전혀 없어?"

지혜는 참을성있게 다른 정보를 탐색하려 애썼다.

—대형 도서관이라면 펠레즈가 아니라 디파에 있습니다. 디파의 '지식의 관'이 그 역할을 맡고 있습니다.

"뭐?"

뜻밖의 정보를 접한 무적택배 사람들은 깜짝 놀랐다. 지혜는 바짝 긴장하여 아담을 재촉했다.

“지식의 관이란 것이 뭐지? 더 자세히 설명해 봐.”

—지식의 관은 학문과 과학, 예술 등 다방면에 관한 데이터들을 종합하여 보관하고 있는 곳입니다. 디파의 지하 깊은 곳에 있으며 후대 사람들에게 문명을 전하는 것을 그 사명으로 하고 있습니다.

“디파에 가면 그곳을 찾아서 이용할 수 있어?”

—예. 디파는 본래 고등 교육 기관이 많이 있던 교육 도시였으며 전후 앞서 재건된 펠레즈의 협력으로 다시 건설되었습니다. 그래서 펠레즈와 디파 두 도시는 재건 초기부터 밀접한 상호 협력 관계에 있습니다.

아담의 설명을 듣고 있던 우진이 손가락을 탁 튕기고 말했다.

“이제 알겠네요. 쉽게 말해서 펠레즈와 디파의 역할이 나누어져 있었던 것이군요. 펠레즈는 에너지의 생산과 제어 시설을 가지고 있고, 디파는 문명의 지식을 보관하는 식으로 말이죠.”

“그런 것 같네요.”

지혜도 크게 고개를 끄덕이며 수긍했다. 박상은 팔짱을 낀 채 의자 등받이에 몸을 기대면서 심각하게 중얼거렸다.

“문제는 디파로군. 디파가 아메트의 수중에 있는 한 우리가 갈 수는 없을 테니까.”

“당연하죠. 아메트 사람들이 우릴 가만히 두려 하겠어요?”

릴리가 맞장구쳤다.

“몰래 가볼 수는 없을까요?”

지혜의 제안에 마리나가 재빨리 못을 박았다.

“절대로 그런 생각은 하지 마세요. 너무 위험해요.”

박창도 마리나와 같은 생각이었다.

"우린 피부 색 때문에라도 눈에 뜨여서 안 돼. 대번에 발각될걸."

"그치만 지식의 관이라잖아. 정말 중요한 건 거기에 있을 텐데. 하다못해 금속 문제라도 해결을 해야 우리 우주선을 수리할 거 아냐."

지혜는 안타까워했다. 박창은 어깨를 으쓱이고 머리를 흔들었다.

"그래도 너무 위험한 모험이야. 까딱하다간 지구에 돌아가기 전에 거기서 장례 치를 수가 있어."

"디파라는 곳도 원래 레스프라트의 도시였다는데 정말 아깝네요. 하필이면 거기가 그렇게 배반해서 아메트로 넘어가 있다니……."

우진이 쓸쓸한 얼굴로 입맛을 다셨다. 지혜는 아무래도 포기할 수 없던지 마리나에게 물었다.

"혹시 레스프라트에서 디파를 탈환할 계획은 없나요? 디파는 레스프라트에 2개밖에 없는 위대한 도시라면서요?"

마리나는 애매한 표정을 지었다.

"글쎄요. 그런 것까지는 알 수가 없네요."

"노드 씨에게 한번 슬쩍 물어보는 건 어떨까요? 노드 씨는 자주 왕궁에 드나드니까 그런 정보를 빨리 알지 않겠어요?"

박창의 안이었다.

"그렇지만 그러다가 디파를 공략하는 것이 우리의 뜻인 것처럼 전달되면 어쩌죠?"

우진이 조심스러운 태도를 취했다. 그러자 지혜가 대뜸 말했다.

"그런 식으로 일일이 따지다간 아무것도 못해요. 물어보는 게 뭐가 나빠요? 한번 알아보기나 하죠."

"지혜 씨 말이 옳아요. 지금 우린 찬밥 더운밥 가릴 처지가 아녜요."

마리나도 딱 잘라 말했다. 박상과 바다 등도 비슷한 생각이었다. 그래서 그들은 회의실로 자리를 옮기고 수정을 보내 노드와 로네스를 데려 오게 했다.

"저희를 찾으셨습니까?"

로네스와 함께 노드가 회의실에 들어오는데, 인사를 받을 틈도 없이 지혜는 다짜고짜 이야기를 꺼냈다.

"네, 한 가지 물어보고 싶은 것이 있어서 오시라고 했습니다."

"아, 예. 어떤 것을……?"

문 앞에 선 채로 엉거주춤 노드가 물어보자 박상이 두 사람에게 앉도록 권했다.

"우선 앉으시지요."

"예."

두 사람이 앉기가 바쁘게 지혜는 질문을 계속했다.

"디파 말인데요. 펠레즈 말고 다른 위대한 도시라는 곳 말이에요. 거긴 아직도 아메트의 치하에 있다고 했었지요?"

"예, 그렇습니다만."

노드는 난데없이 디파의 이야기가 왜 나오는 것일까 이상하게 생각하며 대답했다.

"레스프라트의 위대한 도시는 펠레즈와 디파밖에 없다면서 디파를 그대로 아메트 쪽에 내버려 둘 건가요? 가까운 시일 내에 탈환할 계획 같은 것은 없나요?"

"글쎄요… 제가 어떻게 그런 것을……."

너무도 단도직입적인 지혜의 질문에 노드는 당황해서 머뭇거렸다. 말을 잘 잇지 못하는 노드를 대신해 로네스가 대답했다.

"물론 언젠가는 디파를 되찾아야겠지요. 하지만 저희가 함부로 입에 올리기에는 너무 중대한 사안인지라 뭐라 말씀드리기가 어렵습니다."

"그건 그렇겠지만 그래도 대강 돌아가는 분위기라든가 그런 건 있지 않습니까?"

갑갑한 마음에 바다도 끼어들었다. 로네스는 뭔가 이상하다는 생각이 들었던지 심각한 표정이 되어 박상 일행을 탐색하듯 바라보다가 질문했다.

"외람되지만, 디파에 무슨 중요한 일이라도 있습니까?"

어떻게 대답해야 할지 잠깐 곤란한 침묵이 흐르고 이윽고 지혜가 결심한 듯 입을 열었다.

"펠레즈와 디파는 상호 보완적인 관계에 있습니다. 두 도시는 서로 일정한 역할을 나눠서 보완하게끔 되어 있는데 디파가 다른 나라에 속해 있으면 장래에 곤란한 일이 발생할 거예요."

지혜의 말은 로네스와 노드를 더욱 헷갈리게 만들었다. 둘 다 전혀 알아듣지 못하고 애매한 얼굴로 앉아 있었다. 지혜는 아예 제대로 설명하는 것이 낫겠다 생각하고는 고쳐 말했다.

"펠레즈가 그렇듯이 디파에도 고대의 선조들이 남겨놓은 유산이 있어요. 일종의 지식의 도서관이라 할 수 있는데, 지금 당장 활용할 수 있는 것은 아니지만 장래를 위해서는 꼭 확보해 놓을 필요가 있어요."

"지식의 도서관……."

로네스의 눈빛이 바뀌었다.

"그런데 위대한 도시 펠레즈와 디파가 상호 보완적인 관계라는 건 무슨 말씀입니까?"

노드가 물었다. 이왕 말이 나온 김에 전부 사실대로 말하자고 마음먹은 지혜는 사실을 털어놓았다.

"펠레즈의 마지막 지도자 같은 고대의 마지막 어른들이 후대를 위해 문명의 유산을 남기면서 펠레즈와 디파에 각각 역할을 분담시켜 놓았다는 이야깁니다. 우리가 알아낸 바에 따르면 펠레즈에는 에너지 관련 시설과 제반 시스템을 통제하는 센터를 두고, 디파에는 문명의 보존을 위한 대규모 도서관 같은 것을 남겼던 모양입니다."

지혜의 설명에 이어 우진이 두 사람의 이해를 도울 의도로 그녀의 말을 나름대로 간략하게 풀이해서 말해 주었다.

"쉽게 말해서 펠레즈가 힘과 제어를, 디파가 지식과 학문을 담당한다고 생각하면 될 겁니다."

상당히 거친 분류이기는 해도 과히 틀린 말 같지는 않아 지혜는 잠자코 있었다. 우진의 설명을 들은 노드와 로네스는 대단히 놀라는 얼굴이었다.

"그 두 위대한 도시가 비슷한 시기에 건설되고 과거부터 밀접한 관계를 맺고 있었다는 것은 알고 있었지만 그렇게 중요한 역할이 있는 줄은 몰랐습니다."

노드는 그저 놀라고 있는 데 비해 로네스는 무적택배 사람들이 말하고자 하는 바를 이해한 것 같았다. 그녀는 결연한 태도로 말했다.

"알겠습니다. 지금 내려가서 혹시라도 디파를 탈환하자는 논의가 오가지는 않는지, 또 디파의 동향은 어떤지 알아보겠습니다."

"아, 그렇다고 그렇게 직접적으로 알아볼 것까지는……."

디파에 대해서 지나치게 의미 부여를 한 것이 아닌지 걱정이 된 박상이 부연하려는데 지혜가 팔꿈치로 그를 툭 건드려 입을 다물게 하곤 두 사람에게 말했다.

"부탁합니다."

“예, 그럼.”

노드와 로네스는 서둘러 회의실에서 나갔다. 문이 닫히자 박상이 우진에게 걱정스레 말했다.

“우진 씨, 너무 거창하게 말한 것 아닙니까?”

그러자 우진이 대꾸하기에 앞서 마리나가 대뜸 말했다.

“제가 보기엔 적절한 설명이던데요. 어쨌든 이해시키기만 하면 되는 것 아닌가요.”

그러나 박상은 개운치 않은 얼굴이었다.

“이러다가 앞으로 디파를 어떻게 할 것인지 알아보는 차원을 지나서 우리의 말이 원인이 되어 전쟁이 일어나기라도 하면 어떻게 합니까?”

“그럴 수도 있겠지만 그것도 어쩔 수 없는 일이죠. 그리고 꼭 우리 때문이라기보다 언젠가 일어날 전쟁이 조금 더 앞당겨지는 것뿐이에요. 디파는 레스프라트에 2개밖에 없는 위대한 도시 중 하나인데 언제까지나 아메트의 치하에 둘 리는 없잖아요.”

마리나는 단호하게 말했다. 지혜도 고개를 끄덕였다.

“맞아요. 지금은 우리 일만 생각해도 될까 말까예요. 쓸데없는 생각은 하지 말기로 하자구요.”

“그런데 이제는 어떡하죠? 베르테스님이 어떻게 할 것인지를 여기서 기다리는 겁니까?”

우진의 물음에 지혜가 말했다.

“아니에요. 우선 펠레즈에 가보기로 해요. 펠레즈에 남아 있는 시설이 구체적으로 어떤 것이고 가동에는 지장이 없는지 살펴봐야죠.”

“그럽시다. 베르테스님이 어느 쪽으로 결론을 내리든 쉽게 결정될 일은 아닐 테니까.”

박상의 동의로 그들은 다음날 펠레즈에 가보기로 정했다.

지휘차에서 나온 로네스는 종종걸음으로 구왕궁의 정원 한쪽 끝에 있는 마구간으로 향했다. 노드는 어리둥절해서 그녀를 따라가며 물었다.

"정말 지금 당장 내려가서 알아보려고?"

"그래야지. 시간을 끌 것 뭐 있겠어?"

"하지만 누구에게 그런 걸 물어보지? 아직 디파 이야기가 본격적으로 거론되는 것 같지는 않던데."

로네스는 걸음을 멈추고 노드를 돌아보았다. 그녀의 얼굴은 더없이 진지했다.

"노드, 조금 전에 우리가 들은 이야기는 대단히 중요한 내용을 담고 있어."

"나도 알아. 중요한 일이기는 하지."

그렇게 말하면서도 노드는 여전히 영문을 잘 모르는 표정이었다. 로네스는 노드의 팔을 잡아끌며 서둘렀다.

"어서 폐하께 가서 말씀드려야 해."

"폐하께 직접 디파 탈환 시기를 여쭈어보려는 거야?"

"우리가 들은 이야기를 말씀드리면 그것으로 디파 원정을 위한 계획이 개시될 거야. 따로 여쭤볼 필요도 없어."

로네스의 단정에 노드는 눈을 껌뻑거렸다.

"디파를 점령하려면 여간 규모의 병력이 아니고는 안 될걸. 펠레즈 같은 성벽을 가진 도시라잖아. 굉장히 큰일이 될 거야. 그런 어마어마한 일에 우리가 끼어들어도 되는 걸까?"

"우린 선택의 여지가 없어. 우리가 폐하께 받은 임무가 바로 이런 일이고, 결단은 어디까지나 폐하께서 내리시는 것이야. 우린 단지 임무에 충실하게 사실을 전할 뿐이니까 심각하게 생각할 필요는 없어."

"그런가……?"

노드는 고개를 갸웃거리면서 로네스를 따라갔다.

왕궁에 들어간 노드와 로네스는 중요한 보고가 있다며 베르테스를 독대하고 무적택배 사람들에게 들은 이야기를 그에게 전했다. 로네스가 예상했던 대로 베르테스는 대단히 심각하게 반응했다.

"지금 한 이야기가 모두 사실이오?"

베르테스의 확인에 로네스는 또박또박 대답했다.

"한 치의 가감없이 저희가 들은 그대로 말씀드렸습니다."

베르테스는 미간을 좁히고 잠시 골똘히 생각에 잠겨 있다가 다시 로네스에게 물었다.

"그분들께서 디파의 탈환에 대해 크게 관심을 두고 계신 것 같았소?"

"제 느낌으로는 그렇다고 생각합니다. 위대한 도시 펠레즈와 디파가 지닌 의미를 설명하시고, 그곳에 남아 있는 고대의 유산을 당장 활용할 수는 없다 해도 보다 먼 장래를 위해 두 도시가 반드시 레스프라트에 속해 있을 필요가 있다는 말씀을 하셨습니다."

베르테스의 눈빛은 한층 짙은 빛으로 가라앉았다.

"알았소. 이 이야기를 즉시 내게 전한 것은 잘한 일이오. 디파 문제는 내가 잘 숙고해 볼 터이니 신의 사도들께는 현재 논의가 진행되는 중인 것 같다고만 말씀드려 주시오. 그리고 디파에 대한 신의 사도들의 말씀은 듣지 않은 것으로 하고 이후 누구에게든 절대 발설해서는 안 되오. 이것은 레스프라트를 위해 반드시 지켜져야 할 기밀이오."

"알겠습니다."

노드와 로네스를 단단히 입단속하고 내보낸 뒤, 베르테스는 밤늦도록 혼자 집무실에 남아서 깊은 생각에 잠겨 있었다.

다음날 아침 일찍 베르테스는 재상 레히트와 재무대신 엘트 그리고 원수 디르크를 자신의 집무실에 모이도록 지시했다. 연락을 받고 서둘러 들어온 세 사람은 전에 없이 굳은 표정으로 생각에 골몰하고 있는 베르테스의 분위기에 긴장하는 모습들이었다.

"저희를 찾으셨다는 말씀을 들었습니다."

레히트가 조심스럽게 인사를 건네자 베르테스는 얼굴을 들고 그들에게 시선을 돌렸다.

"앉으십시오."

세 사람이 의자에 엉덩이를 붙이기 바쁘게 베르테스는 의례적인 인사도 생략하고 곧장 본론으로 들어갔다.

"오늘 여러분을 급히 오시라 한 것은 왕국의 장래를 위해 중요한 결정을 내려야 한다는 사실을 통고하기 위해서입니다."

이 말을 들은 레히트 등의 표정은 더욱 긴장의 빛을 띠었다. 논의도 아닌 통고라니, 베르테스의 이제까지 방식으로는 없던 일이었다. 베르테스는 레히트가 질문할 틈도 주지 않고 단도직입적으로 통고했다.

"당분간 다른 사안들은 뒤로 미루고, 디파를 토벌하여 반역자들을 처벌하고 아메트로부터 탈환할 준비를 해주셔야겠습니다."

"예?"

세 사람 모두 눈이 휘둥그레져서 외쳤다.

"폐, 폐하, 어째서 갑자기 그런 말씀을……?"

그야말로 밑도 끝도 없이 별안간 튀어나온 이야기였다. 레히트가 더 듬거리며 이유를 물으려는데 베르테스가 냉철한 어조로 그의 말을 가로막았다.

"재상께서 무슨 말씀을 하시려는지 잘 압니다. 우선 내 말을 끝까지 들으십시오."

베르테스의 강경한 제지에 레히트를 포함한 다른 두 사람도 감히 입을 열지 못하였다. 베르테스는 차분히 그들에게 말했다.

"세 분은 아마 언젠가는 디파를 되찾아야겠지만 지금은 그때가 아니라 말씀하시고 싶겠지요. 나 역시 어제저녁 때까지도 그렇게 생각했었습니다. 하지만 디파 토벌을 늦출 수 없는 중대한 사유가 생겼습니다……."

베르테스는 로네스와 노드에게서 들은 내용을 세 사람에게 말해 주었다. 처음에는 당혹과 의아함이 뒤섞여 있던 세 사람의 표정은 이야기가 진행됨에 따라 차차 놀라움으로 바뀌어갔다. 베르테스의 이야기가 끝난 뒤에도 그들은 누구 하나 선뜻 입을 열지 못했다. 얼마 동안 침묵이 지나간 뒤 재상 레히트가 먼저 말문을 열었다.

"참으로 놀랍고 믿기 어려운 말씀입니다. 위대한 도시 펠레즈와 디파의 오랜 관계는 익히 알려져 있던 것이나 그 두 도시에 그런 비밀이 숨겨져 있었다니……."

레히트의 탄식에 디르크와 엘트도 잠자코 고개를 저어 동감을 표했다. 베르테스는 세 사람의 얼굴을 찬찬히 둘러보며 말했다.

"아직까지 이 사실은 나와 여러분, 그리고 신의 사도들을 직접 모시고 있는 두 사람만이 알고 있으나 언제까지 비밀이 유지될 것이라 보기는 어렵습니다. 만에 하나 아메트에서 알게 되면 어떻게 되겠습니까? 디파에 병력을 더욱 증원하고 고대의 유산을 먼저 찾아내겠다며 디파 전체를 샅샅이 뒤지고 조사할 것입니다. 비밀이 비밀로 유지되고 있을 동안 디파를 되찾아야 합니다."

당초 베르테스가 디파 탈환을 거론했을 때와는 달리 이번에는 아무도 반대하지 못했다.

"폐하의 말씀처럼 미룰 수 없는 일이나 참으로 어려운 과제로군요."

원수 디르크가 신음처럼 중얼거렸다.

"디파는 위대한 도시 펠레즈처럼 고대의 금속으로 만들어진 이중의 높은 성벽을 갖추고 있어 어떤 무기로도 파괴하거나 넘을 수가 없습니다. 성내로 들어갈 방법은 성문을 통과하는 길밖에 없는데, 각 성문은 거대한 태엽 장치로 움직이고 있어 인력으론 열 수가 없습니다. 또한 성문을 조작하는 성문 탑은 여러 개의 좁고 복잡한 통로와 문으로 이루어져 있어서 능히 작은 병력으로도 적을 막을 수 있게끔 설계되어 있습니다. 과거에 아메트가 디파를 점령한 것도 디파의 성주가 레스프라트를 배신하고 스스로 성문을 열어 아메트에 투항했기 때문이지, 아메트의 군사력에 의한 승리는 아니었습니다. 게다가 디파 일대는 펠레즈와는 달리 비옥한 곡창 지대여서 식량의 비축에도 유리합니다. 적들이 굳게 성문을 닫고 버틴다면 장기전이 될 가능성이 큽니다."

"나도 모르는 바가 아니오만 어쩔 수 없이 감수해야 할 어려움이 아니겠습니까."

베르테스는 씁쓰레하게 말했다.

"어려움은 그것만이 아닙니다. 예로부터 위대한 도시를 함부로 공격하는 자는 재앙을 입는다는 말이 전해오고 있습니다. 그 말을 진심으로 믿고 있는 사람들이 많이 있으니만큼 그에 대한 대책도 필요할 것입니다."

레히트의 우려에 엘트가 말했다.

"제 소견으로는 그 점은 염려할 필요가 없다고 생각합니다. 폐하께서는 신의 사도들의 뜻으로 위대한 도시 펠레즈의 마지막 지도자 고렌 메노프님을 계승하셨고, 그분의 계승자로서 장례식을 치르고 정식으로 즉위하셨습니다. 펠레즈와 디파는 비슷한 시기에 건설되었고, 그 뿌리도 거의 같다고 볼 수 있습니다. 고대의 마지막 지도자를 정식으로 계승하신 폐하이시니만큼 디파 토벌의 정당성은 충분히 있다고 할 수 있습니다."

듣고 있던 레히트의 얼굴에 감탄 어린 기색이 떠올랐다.

"과연. 그렇게 천명하면 명분이 서겠군요. 재무대신께서 좋은 착안을 하셨습니다."

"송구스럽습니다."

엘트는 살짝 고개를 숙였다. 베르테스는 그쯤에서 결론을 내렸다.

"그러면 디파를 토벌하는 일 자체에는 세 분 모두 반대하시지 않는 것으로 보겠습니다."

그 말에 아무도 이견을 내지 않자 베르테스는 고개를 돌려 디르크의 얼굴을 똑바로 바라보며 말했다.

"이번 디파 토벌에서는 디르크 원수를 총사령관으로 임명하여 전권을 일임하고자 합니다. 이 일을 맡아주실 분은 디르크 원수밖에 없습니다. 어려운 과제임을 나 역시 잘 인식하고 있는 만큼, 레스프라트의 모든 역량을 집결하여 지원을 아끼지 않겠습니다.”

디르크의 눈에는 일순 고뇌의 빛이 스쳤다. 그러나 그도 디파 탈환이 거론될 때부터 이렇게 될 것을 어느 정도 각오하고 있었던 듯 곧 깊은 한숨을 삼키고 순순히 베르테스의 명을 받아들였다.

“부족한 능력이나마 최선을 다하겠습니다.”

“고맙습니다.”

베르테스는 진심을 담아 디르크에게 답례하고 재무대신 엘트와 레히트에게 시선을 돌렸다.

“재상과 재무대신께서도 나와 디르크 원수와 뜻을 같이 할 것으로 믿습니다. 두 분이 합심하여 이번 대업을 성사시키는 데 든든한 뒷받침을 해주시기 바랍니다.”

“예.”

레히트와 엘트도 고대의 유산이라는 절대적 명제 앞에서는 다른 말을 꺼내지 못하고 순응했다. 베르테스는 그들을 둘러보며 마지막으로 당부했다.

“앞으로 디파 토벌을 정식으로 추진하는 과정에서 내부적으로 많은 장애가 있을 것입니다. 그러나 아무리 설득이 어렵다 해도 신의 사도들께서 말씀하신 내용을 절대 입에 담아서는 안 됩니다. 대내외적으로 이번 전쟁의 명분은 디파의 반역자들을 토벌하고, 레스프라트의 영토를 회복하는 것입니다. 시기상조를 이유로 들어 반대하는 목소리가 많겠지만, 이 두 가지 명분을 내걸고 끝까지 밀고 나가셔야 합니다.”

“명심하겠습니다.”

세 사람은 엄숙하게 다짐했다.

그 즈음 무적택배 사람들은 펠레즈에 있는 시간의 관에 가 있었다. 시간의 관에 남아 있는 고대의 시설을 살펴보기 위해서였다. 그곳의 관리자인 라이팔란에게 양해를 구하고, 일행끼리만 안에 들어간 그들은 아담의 안내를 받아 비밀 시설의 입구를 찾았다. 아담이 안내한 입구는 무적택배 사람들이 이곳을 처음 방문했을 때 지혜가 그렇게나 열려고 애썼던 1층 기둥에 있는 엘리베이터 입구였다.

"어? 이건 도저히 안 열리던데?"

박창이 고개를 갸웃거렸다. 그러나 펠레즈의 성주 부자의 보검 두 자루를 부러뜨리고도 완고하게 맞물려 있던 엘리베이터의 문은 아담의 음성 조작만으로 간단하게 열렸다. 열린 문 안쪽에는 원형 바닥과 반구형 천장을 가진 공간이 있었다. 천장과 벽면에는 반도체로 짐작되는 발광체가 박혀 있어 파르스름한 빛을 발하고 있었다. 아담은 문 옆으로 비켜서서 일행에게 말했다.

—들어가시죠.

그러나 박상 등은 미심쩍은 기색으로 엘리베이터를 바라볼 뿐 선뜻 올라타지 못했다. 안정성에 의구심을 품은 것이었다. 망설이던 끝에 마리나가 지혜에게 속삭였다.

"혹시 모르니까 로봇 중 하나를 먼저 태워보죠."

지혜는 마뜩찮은 표정으로 세 로봇 아담, 조수, 수정을 보더니 수정에게 지시했다.

"수정, 들어가 봐."

"왜 수정을 보내, 망가지면 어쩌려고? 차라리 조수를 보내지."

박창이 이의를 제기했지만 지혜는 그를 흘겨보는 것으로 답을 대신하고 수정을 들여보냈다. 수정이 안에 들어가 보니 아무 이상이 없어 보였다. 그러나 지혜는 수정에게 추가로 명령을 내려 안전을 확인했다.

"발을 굴려봐."

지혜의 지시에 따라 수정은 엘리베이터 안에서 발로 바닥을 쾅쾅 두 들겨 보기도 하고 선 채 몸을 가볍게 흔들어보기도 했다. 안전하다는 판단이 서자 무적택배 사람들은 차례차례 안으로 들어갔다. 아담은 박상을 가장 안쪽에 서게 하고 자신이 그 앞을 막아섰다. 아담의 행동은 마치 요인을 보호하는 보디가드 같은 인상을 주었다.

―어디로 모실까요?

아담이 박상에게 질문했다. 박상이 어떻게 하겠냐는 듯 지혜를 쳐다보자 지혜가 말했다.

"통제실에 가보자. 그래야 상태를 점검해 보지."

―알겠습니다.

아담의 대답이 떨어지자 바닥과 천장 쪽에서 찰칵하는 조그만 금속음이 들리고 아래로 내려가는 것이 느껴졌다. 그리고 잠시 후 조금 전의 금속 음이 다시 들리더니 공간이 고정되는 느낌이 들고 문이 열렸다. 아담을 따라 내려다보니 엘리베이터가 있는 기둥을 중심으로 한 작은 원형 공간이 있고, 작은 복도가 4개 있었다. 공간의 천장과 바닥에는 엘리베이터 내부처럼 빛을 내는 발광체가 있어 그리 어둡지 않았다. 아담은 4개의 복도 중 하나로 일행을 이끌어갔다. 복도 끝에는 엄중하게 생긴 문이 있었다.

―이곳이 통제실입니다.

"문을 열어봐."

박상의 지시에 아담은 문을 열었다.

통제실 내부는 지휘차의 그것과 비슷한 구조였고 상당히 넓었다. 정면에 있는 대형 모니터를 포함해 여러 개의 모니터가 사방에 배치되어 있고 복잡한 계기와 장치들이 즐비했다. 통제실 가운데에는 육각형의 테이블이 있고 그 위에는 투명한 구체가 놓여 있었다.

"이건 뭐지? 홀로그램 장치인가?"

우진이 육각형의 테이블을 돌아보며 하는 말에 아담이 말했다.

―그렇습니다. 입체적인 영상으로 필요한 정보를 볼 수 있습니다.

"지휘차에는 이런 게 없었는데."

박창이 고개를 갸웃거렸다.

―지휘차에는 총사령관님의 자리 앞쪽에 홀로그램이 생기게 되어 있습니다.

아담의 대답을 들은 박창은 뭔가 억울하다는 표정이 되었다.

"그래? 그런 게 있는데 왜 우린 늘 화면으로만 봤지?"

지혜가 핀잔을 놓았다.

"모든 정보를 홀로그램으로 볼 필요가 뭐 있어? 웬만한 정보는 모니터로 보는 게 더 편리한 경우가 많아."

"아무튼 보존 상태가 굉장히 좋군요. 이 정도면 지금이라도 전부 사용 가능하겠습니다."

안을 대강 둘러본 바다가 감탄조로 말했다. 마라나가 말했다.

"마지막 지도자가 있던 지하 벙커처럼 공기를 빼고 진공 상태에서 보존했었겠죠. 지금도 보면 지상보다 공기가 더 신선하잖아요."

"이건 뭐지?"

박창이 호기심에 왼쪽 벽면으로 다가가 계기에 손을 슬그머니 뻗자 정면을 살피고 있던 지혜가 홱 돌아보고 날카롭게 소리쳤다.

"손대지 마! 뭔 줄 알고 손을 대!"

지혜의 앙칼진 음성에 박창은 화들짝 놀라서 물러섰다. 지혜는 일행에게 다가오더니 가운데에 있는 홀로그램 장치를 가리켰다.

"안 되겠어. 미안하지만 여러분은 모두 여기 모여 계세요. 뭔지도 모르면서 잘못 건드리기라도 했다가 무슨 일이라도 있으면 어떡해요."

"누나도 모르긴 매한가지잖아."

박창이 뚱해서 반박했지만 지혜는 전혀 물러서지 않았다.

"그나마 우리 중엔 내가 전문가야. 대신 내 분야가 아닌 곳에선 나도 가만히 있잖아. 이곳에 남은 것들은 어떤 것으로도 가치를 환산하기 힘든 귀중한 문명의 소산이야. 우리 것이 아니라 해도 그 가치는 변하지 않아. 어린애 같은 호기심의 제물로 만들 순 없어."

지혜의 단호한 태도에 눌린 박상과 박창 등은 지혜가 아담, 조수 등의 로봇들을 데리고 그곳을 조사하는 동안 조용히 앉아서 지켜보는 신세가 되었다.

지혜는 아담에게 지시하여 통제실의 계기들을 작동시키고 기능 점검을 실시했다. 대형 모니터가 켜지고 수많은 정보가 어지럽게 화면을 오갔다. 갑자기 지혜가 박상을 돌아보고 물었다.

"아담이 말했던 대로 이 건물 최상층에 태양열 집열 시설이 있다는데, 그것도 시험 가동해 볼까?"

"좋을 대로."

지혜에게 일임한 터라 박상은 군말없이 동의했다. 곧 대형 모니터에 시간의 관 상층부가 비춰지더니 지붕의 덮개가 열리는 모습이 보였다. 그리고 그 안에서 유백색의 금속 장치가 나와 공중으로 방출되었다. 상공으로 올라간 그것은 곱게 접혀 있던 금속판을 좌르륵 펼쳤다. 그것은 거대한 새가 날개를 활짝 펼친 것 같은 모습이었다.

"예뻐라. 진짜 날개처럼 생겼네요."

릴리가 손뼉을 딱 치며 감탄했다.

"기능에는 이상없어?"

박상의 질문에 아담이 대답했다.

─예, 잘 보존되어 있습니다. 가동에는 전혀 무리가 없습니다.

그때 우진이 의문을 제기했다.

"에너지 생산이라면 이미 대기권에 다목적 인공위성이 있는데, 여기에 또 저런 시설이 있을 필요가 있었을까요? 지상에서 이용할 수 있는 태양열 에너지는 우주에 비해 효율이 크게 떨어지잖습니까."

그러자 아담이 답했다.

─펠레즈 재건 본부의 시스템은 에너지를 직접 생산할 수 있을 뿐 아니라 중앙 인공위성에서 생산된 에너지를 수신해 재송출하는 역할도 함께 수행합니다. 또한 중앙 인공위성을 조정·통제하는 것도 그 역할의 하나입니다.

"만일 중앙 인공위성이 고장나거나 제 기능을 다하지 못한다면 어떻게 되지? 자체 집열판만으로 충분한 에너지를 생산할 수 있어?"

우진은 아담에게 더 자세히 물었다.

─그럴 경우는 펠레즈 재건 본부의 자체 집열판을 더 높은 고도로 상승시키고, 재건 본부의 지하 최하층에 자리한 비상 발전 시설을 동시에 가동시켜 에너지를 생산하게 되어 있습니다.

그 대답을 듣고 지혜가 얼른 물었다.

"최하층의 비상 발전 시설은 어떤 시설을 말하는 거지?"

─지열을 이용해서 에너지를 생산하는 발전 시설입니다.

"지휘차가 있던 지하 벙커의 것과 같은 시설인가 보군."

"정말 대단하고 치밀하게 준비했네요. 이런저런 가능성을 전부 염두에 두었던 모양이에요."

우진은 새삼 탄복했다.

점검은 그 뒤에도 계속되었다. 지혜는 아담에게 시간의 관에 남아 있는 모든 시설들에 대해 점검을 실시하도록 지시하고 그 과정을 지켜보았다. 지혜의 제지에 밀려 아무것도 못하고 모여 앉아서 구경만 하게 된 나머지 일행은 점차 지루해져서 잡담을 나누며 시간을 보냈다. 전체적인 점검이 끝났을 때는 그곳에 들어간 지 세 시간가량이 흐른 뒤였다.

"전반적으로 보존 상태는 양호해요. 뭐, 심각한 이상이 있다고 해도 우리가 손을 댈 수 있는 것도 아니지만, 아무튼 이곳의 상태로 봐서는 디파에 있다는 지식의 관에 기대를 걸어봐도 좋을 것 같네요."

지혜의 표정은 한결 밝아져 있었다.

"이제 어떻게 할까요? 지하의 다른 시설도 둘러볼까요?"

박상이 일행에게 묻자 지혜가 재빨리 말했다.

"그러지 않는 편이 좋을 것 같아요. 이곳의 나머지 시설이래 봤자 최하층의 비상 발전 시설과 동력실, 기계실 정도인데 그런 건 우리가 봐야 이해할 수도 없고 잘못 건드리면 위험하니까 그냥 두는 게 최선이에요."

박상은 어떻게 하겠냐는 듯 다른 사람들을 보았다. 통제실에서 보낸 지루한 시간에 피로해진 때문인지 박창을 포함해 누구도 지혜의 의견에 다른 말을 하지 않았다.

"그럼 여기는 이 정도로 끝내고, 프라트에 돌아가서 디파 문제가 어떻게 될지 지켜보기로 합시다."

박상의 결론에 따라 무적택배 사람들은 다들 통제실에서 나왔다.

"참, 아까 그 집열판은 어쩌셨습니까? 아직 펼쳐져 있습니까?"

엘리베이터를 타기 직전 불현듯 생각났던지 우진이 지혜에게 물었다.

"아뇨. 지금 사용할 것도 아닌데 가동시킬 필요는 없죠. 다시 수납시켜 놓았어요."

엘리베이터를 타고 지상으로 올라간 그들은 아담에게 지시해 건물의 전력을 끄고 이전의 보존 상태로 돌아가게 했다.

정문을 열고 시간의 관을 나오려던 박상 등은 문 앞에서 깜짝 놀라 멈춰 서고 말았다. 세 시간 전에 시간의 관에 들어갈 때만 해도 시간의 관 관리자 라이팔란과 부관리자, 이곳을 경호하는 병력 이외에는 아무도 없어 조용했었는데, 언제 모여들었는지 슈스 성주 가족과 부하들, 그 외 많은 사람들이 시간의 관 앞에 가득히 모여 있었다. 그것도 전원 무릎을 꿇고 바닥에 엎드려 절을 하고 있는 자세였다. 무적택배 사람들은 당황하여 그 자리에 서서 그 모습을 바라보고 있었다. 난처한 눈길을 주고받던 중 박상이 성주에게 조심스럽게 다가가서 말을 건넸다.

"슈스 성주님, 지금 무엇을 하고 계신 겁니까?"

살며시 고개를 드는 성주의 눈은 무엇 때문인지 물기로 번들거리고 있고 얼굴이 벌겋게 상기되어 있었다.

"위대한 도시 펠레즈의 날개가 펼쳐진 것을 축하하여 모인 것입니다."

그 말을 들은 무적택배 사람들은 반사적으로 건물 상공으로 고개를 돌렸다. 다시 집어넣었다던 지혜의 말처럼 그곳에는 현재 아무것도 없었다.

"집열판이 펼쳐지는 걸 본 모양이네요."

우진이 통역기를 끄고 일행에게 소곤거렸다. 시간의 관을 가동시킨 것에 펠레즈 사람들이 이렇게 반응할 것이라고는 누구도 미처 생각지 못했던 터라 이 자리에 모여든 사람들에게 무어라 설명하면 좋을지 모두 난처해졌다. 서로 난감한 눈빛을 교환하던 끝에 결국 총대를 멘 것은 박상이었다. 박상은 일부러 무게를 잡고 근엄한 표정을 지으며 성주에게 말했다.

"성주님, 전에도 말씀드렸듯이 아직은 고대의 유산을 이용할 수 있는 때가 아닙니다. 오늘 시간의 관에서 날개가 펼쳐진 것은 미래에 그것을 사용할 시기가 되었을 때 제대로 가동될 것인지 점검해 본 것입니다."

박상의 설명을 들은 성주를 비롯한 펠레즈 사람들은 실망과 가벼운 당혹감을 드러냈으나 금세 수긍하는 분위기였다. 슈스 성주가 겸연쩍게 말했다.

"전에 지하에서 마지막 지도자를 모시고 나오셨을 때도 같은 말씀을 하셨었지요. 제가 잠시 잊고 있었나 봅니다."

"중요한 것은 펠레즈에 있는 고대의 유산이 무사히 남아 있고 언젠가는 사용할 날이 올 것이라는 사실입니다. 지금까지 그러했듯이 잘 지켜 나가시기 바랍니다."

박상의 말에 성주는 깊이 고개를 조아리며 대답했다.

"깊이 가슴에 새기겠습니다. 우리의 위대한 도시 펠레즈에 대한 전설이 사실이라는 것을 확인한 것만으로도 기쁘고 감사한 일이지요. 선조들께서 남기신 귀한 유산을 소중하게 간직하겠습니다."

성주와 이야기를 마친 무적택배 사람들은 인사를 나누고 그곳에서 지휘차를 타고 프라트로 돌아갔다. 베르테스가 디파에 대해 어떤 결론을 내릴 것인지 지켜보기 위해서였다.

"어제저녁에 노드 씨가 베르테스님께 다녀와서 전한 대로라면 디파를 어떻게 할 것인지 현재 의논 중이라는 이야긴데, 언제쯤 결론이 날까요?"

프라트로 향하는 지휘차 안에서 우진이 못내 궁금한 듯 말을 꺼냈다.

"우리가 한 말 때문에 결정이 빨라지지 않을까요?"

지혜가 짐작으로 하는 말에 마리나가 대답처럼 말했다.

"확실히 영향을 미치기는 하겠죠. 하지만 그건 베르테스님과 재상, 총사령관 같은 몇몇 중요 인물에게만 해당되는 일일 거예요. 디파의 중요성이 적국에 알려지지 않게 기밀에 붙일 가능성이 커요."

"당장 디파를 공격하기로 결정이 난다 해도 점령하기까지는 꽤 시간이 걸리겠지요?"

바다가 걱정스레 말했다.

"당연하겠죠. 펠레즈와 비슷한 시기에 만들어진 도시라는데 그 성벽 하나만 해도 지금의 전투 기술로는 거의 난공불락일걸요."

릴리가 당연하다는 투로 말했다.

"산 넘어 산이로군요."

바다는 짧은 한숨을 쉬었다. 그러자 마리나가 말했다.

"구경만 하고 있을 일이 아니라 우리도 뭔가 도울 일을 찾아야죠. 이건 우리의 일이기도 하니까. 저번 전투에서처럼 미사일 같은 무기로 직접 지원하지는 못하더라도 인공위성을 이용해서 기상 정보나 적의 동향을 탐색하는 정도의 도움은 제공할 수 있잖아요.”

“그런 방법도 있겠군요. 도울 수 있는 일이 있으면 당연히 도와야죠.”

지혜는 고개를 끄덕이며 찬성했다. 우진도 지혜와 같은 생각이었다.

“좋은 아이디어인데요. 그런 정보는 분명히 이쪽 사람들에게도 도움이 될 겁니다.”

마리나는 박상과 박창을 돌아보고 물었다.

“두 분 생각은 어떠세요?”

“괜찮은 생각인 것 같군요.”

박상 형제도 고개를 끄덕였다. 마리나는 이번에는 바다에게 의사를 확인했다.

“바다 씨도 이 정도 개입은 이해하실 테죠? 결국 우리 자신을 위한 거잖아요.”

바다는 어색한 표정으로 잠자코 있었다.

“그런데 디파 탈환전은 전의 전투와는 달리 디파까지 군대가 출정하게 될 텐데 인공위성으로 얻은 정보를 어떻게 그쪽 지휘부에 전달하죠? 그때처럼 수정이나 조수라도 딸려 보낼 겁니까?”

우진이 마리나 자매에게 물었다. 마리나는 즉각 대답했다.

“그것보다는 릴리와 제가 출정 때부터 함께 가는 것이 좋을 것 같아요. 상공에서 적의 동향을 촬영한 영상이나 기상 정보를 그대로 전달하기만 해서는 이곳 사람들이 제대로 활용하지 못할 거예요. 누군가가 풀어서 이해할 수 있게 설명을 해줘야죠.”

“전장에 가려구요? 위험하지 않을까요?”

지혜가 걱정했으나 마리나는 태연했다.

"설마 우리가 직접 전선에 나서는 일이야 있겠어요? 본영에 머물면서 정보를 제공하는 정도의 역할만 하면 되죠."

"하긴, 두 분이 전투에 나간다고 해도 오히려 여기 사람들이 말릴걸요. 신의 사도가 적의 손에 죽거나 다치기라도 하면 군의 사기에 미치는 영향이 지대할 테니까요."

우진이 웃으며 말했다.

"디파에 답이 있을지 없을지도 모르는데 거길 가려고 전쟁까지 해야 하다니. 일이 왜 이렇게 자꾸 커지는 건지 모르겠네."

박창은 떨떠름한 표정으로 귀를 긁적이며 입속으로 조그맣게 웅얼거렸다. 박상은 못 들은 척하고 일행에게 말했다.

"아무튼 우리가 할 수 있는 일은 했으니 당분간 일이 어떻게 진행될지 지켜보기로 합시다."

다들 조용히 수긍하는데 지혜가 말했다.

"전 프라트에 가면 아담과 수정을 데리고 이곳의 컴퓨터와 지구 컴퓨터 간에 데이터 호환이 가능한지 연구해 봐야겠어요. 다닐 때는 주로 이 지휘차를 이용하고 있긴 하지만 휴대용 단말기나 저장 장치 같은 건 아무래도 지구에서 우리가 쓰던 것들을 이용해야 하니까요. 그리고 장기적으로 봐도 그럴 필요가 있을 거구요."

"그게 되겠어? 여기 컴퓨터랑 지구 컴퓨터는 운영 방식이며 기반이 되는 이론 자체가 아예 다를 텐데?"

박창은 회의적이었다.

"쉽지는 않겠지. 하지만 다른 문명 간의 컴퓨터끼리 데이터 호환이 전혀 불가능한 건 아냐. 지구와 콜로프의 컴퓨터만 해도 카드나 커넥

터가 있으면 데이터 호환이 가능해.”

“하지만 여긴 그런 게 없잖아?”

“이쪽의 컴퓨터가 고성능이니까 거기에 가능성을 걸어보는 거지. 펠레즈뿐 아니라 디파에 남겨놓은 시설까지도 통제하는 역할을 맡은 만큼 이 지휘차의 중앙 컴퓨터는 지구로 치면 슈퍼 컴퓨터 급은 될 테니까.”

“잘됐으면 좋겠네요.”

릴리가 말했다.

“잘돼야죠. 그렇지 않으면 두고두고 불편을 감수해야 해요.”

지혜는 의욕을 피력했다.

그러는 동안 조종실의 정면 모니터에 어느덧 프라트의 정경이 비치고 있었다. 오후로 접어든 프라트는 여느 때처럼 일상의 활기로 넘쳐나고 있었다. 피스벵 설탕을 실은 짐마차들이 병사들의 삼엄한 호위를 받으며 배들이 접안한 포구로, 또는 성문 밖으로 줄지어 나가고 있고, 설탕을 생산하는 공장들에서는 피스벵의 단 냄새를 풍기는 하얀 연기가 끊임없이 흘러나오고 있었다. 그 광경 속으로 곧장 들어간 지휘차는 구왕궁의 정원 터에 내려섰다.

“집에 도착했습니다, 여러분. 모두 내리세요.”

우진이 짐짓 밝은 어조로 말했다. 이상하게도 우진의 입에서 나온 집이라는 말이 그리 어색하게 느껴지지 않았다. 바다도 이때는 이의를 달지 않고 묵묵히 조종석에서 일어났다.

“뭔가 큰일을 치르고 온 것 같은 기분인데, 아직 점심때밖에 안 됐네요.”

릴리가 길게 기지개를 켜면서 말했다.

"내려가서 점심부터 먹읍시다."

박상이 일어나며 하는 말에 다들 갑자기 시장기를 느꼈다. 그들 대부분이 긴장 때문에 제대로 아침을 먹지 못했다.

"점심 메뉴는 뭐예요?"

지휘차를 내려가면서 릴리가 박창에게 물었다.

"레스프라트식 빵과 말린 과일, 레스프라트 치즈요."

릴리의 얼굴에 실망의 빛이 스치는 것을 보고 박창은 그녀를 달래듯 말했다.

"대신 저녁엔 비빔밥을 할 생각이에요. 물론 야채는 레스프라트 거지만."

"우리가 가져온 식량은 거의 다 떨어졌죠?"

우진이 물었다. 박창은 고개를 끄덕였다.

"약간의 쌀과 조미료를 빼곤 그래요. 그래도 다들 여기 음식물에 꽤 익숙해졌고, 밀가루나 설탕, 치즈 같은 건 비슷한 대체품이 있으니까 너무 걱정들 말아요."

"그렇지만 한국식 밥과 반찬은 못 먹을 것 아녜요."

릴리가 시무룩해서 웅얼거렸다.

"하는 수 없죠. 간장, 된장, 고추장 같은 건 어떻게 할 수가 없는 거니까."

박상이 그렇게 말하는데 박창이 말했다.

"고추 맛은 지금 연구 중이잖아."

"될지 안 될지도 모르는 걸 말해서 뭘 해? 쓸데없는 소리 하지 말고 가서 점심이나 준비하자."

박상은 쌀쌀맞게 말하고 주방 쪽으로 가버렸다.

"왜 저렇게 매사에 비관적이야? 필요는 발명의 어머니란 말도 모르
나?"

박창은 구시렁거리며 형을 따라갔다.

2

펠레즈에 다녀오고 나흘째 오후 박상과 박창이 주방에서 일행의 저녁을 준비하고 있는데 누군가 주방의 뒷문을 노크하고 들어왔다. 아담이었다. 레스프라트 사람들은 아담을 보자 고개를 숙여 경의를 표했다. 아담은 박상에게 걸어오더니 말했다.

—박상님, 지혜님이 보내셔서 왔습니다. 제게 뭔가 시키실 일은 없습니까?

아담이 혼자 찾아와 뜬금없이 묻는 말에 박상은 영문을 몰라 어리둥절해했다.

"특별히 없는데. 갑자기 무슨 일이야?"

—지혜님께서 박상님께 가서 그렇게 여쭤보라고 하셨습니다.

"지혜가 그렇게 말했다고?"

박상은 더욱 이유를 알 수 없어서 멀뚱멀뚱 아담을 쳐다보았다. 지혜에게 아담을 보내달라는 부탁을 한 적도 없거니와 사전에 지혜로부터 어떤 연락이 온 것도 아니었다. 무슨 말인지 지혜에게 통신으로 물어보려는데 박창이 불쑥 말했다.

"형, 이 녀석 지금 지구 말을 했어."

"뭐?"

"분명히 지구 말이었어. 통역기 끄고 다시 들어봐."

박상에게 이른 박창은 자신도 통역기를 끈 상태로 아담에게 물었다.

"지혜 누나가 뭐라 말했다고 했지?"

—지혜님께서는 제게 박상님께 가서 시키실 일이 없는지 여쭤보라고 하셨습니다.

아담에게서 또박또박 흘러나오는 대답은 분명 지구의 공용어였다.

"정말이군."

박상은 놀라는 한편 신기한 마음에 아담을 새삼 훑어보았다. 박창은 아담에게 다시 명령을 내렸다.

"방금 전에 한 말을 레스프라트 말로 해봐."

아담은 시키는 대로 레스프라트 어로 같은 내용을 말했다. 단순히 몇 마디의 지구 말을 저장하여 기계적으로 읊는 것이 아니라 완전한 데이터가 들어 있는 것이 확실해 보였다.

"아, 혹시 지구 컴퓨터랑 여기 컴퓨터랑 데이터 호환이 되게 한다더니 그걸 성공한 거 아냐? 그래서 그걸 자랑하고 싶어서 아담을 보낸 것 같은데?"

박창이 알겠다는 표정으로 말하는데, 지혜가 두 사람에게 통신을 해왔다.

[어때, 아담의 지구어 실력이?]

“우리 컴퓨터와 여기 컴퓨터의 데이터 호환이 가능해진 거냐?”

박상이 물었다. 지혜는 의미심장한 웃음을 흘렸다.

[호호, 그거야 뭐 당연한 거고. 한 가지 놀랄 일이 더 있지.]

“뭐기에 그러냐?”

박상이 물어봤지만 지혜는 음흉하게 웃기만 했다.

[저녁 식사 때 보여줄 테니 그때 직접 눈으로 확인하서.]

“알았어. 나중에 보기로 하지. 아담은 그냥 돌려보낸다.”

박상은 아담을 지혜에게 돌려보내고 하던 일로 돌아갔다. 그러니 박상과는 달리 박창은 지혜의 말이 계속 신경 쓰이는 눈치였다.

“지혜 누나가 말한 또 다른 놀랄 일이란 게 대체 뭘까?”

“낸들 아냐. 아담이 춤이라도 추려나 보지.”

박상은 음식의 간을 보는 일에 신경이 쏠려서 대충 대꾸했다.

“아담이 지구 공용어 말고 지역어라도 하는 건가? 아니지, 그런 건 아닐 테고, 악기 연주? 노래? 요리?”

박창은 궁금해하며 연신 혼자서 짐작을 늘어놓았다. 그의 궁금증은 저녁 식사를 위해 일행이 모인 자리에서 풀렸다. 무적택배 사람들이 식당으로 쓰고 있는 방에 지혜가 수정과 조수 외에 네 대의 철인간을 대동하고 나타난 것이다. 그중 한 대는 물론 아담이었고, 다른 세 대는 아담에 앞서 조립했던 고대 문명의 철인간들이었다.

“어? 그때 그 백치 시리즈 아냐?”

박창이 놀라서 소리쳤다. 지혜는 박창을 살짝 흘겨보고 일행에게 세 대의 철인간을 소개했다.

“소개할게요. 새로 우리의 보조자가 된 철인간들이에요. 이름은 아토스, 포르토스, 아라미스라고 붙였어요.”

지혜의 소개를 들은 무적택배 사람들의 분위기는 순간적으로 약간 썰렁해졌다. 얼른 듣기에도 몸통이며 팔다리의 색깔이 각각인 안드로이드들의 외양과 그다지 어울리지 않는 이름이었기 때문이다.

"소설 『삼총사』에서 따오셨군요."

잠시 후 우진이 어색하게 미소 지으며 말했다. 지혜는 고개를 끄덕였다.

"맞아요. 숫자가 딱 셋이잖아요."

박창은 어처구니없다는 듯 세 안드로이드의 생김새를 훑어보다가 지혜에게 물었다.

"누난 그 이름이 걔네들에게 어울린다고 생각해?"

"무슨 뜻으로 하는 말이야?"

지혜가 샐쭉해서 묻자 박창은 말했다.

"아무리 그래도 이름이랑 생긴 거랑 너무 안 어울리니 하는 말이지. 차라리 얼룩이 1, 2, 3호라든지, 못난이 3형제로 하는 게 낫겠다."

"뭐야?"

지혜의 목소리가 한 옥타브는 높아졌다. 다른 사람들은 입술을 깨물고 나오려는 웃음을 참느라 애를 먹었다.

"그 녀석들은 아예 기동 자체가 안 되는 것 같더니, 어떻게 움직이게 된 거냐?"

지혜가 박창과 설전을 벌이기 전에 박상이 슬쩍 지혜의 주의를 다른 곳으로 돌렸다. 지혜는 아담을 가리켰다.

"아담이 철인간용 기본 프로그램을 깔았어."

"그것만으로 가동이 되던가요?"

우진이 물었다.

“네, 다행히 다른 곳에는 이상이 없었어요.”

“그 로봇들의 용도는 뭐죠?”

마리나의 질문을 받은 지혜는 조금 머쓱한 표정이 되었다.

“그건 모르겠어요. 동체와 신체 각부가 여러 철인간들의 잔해에서 골라 조립한 것인데다, 원래의 프로그램이 남아 있지 않아서 알아낼 방법이 없어요.”

“원래 용도는 차치하고 지금 상태로는 어떤 용도에 활용 가능한가요?”

마리나가 질문을 고쳤다.

“지금은 그저, 그러니까, 여러 가지 일을 보조하는 정도라고 할 수 있어요.”

지혜의 대답은 어딘지 모호했다.

“그럼 아담과 수정처럼 비서 역할을 할 수 있어? 아니면 조수 같은 엔지니어링 보조라든지?”

박창이 구체적으로 물었다.

“글쎄, 그렇게 어려운 일은 좀 무리고, 그것보다 단순한 일이라면 무리없이 하지 않을까 싶은데…….”

지혜는 어물쩍거렸다.

“보다 단순한 일? 예를 들어 어떤 일인데?”

박창은 더욱 깊이 캐물었다. 지혜는 이마에 주름까지 짓고 열심히 대답할 말을 찾는 기색이었다.

“그러니까, 짐을 나르는 일이라든지 다른 사람에게 말이나 물건을 전하는 일이라든지, 뭐 그런 것 말이지.”

“뭐야? 그런 정도밖에 안 돼? 지구의 가사 로봇보다도 못하잖아.”

박창이 실망스러운 기색으로 콧방귀를 뀌자 지혜는 항변했다.

"아담과는 모델도 다르고 사양이 달라서 기본 프로그램밖에 깔 수가 없어서 그렇지 원래 성능이 나쁜 건 아냐. 지구의 로봇 같으면 그런 환경에서 이 정도나 건질 수 있을 것 같아?"

"지혜 씨 말이 맞아요. 그리고 하다못해 무거운 물건을 나를 때나 유사시에 방패 역할이라도 해줄 수 있지 않겠어요? 없는 것보다는 훨씬 낫죠."

우진이 편을 들어주는 것에 지혜는 크게 고무되었다.

"제 말이 그 말이에요. 아무튼 이렇게 잘 움직이는 것만 해도 어디예요?"

"그래요. 지혜 씨가 모처럼 수고해서 움직일 수 있게 했는데 고마운 일이죠."

릴리까지 거들고 나서자 지혜는 더욱 기운을 얻었고 조금 전까지의 자신없던 태도에서 일변하여 당당함을 되찾았다.

"지구 컴퓨터와 이 별의 컴퓨터 간에 데이터를 주고받을 수 있게 되었다던데, 어느 정도입니까?"

바다가 물었다.

"최소한 인공위성을 이용한 통신이나 화상 정보 전송, 데이터 교환은 무리없이 가능해요. 물론 지휘차의 중앙 컴퓨터를 매개해서지만요."

"그러면 마리나 씨와 릴리 씨가 프라트에서 멀리 떨어진 곳에 가더라도 서로 연락하는 데는 문제가 없겠군요."

"네. 우리가 쓰던 장비를 그대로 가져가도 돼요. 가령 지구의 전자 종이에 이곳 인공위성이 찍은 사진을 담을 수도 있어요. 이렇게 말이죠.”

지혜는 둘둘 말려 있던 얇은 종이 같은 것을 꺼내더니 쫙 펼쳐서 일행에게 보여주었다. 도면이나 설계도용인 까닭에 테이블을 덮을 만큼 넓은 전자 종이에는 인공위성이 촬영한 레스프라트 일대의 사진이 담겨 있었다. 무적택배 사람들은 관심 깊게 그것을 들여다보았다. 전체적인 모양과 지형은 현재 레스프라트 사람들이 사용하는 지도와 거의 같았다.

“여기가 프라트인가 보네요.”

박창이 강을 끼고 초록색이 넓게 펼쳐진 지역 사이에 있는 한 지점을 짚었다.

“그리고 여기가 펠레즈구요.”

지혜가 가리킨 곳은 푸르스름한 지역 한가운데에 확연히 구별되게 콕 박혀 있는 황색 지대였다. 얼마 전에 가서 철인간들의 창고를 발견했던 젠브루 일대는 상당히 넓은 지역이 누르스름했다. 전체적으로 봐서 녹색 지대가 작은 편이었고, 펠레즈처럼 주변 지역과는 이질적으로 누렇게 황폐해진 지역들이 여러 곳에 있었다. 레스프라트의 영토에서 눈에 뛸 정도로 두드러지는 녹색 지대는 수도 프라트 주변과 펠레즈의 서북쪽으로 올라가 아메트와 접경하고 있는 디파 주변, 두 군데 정도였다. 사진을 물끄러미 내려다보던 우진이 말했다.

“젠브루처럼 과거의 전쟁 때 토양이 유리질화된 지역이 상당 부분 있나 보군요. 전체 면적에 비해 녹지가 적어 보이는데, 이러면 식량 생산에도 차질이 크지 않을까요?”

그러자 박상이 이해가 간다는 듯 고개를 주억거리며 말했다.

“이곳 사람들이 곡물을 귀하게 여기는 것을 보면 그럴지도 모르겠군

요. 주방에 있는 사람들만 해도 곡물이 든 것은 뭐든지 웬만하면 다 먹
으려고 하지 버리는 법이 없더군요.”

“그뿐인가? 여기 사람들은 기본적으로 중국 요리 같은 입맛이에요.
먹어서 죽지 않는 거면 다 먹지 않나 싶을 정도로 이것저것 다 먹더라
니까. 전에 처음 왔을 때 파디아님과 사제들이랑 시장이며 시외를 다
닌 적이 있잖아요. 그때 보니까 온갖 야생풀에 열매, 하다못해 곤충까
지 여러 종류를 먹는다고 하더라구요. 거기다 생선회며 육회, 바다 풀
도 먹구요. 진짜 못 먹는 게 없는 것 같아요.”

박창도 아는 척하며 끼어들었다. 릴리도 웃으며 말했다.

“어쩐지 대원들이 뭐든지 너무 잘 먹더라니. 은닉 훈련을 할 때도
식량 조달을 알아서 척척 해내더라구요. 우린 그 사람들이 고생을 많
이 해서 그런 줄로만 알았는데, 여기 사람들의 전반적인 특징이었나 보
네요.”

릴리의 말을 듣고 박창이 갑자기 생각난 것처럼 말했다.

“아 참, 못 먹는 게 딱 하나 있더군요. 여기 사람들이 케트라고 부르
는 동물 있잖아요, 말처럼 생긴 그거. 그 고기는 못 먹는다고 하더군
요.”

릴리가 눈이 동그래져서 물었다.

“말고기가 어때서요? 그건 육회로도 먹는 건데.”

박창은 피식 웃었다.

“그건 지구의 말이죠. 케트란 놈은 지구의 말과 비슷한 동물이긴 해
도 말은 아니잖아요. 아무튼 그 케트고기는 무지 질기고 노린내가 지
독하대요. 아무리 비위 좋은 사람도 구역질이 나서 도저히 먹을 수가
없다더군요. 오죽하면 고문 방법 중에 다른 먹을 것을 주지 않고 케트

고기를 먹이는 고문도 있을 정도라니까 말 다했죠."

"그래요? 그래서 그때 노드 씨랑 로네스 씨가 케트고기까지 먹었다면서 비참해했었군요. 젠브루 같은 초원 지대에서 거의 키우지 않는 것도 그렇구요."

우진은 이제야 알겠다는 얼굴로 고개를 끄덕였다. 한편 그런 이야기에는 흥미를 보이지 않고 꼼꼼히 사진을 훑어보던 마리나는 지혜에게 물었다.

"혹시 이런 전자 종이를 더 가지고 계세요?"

"네. 이런 건 쓸 일이 꽤 있으니까요."

"다행이네요. 나중에 릴리와 제가 디파 원정을 따라갈 때 몇 장 빌려주세요. 여기에 인공위성에서 보낸 정보를 담아 이쪽 군 지휘부에 전달하면 좋을 것 같아요."

"그렇게 하세요."

지혜는 선선히 수락하고 전자 종이를 원래대로 말아서 한쪽으로 치웠다.

"양쪽 컴퓨터의 데이터 호환이 되면 아담에게는 이제부터 레스프라트 어로 명령을 내리지 않아도 되는 건가?"

박상이 지혜에게 물었다.

"당연하지. 앞으로 아담에게 명령할 때는 지구어로 해도 되고, 또 통역 기능도 있으니까 필요하다면 수정 대신 통역을 시켜도 돼. 총사령관의 철인간이라 그런지 굉장히 다용도거든. 게다가 지휘차의 중앙 컴퓨터와 연동되어 있어서 실질적으로는 걸어다니는 슈퍼 컴퓨터나 다름없어."

지혜가 으쓱하여 아담의 우수성에 대해 열심히 늘어놓는데, 박창이 그녀의 기분을 깨는 말을 했다.

"그건 다 좋은데, 저 세 녀석 이름 좀 어떻게 안 돼? 백보 양보해도 삼총사는 너무 안 어울려."

"넌 왜 아까부터 이름 가지고 시비야? 그 이름이 어때서?"

"도무지 안 어울리니 그렇지."

"시끄러워. 내가 아라미스, 아토스, 포르토스라면 그런 거야. 적어도 이름 붙이는 권리쯤은 내게 있다구."

지혜의 태도는 강경했다. 두 사람이 철인간들의 이름 문제로 언쟁을 시작할 기미를 보이자 박상은 재빨리 박창을 나무라는 것으로 마침표를 찍었다.

"그만 해. 이름 같은 게 뭐가 중요하다고. 지혜가 부르고 싶은 대로 부르게 두면 될 걸 가지고. 밥 다 식겠다. 밥이나 먹자."

박창은 불만스러운 듯 입이 쑥 튀어나왔으나 일단 입을 다물었다. 밥 먹는 것도 잊고 이야기에 열중해 있는 동안 저녁은 미지근하게 식어 있었다. 그제야 시장기를 느낀 그들은 그때부터 한동안 조용히 식사를 했다.

"이제 남은 일은 베르테스 왕이 디파에 대해 결정을 내리는 것밖에 없군요."

식사 도중 마리나가 말한 것을 시작으로 다시 사람들의 입이 열렸다.

"우리가 노드 씨에게 디파 이야기를 한 지도 5, 6일은 된 것 같은데, 논의 중이라더니 아직 말이 없네요. 언제쯤 결론이 날까요?"

"이왕 결정할 거면 빨리 하면 좋을 텐데 말이에요."

우진에 이어 릴리가 푸념처럼 말했다.

"어쩌겠습니까? 우리 마음대로 결정하는 게 아니고 이곳 사람들이 생각해서 판단할 일이니 기다려야지요."

박상의 목소리는 약간 가라앉아 있었다. 마치 자신들이 전쟁을 부추기고 기다리는 것만 같아 마음이 편치 않았다. 하지만 그런 생각을 드러낼 수 없는 것이 다른 사람들이라고 전쟁이 좋아서 기다리는 것은 아닐 터였기 때문이다.

'다른 생각은 하지 말자. 지금은 이 사람들과 살아서 지구에 돌아가는 일만 생각해야 해. 그것이 우선 명제인 이상은 다른 감상은 뒤로 미뤄야 해.'

그런 생각을 하며 마음을 독하게 먹으려 애썼지만, 그래도 마음 한쪽을 비집고 드는 일말의 죄책감과 두려움은 어쩔 수 없었다. 박상은 자신의 기분이 얼굴에 드러나지 않도록 신경 쓰면서 고개를 숙이고 부지런히 밥을 먹었다.

드디어 무적택배 사람들이 기다리던 소식이 들어왔다. 아메트로부터 디파를 되찾기 위한 원정 계획이 국왕의 칙령으로 포고된 것이었다. 대외적으로 내걸어진 공식적인 명분은 디파의 반역자들을 처단하고 레스프라트의 영토를 회복한다는 내용이었다. 수도 프라트에서의 출정은 포고일로부터 9일 뒤로 정해졌고, 출정 전에 디파 토벌전의 승리를 다짐하는 대규모 무술 대회가 4일간 개최된다는 발표도 동시에 있었다.

노드와 로네스에게서 그 소식을 들은 무적택배 사람들은 그날 저녁 지휘차의 회의실에 모여서 다음 일정에 대해 의논했다. 많은 시간을 특공대 사람들과 보내고 있는 마리나와 릴리는 오전에 노드가 전해준 포고에 더해 구체적이고 새로운 정보를 가지고 왔다.

"상당히 대규모 원정이 될 모양이에요. 특공대도 카라인 대장의 지휘 하에 출정한다더군요."

마리나의 말을 듣고 우진이 의아해하며 물었다.

"특공대의 훈련이 아직 다 끝나지 않은 것 아닙니까?"

"카라인 대장을 포함해 처음부터 있던 대원들은 이미 다 끝났어요. 원래가 신병들도 아니고 백전노장들이었잖아요. 또 전원이 가는 것도 아니고 일부는 남아서 교관으로서 새로운 대원들을 받아들여 훈련하게 될 것이구요."

"그럼 마리나 씨와 릴리 씨는 특공대의 카라인 대장과 함께 행동하실 겁니까?"

바다가 물었다.

"예. 아직 카라인 대장에게 말하지는 않았지만, 사장님이나 여러분이 특별히 반대하지 않는다면 그럴 생각이에요."

마리나가 말했다. 박상은 담담하게 받아들였다.

"마리나 씨가 전에 말했듯이 우리와 무관한 일이 아니니 가능한 한 협력해야지요. 단, 위험한 일에 나서서는 안 됩니다."

"걱정 마세요. 우리가 전쟁광도 아니고 멋대로 전면에 나설 리가 있겠어요?"

마리나는 빙긋 웃었다.

"9일 뒤가 출정이면 상당히 준비가 촉박하겠군요. 그 안에 출정 준비를 끝낼 수 있답니까?"

우진이 마리나에게 물었다.

"여긴 군제가 현대적이라 그런지 그런 면에선 신속하고 일사분란해요. 오늘부터 수도의 창고에서 물자가 배분되기 시작했다고 들었어요."

"하지만 9일 안에 병력 집결이 다 되겠어요? 설마 여기 있는 군대만으로 전쟁을 하지는 않을 것 아닙니까?"

박창의 질문에는 릴리가 답했다.

"그렇지는 않죠. 수도에 있는 상비군과 용병은 물자의 배분과 무장이 끝난 부대부터 먼저 출발하고, 식량과 전쟁 물자의 수송을 맡은 부대들은 다른 지역에서 따로 출발하여 디파 가까이에서 합류할 모양이에요."

"출정까지 며칠 남지 않았는데 마리나 씨와 릴리 씨에게 어떻게 정보를 보내고 지원할 것인지 지금쯤 정해야 하지 않을까요."

우진이 제안했다. 일리가 있다고 생각한 박상은 지혜에게 물었다.

"마리나 씨와 릴리 씨가 출발할 때 로봇도 한두 대 딸려 보내는 것이 좋지 않을까?"

"그 편이 좋겠지. 통신을 담당하고 시중도 들려면 수정 정도가 적합하지 싶어. 사무용이라서 통역 이외에도 정보를 분석하고 전달하는 것이 주임무니까. 단순 보조용으로 쓸 로봇도 세 철인간 중 하나 골라서 보내고."

"그러면 되겠군."

"통신 장비와 프린터 등도 가져가야 하지 않겠습니까?"

우진이 말했다. 릴리가 거기에 얼른 보탰다.

"가능하다면 에어 바이크도 가져갔으면 해요. 쓸모가 있을 거예요."

박상은 잠깐 머리 속으로 따져 보고는 말했다.

"로봇에 통신 장비, 프린터, 에어 바이크까지 실으려면 에어 트럭을 준비해야겠군요."

"지구 장비를 사용해도 되니까 전자 종이는 잊지 말고 꼭 가져가시는 게 좋겠네요. 인공위성에서 받은 정보를 거기에 저장해서 이곳 사람들에게 보여주면 될 테니까요. 종이에 일일이 출력하지 않아도 되고, 한 번에 여러 장씩 저장되니까 종이랑 카트리지 절약도 되고 말이에요. 필요하시면 제 전자 책도 빌려 드릴게요. 아직 아무것도 저장 안 된 새것이 있거든요."

우진이 제안했다. 마리나는 기꺼이 받아들였다.

"고마워요. 나도 전자 종이를 가져갈 생각을 하고 있었어요. 전자 책도 혹시 모르니까 빌려갈게요."

마리나 자매에게 필요한 물건에 대해 한창 의견을 내놓고 있는데, 불쑥 박창이 누구에게랄 것도 없이 질문을 던졌다.

"그나저나 이번 전쟁은 얼마쯤이면 끝날까요?"

그 질문에는 다들 멀뚱히 앉아 있을 뿐 입을 열지 않았다. 박창은 마리나 자매를 짚어 물었다.

"특공대 쪽 사람들은 어떻게들 예상하고 있던가요?"

"글쎄요. 우리 앞에서는 별로 그런 말은 하지 않아서."

마리나가 대답하기 애매한지 말끝을 흐리는데 릴리가 말했다.

"예상이라고 말하기는 그렇고, 전반적인 분위기로 봐서는 이번 전쟁이 쉽게 끝날 것이라고는 생각지 않는 것 같았어요."

"쉽게 끝나지 않는다면 몇 달씩 걸릴 수도 있다는 겁니까?"

박창이 은근히 걱정하며 묻는데 우진이 쐐기를 박았다.

"현대전도 아닌데, 몇 달은 기본이라고 생각해야죠. 병력의 집결과 이동에 걸리는 시간만 해도 현대와는 다른걸요."

"정말 그렇게 오래 걸릴까요?"

지혜도 그 점은 미처 생각지 못했던지 염려스러운 표정이 되었다. 마리나는 당연하다는 투로 말했다.

"우진 씨의 생각이 맞을 거라고 봐요. 몇 달 정도로 끝난다면 그것만으로도 다행이라고 여겨야죠."

"그럼 앞으로 한동안은 두 분을 보기 힘들지도 모르겠군요."

박상의 말에 릴리는 생긋 웃었다.

"에너지 충전을 위해서라도 가끔 여기에 들러야 할 텐데요. 딴 건 몰라도 에어 트럭이나 에어 바이크 같은 장비는 여기 인공위성의 에너지를 이용할 수 없잖아요."

아직 이 별의 고대 문명 시설에서 생산하는 에너지를 지구의 계기에 사용할 수 있도록 변환시킬 수단이 없는 까닭에 무적택배호와 그 외 지구산 장비에 소요되는 에너지는 특공대원들의 운동에 의존하고 있었다.

"지혜 누나, 에너지 문제부터 어떻게 해결이 안 될까? 우리가 평소에 주로 사용하는 장비는 지구에서 가져온 것이 많은데, 에너지에 늘 제약이 따르잖아."

박창이 말하자 지혜는 떨떠름한 얼굴로 고개를 가로저었다.

"전에도 말했지만, 그게 그렇게 간단한 문제가 아냐. 에너지 변환기를 만들 정도면 이곳 고대 문명의 과학 기술에 완전히 정통해야 한다구."

"우린 괜찮아요. 그런 일까지 신경 쓰지 마세요. 마리나랑 저랑 둘이서 번갈아가며 왔다 갔다 하면 되죠."

릴리는 전혀 개의치 않는 기색이었다. 그때 바다가 박상에게 물었다.

“그런데 마리나 씨와 릴리 씨가 디파까지 함께 가는 건 언제 누구에게 이야기하실 생각입니까?”

박상은 잠깐 생각해 보고 대답했다.

“아무래도 베르테스 왕이 몰라서는 안 될 테니 내일 아침에 노드 씨에게 이야기하죠. 그러면 카라인 대장에게도 이야기가 전해지겠죠.”

한편 우진은 릴리에게 질문했다.

“카라인 대장은 이번 전쟁이 갑자기 결정된 이유를 아는 것 같던가요?”

릴리는 머리를 흔들었다.

“아마 모르지 않나 싶어요. 말은 안 하지만 다른 대원들도 내심 이번 결정을 의아하게 여기는 것 같은 분위기였구요.”

릴리의 말에 마리나가 보태었다.

“카라인 대장은 출정 전에 이번에 전장에 나갈 대원들을 선발하고, 새로운 대원의 충원도 해야 하니까 바빠서 다른 생각을 할 틈도 별로 없을 거예요.”

“마리나 씨와 릴리 씨가 디파에 나가 있는 동안 우리는 프라트에서 기다려야겠군요. 두 분은 전장에 있으니 그렇다 치고 우린 몇 달씩이나 여기서 뭘 하죠?”

박창이 걱정스레 하는 말에 박상이 말했다.

“각자 할 일을 찾아서 해야겠지.”

그러자 우진이 먼저 말했다.

“인공위성으로 적의 동정을 살피거나 기상 정보를 분석하고 마리나 씨와 릴리 씨에게 전송하는 일은 바다 형이랑 제가 맡겠습니다.”

바다는 동의의 뜻으로 고개를 끄덕였다. 다음에는 지혜가 말했다.

"전 이 별의 고대 과학에 대해 공부해 봐야겠어요. 나중에 우주선 수리를 하더라도 우리가 가진 장비만으로는 어려울 테니, 어떻게든 접목을 시켜봐야죠. 그러자면 몇 달 정도로는 어림도 없어요. 할 수 있는 한 매달려 봐야죠."

"우리 빼고는 다들 할 일이 있는 셈이군. 형은 뭘 할 거야?"

박창이 박상을 쳐다보고 물었다. 박상은 겸연쩍은 얼굴로 대꾸했다.

"달리 뭘 하겠냐, 지금껏 하던 대로 밥이나 해야지."

"그거야 늘 하는 거고, 별일없으면 내가 하는 일이나 돕는 게 어때?"

"네가 무슨 일을 하는데?"

"고추 맛 실험하고 있잖아."

"아직도 포기하지 않았냐?"

박상은 한심하다는 표정이었으나 박창은 사명감에 불타올랐다.

"노느니 장독 깬다고, 놀면 뭘 해? 나와 함께 이 별에 두 번째 맛의 혁명을 일으키는 거야."

그러나 박상은 박창의 결연한 의지에 전혀 동참할 뜻이 없었다.

"놀면 그냥 놀지, 장독은 왜 깨냐? 너나 잘해 봐라."

박상은 시큰둥하게 대꾸하고 일행에게 말했다.

"아무튼 지금 상황에서는 디파 원정이 끝나봐야 다음 계획도 세울 수 있을 것 같습니다. 당분간은 디파를 레스프라트가 되찾을 수 있을지 지켜보면서 우리가 할 수 있는 일을 찾아서 하도록 합시다."

그들은 그 뒤에도 얼마간 앞일에 대해 의논하다가 지휘차에서 나와 숙소로 돌아갔다.

이틀 뒤 오후, 마리나 자매를 제외한 무적택배 승무원들은 자신들의 우주선 무적택배호에서 에어 트럭을 내어 성능을 점검하고 필요한 물품들을 싣는 작업을 시작했다. 특공대와 동행하여 디파 원정에 출정할 두 사람을 위한 준비를 하는 것이었다. 그들이 짐작했던 대로 베르테스는 마라나와 릴리의 출정을 감사히 받아들였고, 즉시 그 사실이 카라인에게도 통보되었기 때문에 문제될 것은 없었다.

"야, 아다다, 그거 들어서 여기 가져다 놔."

박창이 철인간 중 하나에게 명령하는데 저쪽에서 지혜가 고함을 빽질렀다.

"뭐야? 그 괴상한 이름은!! 쟤는 아라미스라고 했잖아."

그러나 박창은 피식 실소를 터뜨리더니 비딱하게 받아쳤다.

"아라미스? 그 이름이 가당하다고 생각하서? 쟤들의 어디가 삼총사야? 아다다, 삼룡이, 콰지모도가 딱이지."

"뭐? 삼룡이? 콰지모도? 박창, 너 로봇들에게 멋대로 이상한 이름 붙이지 말랬지?"

지혜는 열을 내며 당장 박창에게 달려왔다. 박창은 그녀의 손에 걸리기 전에 잽싸게 달아나면서 다른 일행에게 큰 소리로 물었다.

"다들 솔직히 말해 봐요. 까놓고 말해 저 녀석들, 『삼총사』의 주인공보다는 백치 삼총사 쪽에 가깝지 않아요?"

"야, 너, 거기 안 서?"

흥분한 지혜는 먹잇감을 노리는 맹금류처럼 손톱을 곤두세우고 박창을 쫓아갔다. 우진이 얼굴을 가리고 킬킬 웃으면서 지혜에게 들리지 않게 박상에게 소곤거렸다.

"아담까지는 그렇다 쳐도 다른 세 녀석은 박창 씨의 말이 맞는 것도 같네요."

박상도 슬며시 웃음 지으며 세 로봇을 흘깃 쳐다보았다.

"음, 솔직히 아토스, 포르토스, 아라미스는 안 어울리기는 하죠."

"지혜 씨에겐 미안하지만 저도 삼룡이, 아다다 쪽으로 부르게 될 것 같아요. 아담같이 고성능이길 바라는 건 아니지만, 수정이나 조수처럼 특별한 기능이 있는 것도 아니고 거의 단순한 보조밖에 못하잖습니까?"

"그것도 사실이긴 하죠."

박상 역시 지혜에게 미안한 기분은 있었지만 우진의 말에 공감하는 바였다.

한동안 지혜를 피해서 이리저리 돌던 박창은 특공대가 사용하고 있는 구왕궁의 오른쪽 건물 방향으로 달아나다가 마침 그곳에서 나오던 마리나 자매와 정면으로 부딪칠 뻔했다.

"뭐 하는 거예요? 술래잡기?"

릴리가 활짝 웃으며 물었다. 박창도 지혜도 머쓱해져서 멈춰 섰다.

"아뇨, 그냥 좀… 두 사람은 웬일로 나왔어요? 밖에서 훈련하게요?"

아무 일도 아닌 척 딴청을 피우며 박창이 물었다. 릴리는 머리를 흔들었다.

"그런 건 아니고 우리도 뭔가 도울 일이 없나 해서 나온 거예요. 우리를 위해 준비하는 건데 구경만 하기는 그렇잖아요."

박창은 어깨를 가볍게 으쓱하며 에어 트럭 쪽을 돌아보았다.

"거의 다 끝났어요. 무거운 물건 나르는 거나 힘든 작업은 전부 저기 백치 삼총사가 다하니까 딱히 어려운 일도 없구요."

"백치라고 하지 말랬지!"

어느새 다가온 지혜가 으르렁거리며 마리나와 릴리 모르게 박창의 허리를 뒤에서 꼬집었다. 박창은 아파서 몸을 배배 꼬면서도 물러서지 않았다.

"누가 틀린 말 했어? 누나가 하도 가당찮은 이름을 붙이니 그런 거 아냐."

"이 녀석이, 그래도!"

"차라리 군대에서 하는 것처럼 촌스러운 이름을 붙여. 그게 더 정감 있잖아."

"여기가 군대야? 그리고 저 녀석들이 군용이야? 이왕이면 다홍 치마라고, 세련된 이름이 뭐 어때서?"

작은 소리로 옥신각신하는 지혜와 박창을 내버려 두고 마리나와 릴리는 에어 트럭 앞으로 가보았다. 에어 트럭의 화물칸 내부는 통신 장비며 모니터, 스캐너, 책상, 의자 등이 골고루 배치되어 작은 사무실처럼 꾸며져 있었다.

"이렇게 해놓으니까 꽤 괜찮군요. 꼭 이동 사무실, 아니, 이동 지휘소 같네요. 누구의 아이디어죠?"

마리나는 개조된 에어 트럭을 마음에 들어했다. 박상이 설명했다.

"우진 씨가 이렇게 해보자고 제안하더군요. 전부 고정대로 고정시켜 놓았기 때문에 웬만한 충격이나 진동에는 흔들리지 않을 겁니다. 살펴보고 더 필요한 것이 있으면 말씀하십시오. 아직 며칠 더 시간이 있으니까요."

"그럴게요. 우진 씨, 신경 써줘서 고마워요."

"고맙긴요. 놀러가는 것도 아니고 우리 일 때문에 가시는 거잖아요."

마리나 자매의 인사를 받고 우진은 쑥스러워하며 머리를 긁적였다.

"그런데 파디아 대신관님이 안 보이시네요, 어디 가셨어요?"

릴리가 일행을 둘러보다가 물었다. 지혜와 실랑이를 끝내고 일행이 있는 쪽으로 오던 박창이 대답했다.

"디파 토벌전의 출정에 맞춰서 미테르 대신전에서도 크게 행사가 있는 모양이던데요? 아침에 잠깐 인사하고는 계속 못 봤어요."

"카라인 대장도 얼굴 보기 어려울 정도로 바쁘던데, 바쁜 건 장병들만이 아닌가 보네요."

릴리가 말했다.

"특공대 쪽은 출정할 사람과 남을 사람이 다 정해졌습니까?"

박상이 마리나에게 물었다.

"대강 정해진 모양이더군요. 요즘은 새로 충원할 대원을 뽑고 있어요."

마리나가 대답하는데, 릴리가 눈을 빛내며 중대한 소식이라도 전하는 양 호들갑스럽게 말했다.

"참, 모레부터 시작된다는 무술 대회 말이에요. 거기에 아르데 씨도 출전한대요."

"아르데 씨가요?"

박상은 의외라는 표정이 되어 물었다. 카라인이 일부러 일행에게 따로 데려와 인사를 시켰던 데다가 젠브루에 다녀올 때도 경호 역으로 며칠간 동행했던 터라 박상뿐 아니라 다른 이들도 그녀에 대해 기억하고 있었다.

"맞아요. 카라인 대장이 이번에 디파 원정 기간 동안 우리의 경호를 담당할 팀을 만들었는데, 거기서도 그녀가 책임자예요."

"경호 팀이 생겼다구요?"

박창이 묻자 마리나는 씁쓸하게 웃었다.

"그렇게 됐어요. 괜찮다고 말했지만, 꼭 필요하다고 고집하는 데야 어쩔 수가 있나요. 우리가 여자라는 점을 감안해서인지 특공대원 중 여자들을 선발해서 경호 팀을 만들었더군요. 아, 그 라얄이란 사람은 아르데 씨를 늘 수행하니까 그 사람이 우리를 경호할 대원들 중 유일한 남자네요."

"그 장검을 어떻게 휘두를지 한 번쯤 보고 싶었는데 무술 대회에 나온다니 꽤 볼 만하겠는데요."

우진이 관심을 보였다. 그러자 박창이 시큰둥해서 말했다.

"하지만 우리는 대회 마지막 날에, 그것도 결승전만 볼 텐데, 결승전까지 올라오지 못한다면 우리는 구경도 못할걸요, 뭘."

베르테스가 무술 대회 마지막 날 결승전에 참관해 줄 것을 청해왔기 때문에 그때는 박상을 비롯해 무적택배 전원이 언덕을 내려가서 참석할 예정이었다. 그러자 릴리가 말했다.

"모르죠. 제 생각엔 결승까지 올라갈 가능성도 꽤 있다고 봐요. 아르데 씨는 천재 검사라는 말을 듣는 무서운 실력자거든요."

"천재 검사라구요?"

우진이 물었다. 릴리는 손짓까지 해가며 열심히 설명했다.

"네. 책을 가지고 혼자 터득해서 고대의 검술을 재현해 냈다고 들었어요. 아르데 씨가 갖고 있는 검이 가문에서 대대로 전수되어 온 고대의 검이란 이야기는 그때 카라인 대장에게 들으셨죠? 그 검과 더불어 전해오던 검술서가 있었는데, 아르데 씨는 바로 그 검술서의 검술을 되살렸대요. 오빠가 아니라 그녀가 그 검을 물려받게 된 것도 그런 천재적인 재능 때문이래요. 그뿐 아니라 힘도 굉장히 세요. 그녀와 대련해

본 대원들은 누구나 그 체구에서는 도저히 상상도 할 수 없는 파워라고들 평하더군요. 실제로 다른 사람과 대련하는 모습을 여러 번 봤지만, 상대가 누구든 힘으로 밀리는 모습을 본 적이 없어요."

"키가 유달리 크긴 해도 그렇게는 안 보이던데요? 거기다 남자와 여자의 근력 차이가 얼만데? 같은 몸무게라도 여자의 근력은 남자의 1/3밖에 안 된다구요."

박창은 못 믿겠다는 식이었다. 하지만 우진의 생각은 달랐다.

"그건 모르죠. 여기 사람들이 지구인과 같으라는 법도 없고, 지구에서도 보통의 인간과는 격이 다르게 힘이 장사였던 사람들이 종종 있었다니까요. 역사상의 인물들 중에도 중국의 번쾌나 한국의 남이 장군 같은 이들은 그리 거구가 아니면서도 힘이 굉장히 셌다던데요."

"그래도 그건 전부 남자잖아요."

박창은 삐딱하게 대꾸하더니 무엇을 생각했는지 곧 장난스러운 미소를 머금었다.

"하긴, 뭐, 아무렴 어떻겠어요. 릴리 씨의 말대로 된다면 아주 근사한 구경거리가 생길 테니 잘된 거죠. 그런 미인이 나비처럼 우아하고 고양이처럼 날렵하게 장검을 휘두르며 장정들을 상대하는 모습이라, 캬~ 상상만 해도 좋은데요."

눈앞에 그 광경이 그려지는지 박창은 황홀한 표정으로 지그시 눈을 감았다. 우진도 박창의 감상에 기꺼이 공감했다.

"맞습니다. 확실히 남자들의 환타지 중 하나죠!"

지혜는 그런 두 남자를 이해할 수 없다는 눈길로 쳐다보며 미간을 찡그렸다.

"어째서 남자들은 피 튀기며 싸우는 걸 좋아하는 거지? 그게 뭐 좋다고 말이야."

박상이 엷은 미소를 머금고 지혜에게 말했다.

"그러는 넌 공포 영화 좋아하잖아."

"공포 영화랑 진짜 싸우는 거랑 같아? 영화는 픽션인 걸 다 알고 속아주는 거지만, 격투기나 무술 대회 같은 건 얘기가 다르잖아."

"그러니까 지혜 누난, 남자를 모른다는 거야."

박창이 딱하다는 투로 핀잔을 주더니 거만한 표정을 지으며 목소리를 깔았다.

"여자와 달리 남자에게는 원시의 야성이 강하게 남아 있거든. 유전자에 남아 있는 고대 사냥꾼의 기억이 사나이의 피를 끓게 한다고나 할까?"

"뭔 귀신 씻나락 까먹는 소리야?"

지혜가 못마땅한 얼굴로 입을 실룩거리는데 우진이 박창을 거들었다.

"박창 씨 말이 틀리지는 않다고 봐요. 남자가 승부욕이 강한 건 사실이거든요. 승리와 힘에 집착하는 정도가 여자보다 훨씬 강한 데다 승부를 직접적으로 확인하고 싶어하구요. 꼭 격투기가 아니라도 스포츠나 게임, 도박에 열중하는 사람도 남자가 더 많잖아요."

"지당한 말씀!"

박창은 의기양양해서 고개를 주억거렸다. 뚱해서 듣고 있던 지혜는 박상에게 고개를 돌리고 물었다.

"그렇지만 상이, 넌 격투기나 게임 같은 거 별로 안 좋아하잖아?"

박상은 무덤덤하게 대꾸했다.

"개인차라는 게 있으니까. 마리나 씨와 릴리 씨가 여자지만 너와는 반대로 격투기에 능하고 무기를 좋아하듯이 말이야."

그 말에 대꾸할 말이 없어진 지혜는 샐쭉한 표정으로 입을 다물었다.

"싫든 좋든 무술 대회 결승전엔 지혜 누나도 같이 가야 해. 우리 모두 초청받았으니까. 왕의 초대에 누나 혼자만 빠지면 이상하잖아."

박창이 말했다.

"알고 있어. 하는 수 없지."

지혜는 내키지 않은 마음에 한숨까지 내쉬었다. 지혜와는 대조적으로 박창은 신이 나 있었다.

"난 그 아르데 씨가 꼭 결승까지 올라갔으면 좋겠어. 천재미인검사라, 진짜 근사하잖아!"

그 말을 들은 마리나가 의미심장한 미소를 머금고 박창에게 말했다.

"아르데 씨에게 흥미가 있으신 모양이네요. 그렇지 않아도 아르데 씨가 박창 씨와 박상 씨를 따로 만나고 싶어하던데, 괜찮다면 디파로 출정하기 전에 자리를 만들어 인사시켜 드릴까요?"

"형이랑 나를요? 왜요?"

박창이 영문을 몰라 하며 물었다.

"요리에 관심이 많은 모양이에요. 특히 호떡이며 빵, 과자 종류를 좋아하던데, 언젠가 시간이 되면 꼭 배워보고 싶다고 하더군요."

"요리를 잘한답니까?"

"그것까진 모르겠어요. 우리 경호 팀 책임자로 정해진 다음에 같이 이야기할 기회가 있었는데, 그때 그런 이야기를 하기에 전해 드리는 거예요."

"흐음, 요리를 좋아하는 천재미인검사라니, 재미있는 사람일 것 같은데요. 우린 상관없으니까 언제 따로 인사시켜 주세요."

박창은 흥미로워했다.

"그러죠. 무술 대회 전이나 도중에는 집중력이 흐트러질 수도 있으니까 대회 끝나면 의사를 타진해 보고 자리를 만들어볼게요."

마리나가 말했다.

"참, 그 아르데 씨의 오빠 말인데요. 그 사람도 무술 대회에 출전합니까?"

우진이 물었다.

"아뇨. 출전하지 않는다더군요."

"그래요? 아쉽네요. 그 사람도 굉장히 강해 보이던데."

우진이 아쉬워하는데, 박창이 고개를 주억거렸다.

"진짜 어마어마한 떡대 아니었어요? 여기 와서 그런 거한은 처음 봤어. 분명히 힘도 무지막지할 거예요."

릴리가 웃으며 말했다.

"대원들은 남매가 결승에서 맞붙을까 봐 오빠가 피해준 것 아니겠냐고들 하던데요."

"그럴 가능성도 충분히 있겠네요."

박창은 맞장구를 치며 낄낄거렸다.

무술 대회 결승일.

"와아아아~"

무적택배 사람들이 프라트 광장의 관람석 한쪽에 만들어진 단상에 모습을 드러내자 어마어마한 환성과 우레 같은 박수 소리가 프라트 상공에 메아리쳤다. 국왕 베르테스와 레히트 재상 등의 주요 신료들이 박상 등의 뒤를 이어 단상에 올랐다. 갑작스럽게 결정된 디파 토벌전을 준비하느라 바빠 정작 개최자인 베르테스도 그동안 대회를 참관하지는 못하고 있었다.

무술 대회는 크게 세 분야로 나누어 치뤄지고 있었다. 활 솜씨를 겨루는 궁술과 무거운 물건을 들어 힘을 겨루는 장사 대회, 그리고 무기를 들고 무용을 겨루는 격투의 세 가지 분야였다.

"야, 사람이 많기도 하네요."

우진이 자리에 앉으면서 말했다. 프라트 광장의 가운데를 경기장으로 하여 가 쪽에 빙 둘러 만들어놓은 관람석에는 빽빽하게 사람들이 들어차 있었다. 사람들의 환호는 무적택배 사람들이 자리에 앉은 뒤에도 오랫동안 이어졌다. 장내의 분위기가 가라앉은 다음 세 부문의 결승전이 시작되었다.

가장 먼저 궁술 부문의 결승이 열렸다. 5명의 궁사들이 경기장에 들어오는데 그중에 눈에 익은 얼굴이 보였다. 아르데를 항시 수행해서 다니는 라얄이라는 남자였다. 그의 큰 키와 허리 아래까지 내려오는 긴 머리칼은 어디서나 눈에 띄었다.

“처음 봤을 때도 큰 활과 화살을 가지고 있더니, 역시 궁술이 특기인가 보네요.”

우진이 마리나 자매에게 속삭였다. 릴리가 설명했다.

“라얄은 굉장한 명사수예요. 명중도도 대단하지만, 큰 활을 쓰면서도 빨리 쏘아요. 그만큼 완력이 뒷받침되고 정신 집중을 잘한다는 이야기죠. 지구연방 같으면 올림픽 금메달리스트 감이에요.”

“그래요?”

우진과 박창 등은 흥미로워하며 라얄을 유심히 살펴보았다. 거리가 멀어서 표정은 알 수가 없었지만 무심한 듯한 태도며 몸짓에서는 수많은 사람들의 시선을 의식하지 않는 담담함이 느껴졌다.

5명의 궁사가 나란히 서고 그들의 앞에 과녁이 놓였다. 궁술의 결승 방식은 단거리, 중거리, 장거리로 세 번에 걸쳐 각 과녁당 다섯 번씩 화살을 쏘고 점수를 합산하는 방식이었다. 무적택배 사람들의 경우, 출전자 중 아는 사람이라고는 라얄 한 사람뿐이었지만, 며칠간의 대회를 거치면서 관중들은 각기 응원하는 궁사가 생긴 모양으로 이름을 연호하거나 좋아하는 궁사의 점수가 나올 때마다 박수를 치며 성원을 보냈다. 라얄에게도 꽤 많은 팬이 생긴 듯 그가 화살을 쏘고 나면 어김없이 큰 환성이 터져 나왔다.

"인기가 많나 보네."

박창이 중얼거리자 릴리가 말했다.

"저 정도면 잘생겼잖아요. 성격도 젊은 사람답지 않게 신중하고 침착하구요. 여자 대원들 사이에서도 인기가 좋아요."

결승까지 올라온 사람들이다 보니 다섯 사람의 실력은 하나하나만 놓고 볼 때는 쉽게 우열을 가리기 어려워 보였다. 장거리 과녁은 100m는 되지 않을까 싶게 먼 거리에 배치되었다. 궁사들은 긴 활을 들고 한 사람씩 차례로 활을 쏘았다. 경기가 끝나고 그때까지의 점수를 합산한 결과가 발표되었다. 우승자의 이름으로 비르스 라얄이 거명되자 큰 환성이 올랐다. 그러나 당사자인 라얄은 사람들에게 손이라도 흔들어줄 법도 하건만 처음처럼 조용한 태도로 다른 사람들과 안으로 들어가 버렸다.

우승 포상은 세 부문의 경기가 끝난 뒤 함께하도록 되어 있었기 때문에 그 다음에는 바로 힘 겨루기의 결승이 열렸다. 힘 겨루기는 궁술처럼 5명의 사람들이 결승에 올라 있었고, 무거운 통을 들어 올려 어깨 너머로 던지는 식으로 진행되었다. 레스프라트 사람들은 대체로 체구가 호리호리한 편이지만 힘 겨루기에 나온 사람들은 비교적 거구에 근육이 잘 발달하여 장사라는 칭호가 붙을 만했다.

힘겨루기의 승자가 결정된 다음 마지막으로 무기를 들고 자웅을 겨루는 격투가 남았다. 아무래도 이쪽이 무술 대회의 하이라이트였던 모양으로 관중은 크나큰 환성으로 맞이했다.

"이쪽도 설마 다섯 사람이 나오는 건 아니겠죠?"

우진이 농담처럼 하는 말에 마리나가 답했다.

"그럼 난전이지 격투가 되나요. 당연히 일 대 일이죠."

"권투나 레슬링에서도 피가 나고 그러는데, 무기까지 들고 하니까 더 살벌하겠지? 난 무서워서 못 보겠어."

지혜가 미리부터 겁을 집어먹고 구시렁거리자 박창이 핀잔을 주었다.

"걱정도 팔자셔. 설마 죽을 때까지 하겠어? 어느 정도 승부가 났다 싶으면 중지시키겠지. 난 기대되는걸. 지구의 이종 격투기와는 또 다를 거 아냐."

지혜는 못마땅한 얼굴로 박창을 쳐다보았다.

"저렇게 서로 피가 나도록 두들겨 패는 게 뭐가 좋아? 저런 거 좋아하는 사람들은 자기가 한번 늘씬하게 맞아봐야 해. 그래야 아픈 걸 알지."

박창은 피식 웃었다.

"그러는 지혜 누난 맞아서 아프다는 걸 알아 격투기를 싫어하는 거야? 누나야말로 그렇게 아픈 걸 모르는 사람이잖아. 집에서 맞아봤나, 학창 시절에 싸워보기를 했나. 누난 지금까지 누구한테 뺨 한 대 맞은 적도 없잖아?"

"그거야 난 모범생이니까 그렇지."

"내 보기엔 겁이 많아서 그런 것이 아닌가 싶은데. 아무튼 누나는 한 번도 경험해 보지 않아서 오히려 지나치게 공포를 느끼는 거야."

"좋겠다. 많이 때리고 많이 맞아봐서."

지혜는 입술을 삐죽이며 가볍게 비아냥거렸다.

"박창 씨 싸움 잘하세요?"

릴리가 끼어들었다.

"철없을 때 이야기죠. 지금은 못합니다."

박창은 겸연쩍은 얼굴로 얼버무렸다. 그때 우진이 주의를 주었다.

"쉿, 지금 결승 시작한대요."

그 말에 다들 입을 다물고 경기장으로 시선을 향했다. 막 두 결승 진출자가 경기장 안에 들어서는 참이었다.

"오옷, 나왔다. 천재미녀검사!"

박창이 주먹을 부르쥐고 나지막이 부르짖었다. 장검을 등에 찬 아르데가 우아한 자태로 경기장 한쪽에 서자 관중들에게서 열렬한 박수와 응원의 목소리가 터져 나왔다. 마치 스타를 맞이하는 팬들과 같은 모습이었다. 그녀는 검만 지니고 다니는 평소와는 달리 갑옷으로 전신을 완전히 감싸고 있었는데, 갑옷도 검 이상으로 특이했다. 광택이 없는 옅은 회색을 띠고 있는 그것은 금속처럼 보이기는 했으나 재질도 형태도 일반적인 갑옷과는 전혀 달랐다. 갑옷의 가슴과 양어깨에는 디르크 가문의 문장이 그려져 있었다.

"저건 다른 갑옷이랑 다르네요."

우진은 금방 차이를 눈치 채고 말했다. 릴리가 우진의 의문에 답해 주었다.

"아마 디르크 가문에 전해온다는 고대의 갑옷일 거예요. 사람들의 말로는 무척 가벼우면서도 견고하기 이를 데 없고 신체의 어떤 움직임도 저해하지 않는다더군요. 여느 때는 갑옷 같은 걸 입지 않고 다니는 편이라 우리도 오늘 처음 봐요."

한편 아르데의 반대 편에서 나온 사람은 30대 초반가량의 남자였다.

키는 아르데와 엇비슷한 정도였으며 두드러지게 건장하지는 않지만 탄탄하고 날렵하게 느껴지는 체격이었다. 장검 하나를 사용하는 아르데와는 달리 상대는 두껍고 튼튼해 보이는 짧은 중검과 길고 검신이 얇은 장검을 양손에 들고 있었다. 그의 무기를 유심히 보고 있던 마리나가 미소를 머금고 말했다.

"이 대결, 볼 만하겠는데요. 저 사람의 장검도 고대의 것인 모양이군요."

"그걸 어떻게 아십니까?"

박상이 묻자 마리나는 차근차근 설명해 주었다.

"검신을 보면 알 수 있죠. 여기 사람들이 보통 사용하는 검은 이곳의 금속이 무르고 약하기 때문에 검신이 두껍고 육중한 편이에요. 전투 방식도 베기나 찌르기보다는 무게를 이용한 타격에 더 중점을 두고 있구요. 저렇게 길고 날씬한 형태로 만들면 금방 깨져서 쓸모가 없어요."

"그럼 고대의 검끼리 대결을 벌인다는 이야기네요. 결승까지 올라온 걸 보면 실력은 막상막하겠고, 무기까지 큰 차이가 없다면 그만큼 더 치열하겠는걸요."

박창은 기대감에 손을 부비적거렸다. 그런 이야기를 나누는 동안 결승에 올라온 두 사람에 대한 소개가 끝나고 대결이 시작되었다. 무적택배 사람들을 포함하여 광장 가 쪽으로 빽빽이 운집한 관중은 일제히 숨을 죽이고 두 사람의 대결을 지켜보았다.

두 사람은 시작 신호가 떨어진 뒤에도 얼마 동안 거리를 유지하고 서서 서로를 탐색하듯 바라보고 있었다. 먼저 움직인 것은 아르데였다.

"이야아앗~!"

　시원하게 느껴지는 큰 기합 소리와 함께 상대에게 육박한 아르데는 전면에서 검을 크게 휘둘러 내려쳤다. 상대 남자는 아르데가 바로 눈앞에 올 때까지 시선을 떼지 않고 가만히 제자리에서 지켜보고 있었다. 그러다가 아르데의 장검이 내려쳐지는 순간 그는 몸을 돌려 피하면서 공격하려 했다.

　그러나 워낙 아르데의 내려치는 속도가 빨라서 미처 완전히 피하지 못했다. 남자는 재빨리 오른손의 중검을 들어 아르데의 공격을 옆으로 흘렸다. 검이 미끄러지면서 아르데의 몸이 순간적으로 흔들렸다. 남자는 그 틈을 놓치지 않고 왼손에 든 긴 검으로 아르데의 허리를 노리고 크게 질렀다. 그 순간 아르데는 몸을 틀어 피하는 동시에 한 손으로 남자의 팔을 힘껏 잡더니 넘어가는 몸의 힘을 이용해 던져 버렸다. 믿기 어렵게도 남자의 몸은 붕 떠올랐다가 땅에 떨어졌다. 남자는 지면에 부딪치는 순간 몸을 굴리며 충격을 완화시키고 얼른 몸을 일으켰다.

　하지만 그가 채 일어나기도 전에 아르데가 다시 쇄도했다. 남자는 엉거주춤한 자세에서도 당황하지 않고 장검을 크게 질러서 아르데를 물러나게 하고 곧장 일어섰다. 두 사람의 팽팽한 대결에 관객은 탄성을 내지르며 열광했다. 무적택배 사람들도 예외는 아니었다.

　"두 사람 다 굉장히 빠른데요."

　우진이 고개를 설레설레 흔들며 탄복했다.

　"정말, 꼭 곡예 같아요."

　박창도 감탄을 금치 못했다.

　남자와 아르데는 서로를 노려보며 잠시 가만히 있었다. 살짝 땀이 배어나기 시작한 남자의 눈가가 경미하게 떨리고 있었다. 아르데에게 잡혔던 팔목이 욱신거리고 있었던 것이다.

이번에도 먼저 움직인 것은 아르데였다. 한 걸음 뒤로 물러서는가 싶더니 아르데는 검을 반대쪽 어깨 방향에 대고 약간 숙인 자세를 취하고 상대에게 달려들었다. 남자는 상체를 숙여 몸을 낮추고 있다가 비스듬히 내려치는 아르데의 검을 중검으로 다시 옆으로 흘렸다. 몸이 기울어지는 찰나 아르데는 앉으면서 상대의 다리를 걸었다. 남자는 뒤로 풀쩍 뛰어 피하면서 긴 검으로 아르데를 찔렀다.

몸을 굴려 피한 아르데는 일단 멀찍이 물러났다가 일어나자마자 정면으로 찌르는 자세로 검을 잡고 육박했다. 남자는 중검을 들어 검신의 평평한 면으로 아르데의 검을 막았다. 두 검이 부딪치면서 날카로운 소리가 울리고, 아르데의 힘에 남자가 저절로 뒤로 밀려났다.

그러나 남자는 당황하지 않고 반대 편 손의 장검을 아르데의 머리 쪽으로 휘둘렀다. 아르데는 재빠르게 뒤로 점프해서 물러나더니 곧장 몸을 크게 낮춘 자세로 남자에게 뛰어들어 왔다. 뛰어드는 그 짧은 동안 아르데는 자신의 검을 검집에 넣었다가 상대방의 바로 앞에서 강하게 뽑아냈다. 남자는 크게 놀라 몸을 뒤로 젖혔으나 그의 머리칼 일부가 아르데의 검날에 닿아 사르륵 잘려 나갔다.

하지만 그에 개의치 않고 남자는 장검으로 정면을 내리 찔렀다. 옆으로 굴러 그것을 피한 아르데는 검을 대각선으로 들어 방어 자세를 잡으며 일어났다. 보고 있던 우진이 혀를 내둘렀다.

"정말 굉장한 힘이네요. 저 정도의 스피드를 유지하는 것만도 대단한데, 거기다 아무리 고대의 검이라도 길이가 저만하면 무게도 상당할 텐데 그걸 자유자재로 넣었다 뺐다 하다니… 남자도 저런 남자는 드물겠어요."

아르데는 전혀 지치는 기색없이 상대에게 달려들어 정면, 위, 양 옆으로 맹렬하게 치기 시작했다. 남자는 중검을 빠르게 휘둘러 그것을 막았지만 아르데의 이번 공격은 조금 전과는 달랐다. 무시무시한 속도로 검을 휘두르며 검끼리 닿자마자 빼기 때문에 힘을 역이용해서 흘릴 여유가 없었다.

장검과는 달리 고대의 검이 아닌 남자의 중검은 아르데의 날카로운 검날에 찍혀 점점 검신에 균열이 가고 있었다. 거기다 중검을 쥔 손에 계속적으로 강한 충격이 오면서 남자의 손이 약간씩 떨리기 시작했다. 남자는 이대로는 안 되겠다고 생각했던지 갑자기 뒤로 크게 물러나더니 온 힘을 실어 중검을 아르데에게 던졌다. 아르데는 자신의 검으로 남자의 중검을 위로 쳐냈다.

그 순간 생긴 약간의 빈틈을 노리고 남자는 크게 함성을 지르며 아르데의 정면으로 달려들었다. 달려가며 허벅지에 달고 있던 작은 단검 2개를 던진 남자는 왼쪽 허리춤에 차고 있던 다른 중검을 빼서 아래로 내려치는 아르데의 검을 막고 왼손의 장검으로 그녀의 몸통 쪽을 찔러 들어갔다.

'이겼다' 남자가 그렇게 생각하는 순간 아르데는 몸을 옆으로 크게 틀어 남자의 장검을 피하고 도리어 장검을 쥔 남자의 팔을 꽉 움켜쥐었다. 그와 동시에 발로 남자의 다리를 걸어 넘어뜨리며 아르데는 그의 팔을 홱 돌려 버렸다. 그렇지 않아도 균형을 잃고 뒤로 넘어지던 남자는 아르데의 강한 힘에 완전히 한 바퀴 돌아서 세차게 바닥으로 넘어졌다.

남자는 낙법이고 뭐고 펼 겨를도 없이 지면에 내동댕이쳐졌고 그 서슬에 그의 손에 있던 무기가 전부 떨어져 나갔다. 심한 고통으로 아득해진 정신을 추스르기도 전에 아르데의 검끝이 그의 목줄기 앞에 멈추어 있었다.

"그만! 디르크 아르데의 승리!"

심판의 선언이 있자 광장은 커다란 함성에 휩싸였다. 모든 사람들이 열렬히 박수를 치며 두 사람의 승부에 환호를 보냈다.

무적택배 사람들은 세 부분의 우승자와 결승에 진출했던 이들이 국왕 베르테스의 앞에 불려 나와 포상을 받는 것을 가까이에서 지켜보고, 수여식이 끝나자 마차를 타고 언덕으로 돌아갔다. 마차 안에서도 우진과 박창은 흥분이 식지 않아 아르데와 남자의 결승에 대해 열심히 떠들어댔다.

"다 멋졌지만 아르데 씨의 그 발검(拔劍:발도)은 진짜 굉장했어요. 전 정말 감동했어요. 아마 영원히 잊지 못할 것 같아요."

우진의 감탄에 박창은 고개를 크게 주억거렸다.

"나도 그래요. 그런 걸 진짜로 보게 되다니."

두 사람의 대화를 듣고 있던 지혜가 뚱한 얼굴로 박창에게 물었다.

"발검이 뭐기에 그렇게 감동해?"

"아까 아르데 씨가 검을 검집에 꽂았다가 확 뽑아 든 공격을 말하는 거야."

"그게 뭐 그리 대단한데?"

지혜의 심드렁한 질문에 박창은 정색을 하고 설명했다.

"발도는 그냥 검집에서 검을 뽑는 게 아니라 당당한 기술이야. 모든 검의 기술 중에서도 가장 쾌속하다는 것이 정설이지. 거기다 아까 아르데 씨가 한 것처럼 아래에서 위로 올려치는 기술은 상당한 숙련도가 요구돼. 이 기술에 정통으로 맞으면 상대방은 아래에서 위로 일도양단이 나지. 하지만 잘못 쓰면 상대가 먼저 내려치는 경우도 있으니까 위력만큼 위험성도 큰 기술이야."

모처럼 박창이 열심히 설명해 주었건만 지혜의 시큰둥한 태도에는 변함이 없었다.

"난 잘 모르겠다. 네 말을 들으니 뭔가 대단하긴 한 모양이지만, 역시 싸움 구경은 취미에 안 맞아."

"뭐, 사람따라 취미도 다른 법이니까."

박창은 지혜의 반응에 개의치 않고 아까의 흥분에 계속 빠져 있었다.

"그런 천재미녀검사가 요리에까지 관심을 두고 있다니, 멋진 일이야. 만날 일이 기대되는걸. 과자라도 만들어서 잘 대접해야겠어."

무술 대회가 끝나고 이틀째 날 오전, 박상 형제가 주방에서 일행의 점심 식사를 준비하고 있는데, 마리나와 릴리가 쿵쿵 문을 두드리더니 쑥 들어왔다. 그녀들의 뒤에는 아르데와 두 사람이 더 있었다. 한 사람은 늘 그림자처럼 아르데를 수행하는 라얄이라는 키 큰 남자였고, 다른 한 명은 처음 보는 소년이었다. 박상과 박창이 어리둥절해서 그들을 쳐다보는데 마리나 자매는 똑바로 박상과 박창에게 다가오더니 말했다.

"아르데 씨가 이왕이면 주방에서 뵙고 싶다고 해서 여기로 직접 왔어요."

"갑자기 찾아뵈어 죄송합니다."

아르데는 꾸벅 고개를 조아렸다. 전전날까지 열렸던 무술 대회의 치열한 흔적은 조금도 남아 있지 않은 산뜻한 모습이었다. 박상 형제는 그녀의 갑작스러운 방문에 얼떨떨한 얼굴로 살짝 머리를 숙여 인사를 받았다. 전날 저녁 마리나에게서 오늘 데리고 오겠다는 이야기를 듣긴

했지만 오후쯤 응접실에서나 만날 것으로 생각했던 터라 당황스럽기도 했다. 그러나 전부터 아르데에게 흥미가 있었던 박창은 그런 당혹감도 금세 떨쳐 버리고 싹싹하게 응대했다.

"마리나 씨랑 릴리 씨에게 말씀 많이 들었습니다. 요리에 관심이 많으시다구요?"

아르데는 긍정의 의미로 힘차게 고개를 저었다.

"예, 먹는 것도 만드는 것도 좋아합니다. 특히 피스벵 설탕이 든 호떡과 빵, 케이크 같은 음식은 정말 환상이라고 생각합니다. 기회가 닿는다면 꼭 배우고 싶습니다. 개인적으로 맛있는 음식만큼 사람을 행복하게 만들 수 있는 것도 없다고 믿고 있습니다."

지금까지 보아왔던 다소 경직된 모습과는 달리 지금의 아르데는 무척 활달하고 적극적이었다.

"그건 정말 맞는 말입니다."

박창은 아르데의 말에 진심으로 동감했다. 박창의 호의적인 태도에 아르데는 매우 고무된 듯했다. 그녀는 뭔가 결심한 듯 결의에 찬 눈빛으로 박창을 바라보면서 말했다.

"제가 두 분께 요리를 배울 수는 없을는지요? 사실은 진작부터 말씀 드리고 싶었지만 그동안 좀처럼 적절한 기회를 잡을 수가 없었습니다. 신의 사도 여러분을 잘 알지도 못하면서 주제넘게 그런 말씀을 드리기도 어려웠구요. 그런데 이번에 디파 출정이 결정되어서 거기 다녀온 뒤면 너무 늦어질 것 같아 이번에 큰 마음 먹고 마라나님과 릴리님께 염치 불구하고 부탁드린 것입니다."

아르데의 진지한 호소에 박창은 통역기를 끄고 박상에게 작은 소리로 물었다.

“형, 어떡할래?”

박상은 바로 대답하지 않고 아르데에게 질문했다.

“특공대에 속해 있으신 것으로 아는데, 주방에서 요리를 배우셔도 그쪽에 지장이 없겠습니까?”

“그 점은 카라인 대장님께 이미 말씀드려서 허락을 얻었습니다. 대장님께서는 신의 사도 여러분을 가까이에서 호위하는 임무의 연장으로 이해해 주셨고, 오후에 있는 종합 훈련에만 참석해도 된다고 하셨습니다. 물론 이번 토벌전이 끝난 뒤의 일입니다만.”

미리 모든 대비를 갖춘 것이 분명한 아르데의 대답을 들은 박상은 무조건 거절할 수도 없어 난감해졌다. 박상은 통역기를 끄고 박창에게 물었다.

“네 생각엔 어떠냐?”

박창은 뭐가 문제냐는 반응이었다.

“본인이 저렇게 열의를 보이는데 거절할 필요 없잖아.”

“너랑 내가 남에게 요리를 가르칠 군번이냐? 진짜 프로도 아니고.”

“어차피 여기 주방 사람들은 자동적으로 우리가 하는 것을 보고 배우던데, 뭘. 요리 세계의 우주적 교류라고 생각하면 되잖아.”

“또 아무 데다 거창한 표현을 갖다 붙이는군.”

박상은 못마땅한 기색으로 미간을 찌푸렸다. 박창은 제법 간곡하게 형을 타일렀다.

“쓸데없이 빼지 말고 그러라고 하자. 요리를 사랑해서 그러는데, 그 마음을 우리가 이해하지 못하면 누가 알아주겠어? 게다가 모레면 전쟁터에 나갈 사람이야. 이왕이면 기분 좋게 가게 해주자.”

마지막 말에 마음이 흔들린 박상은 떠름해하면서도 그 이상은 반대하지 못했다. 박상의 침묵을 동의로 받아들인 박창은 통역기를 켜고 아르데에게 말했다.

"요리를 배우고 싶다면 그렇게 하세요. 이번 원정에서 돌아오면 그 때는 이 주방에서 같이 요리의 세계를 즐깁시다."

지구의 말을 알아듣지 못했지만 박상 형제의 대화 분위기에서 대충 흐름을 짐작하곤 걱정스러운 기색이 역력하던 아르데의 얼굴은 박창의 허락이 떨어지자 환하게 피어났다.

"감사합니다."

아르데는 아이처럼 기뻐했다.

"그런데 뒤에 있는 저 사람은 누굽니까? 새로 들어온 특공대원입니 까?"

박창은 아르데의 뒤쪽에 얌전히 서 있는 소년에게 주의를 돌렸다. 얼굴로 봐서는 10대 후반이 되었을까 말까 정도였고, 여자 아이처럼 여리고 선이 고운 단아한 얼굴을 하고 있었다. 아르데는 고개를 돌리 더니 소년에게 앞으로 오라고 손짓했다. 소년은 잔뜩 긴장해서 쭈뼛쭈 뼛 걸어나오더니 공손하게 고개를 조아렸다.

"소개하겠습니다. 이 아이의 이름은 메지 클루오입니다. 군인은 아 니지만 군사(軍事) 방면으로 소질이 있어서 제 오빠 샤트를 따라 디파 토벌에 갈 겁니다."

"예……."

박상과 박창은 이상하게 여기며 클루오를 쳐다보았다. 특공대원 중 에 저렇게 어린 소년이 있을 것이라고는 생각도 못했지만, 군사 방면에 소질이 있다면서도 군인은 아니고, 그러면서 전장에 가는 것도 부자연 스럽기는 마찬가지였다. 클루오는 두 사람의 시선에 쑥스러운지 얼굴

을 살짝 붉히고 있었으나 고개를 숙여 피하거나 하지 않고 공손하면서
도 의연한 자세를 보였다. 그 모습에 박상 형제는 그가 소년이 아니라
나이보다 어려 보이는 것일지도 모르겠다는 생각을 했다.

"아직 어려 보이는데 보기보다는 나이가 많은가 보지요?"

박창이 묻자 아르데는 고개를 끄덕였다.

"그렇지는 않습니다. 클루오는 17살입니다."

"그런데 군사 방면에 소질이 있다는 말입니까? 놀랍군요."

박창이 의아해하는 것을 보고 아르데는 엷게 미소 지으며 말했다.

"저희 아버님이 오랫동안 독립군을 이끌고 아메트에 항전해 오셨기
때문에 클루오도 저처럼 항상 전시 같은 상황에서 자랐습니다. 그래서
싫든 좋든 전투에 참가할 일도 있었구요."

아르데는 대수롭지 않게 말했지만, 박창은 묘한 기분이 되어 클루오
가 눈치 채지 못하게 그의 팔다리를 슬쩍 훑어보았다. 키도 아르데보
다 작았지만, 몸매 역시 전체적으로 호리호리해서 무기를 들고 제대로
싸울 수 있을 것 같지 않았다.

'정말 이 소년도 전투 경험이 있다는 말인가? 이렇게 야리야리하게
생겼는데?

박창이 그런 생각을 하는데, 아르데가 클루오에 대해 좀 더 설명해
주었다.

"저희 형제와 가깝게 자라서 제게는 동생 같은 아이인데, 제가 두 분
을 뵈러 간다고 하자 자기도 꼭 뵙고 싶다고 해서 실례를 무릅쓰고 같
이 왔습니다."

"요리에 관심이 있나 보지요?"

박창이 물었다. 그러자 이번에는 클루오 자신이 대답했다.

“저는 요리를 즐기는 정도이지 아르데 누님처럼 요리를 만드는 일에 관심이 있는 것은 아닙니다. 다만 여러분의 말씀을 많이 듣고 존경해 오던 터라 아르데 누님이 두 분을 뵙는다는 이야기를 듣곤 청한 것입니다.”

클루오의 목소리는 여성적인 외모와는 달리 중간 톤의 나직하면서도 듣기 좋은 남자의 음성이었다.

“뭘, 존경씩이나…….”

박창은 어색한 웃음을 지으며 어물쩍거리다가 그들에게 슈크림, 마들렌 등의 과자와 차를 권했다. 나중에 아르데를 만날 때 내놓으려고 미리 준비해 두었던 것이었다.

“모처럼 오셨는데 뭔가 대접을 해야죠. 별것 아니지만 좀 드십시오.”

“감사합니다. 잘 먹겠습니다.”

아르데는 사양하지 않고 과자를 집어 입에 넣었다.

“맛이 어떻습니까?”

박창의 질문에 아르데는 입을 오물거리며 감탄했다.

“부드럽고 달콤하고, 너무 맛있어요. 입 안에서 살살 녹는군요.”

인사치레로 하는 말이 아닌 것은 그녀의 표정을 봐도 알 수 있었다. 그것은 클루오도 마찬가지였다. 열중해서 과자를 먹는 모습이 영락없는 아이였다. 라얄은 들어올 때와 다름없이 한마디 말도 없이 조용히 먹고 있었다. 표정 변화가 없어서 그의 반응을 알 수는 없었으나 손이 자주 가는 것으로 보아서는 입에 맞는 것 같았다.

“식사 전에 단 걸 이렇게 많이 먹어도 될지 모르겠네요.”

릴리도 즐거워하며 과자를 먹었다.

“응접실 같은 곳에서 만났으면 좋았을 텐데, 주방이라 자리도 없고 불편하지요? 이것도 더 드세요.”

박창은 완전히 손님을 대접하는 기분이 되어 차와 과자를 열심히 권했다.

“아니요. 실례인 것을 알면서도 제가 주방을 고집했습니다. 피스벵 설탕 등의 환상적인 맛을 만들어낸 공간을 꼭 보고 싶었거든요.”

아르데가 말했다.

“직접 보니 어때요? 여기가 마음에 듭니까?”

박창이 묻자 아르데는 긍정의 의미로 크게 고개를 가로젓고 즐거운 얼굴로 주방을 둘러보았다.

“그럼요. 생각했던 대로 멋진 곳이네요. 다음에 꼭 다시 오고 싶어요.”

이후를 거론하는 그녀에게서 전쟁에 대한 불안감은 그다지 느껴지지 않았다. 아르데와 클루오 등은 잠시 더 있다가 디파 원정이 끝난 뒤 찾아뵙겠다는 인사를 남기고 마리나 자매와 주방에서 나갔다.

“곧 전쟁터에 나갈 사람처럼 보이지 않는군. 전쟁을 경험해 보지 않아서인가?”

그들이 나간 뒤 박상이 고개를 갸웃거리며 중얼거렸다.

“모르지. 하지만 무술 대회에서 싸우는 모습을 봐서는 그렇게 단순하고 철이 없지는 않아 보이던데.”

“실전과 대회는 달라. 나도 대회에는 나가봤어.”

“여기 대회는 지구의 무술 대회랑 또 다르지. 지구의 무술 대회에 출전하는 사람들 중에 진짜로 사람을 죽여본 사람이 얼마나 되겠어? 그런데 여기는 순 진짜 전쟁터에서 구르던 사람들 천지잖아. 사람을 죽여본 사람은 눈빛부터가 다르다던데, 그런 사람들하고 부딪쳐서 우승까지 간 걸 보면 보통 담력이 아닌 거지."

"그래서 아르데 씨가 실제로 사람을 베어봤을 것 같으냐?"

"그럴지도 모르지. 전투에 참가할 일이 있었다고 하니까. 형이 보기엔 실전 경험이 없는 사람일 것 같아?"

박창이 물었다. 박상은 잠시 생각하더니 머리를 흔들었다.

"나도 모르겠다. 하던 일이나 하자."

출정 전날 오후에는 디파 토벌전에 나서는 주요 장성들을 격려하는 연회가 열렸다. 다음날 아침에 출정해야 할 사람들을 고려해 연회는 비교적 이른 시간에 시작해 초저녁 즈음에 마쳤다. 연회가 끝난 뒤, 총사령관 디르크 모스는 국왕 베르테스의 부름을 받고 집무실에 들었다. 집무실에는 베르테스 혼자 있었다.

"앉으십시오."

디르크에게 가까이 앉기를 권한 베르테스는 그가 자리에 앉은 뒤 단단히 밀봉된 봉투를 건넸다.

"받으십시오."

"이것이 무엇입니까?"

"한번 꺼내보십시오."

베르테스의 말에 따라 그것을 꺼내서 내용을 살펴본 디르크의 표정은 더욱 묘해졌다. 안에 든 것은 여러 장의 얇게 무두질한 가죽으로 한 장은 어떤 도시 전체의 조감도였고, 나머지는 전부 어떤 건물의 내부를 그린 것이었다. 베르테스는 조용한 어조로 설명했다.

"디파의 조감도와 3개 성문 탑의 내부도입니다. 원래 왕실의 비밀

창고에 보관되어 있던 것인데 20여 년 전, 아메트 군이 프라트에 입성하기 전 당시의 담당관이 비밀리에 빼돌려 놓은 것이 레스프라트의 국권이 회복된 뒤 내게 돌아왔습니다. 이것이 도움이 될 일이 있을지 모르겠으나 그래도 모른다는 생각에서 드리는 것이니 일단 가지고 가보십시오.”

베르테스는 그 그림들에 크게 기대를 두지 않는 듯 담백한 태도였다.

“예…….”

디르크 역시 담담한 얼굴로 지도를 봉투에 넣고 품속 깊숙이 넣었다. 중요한 기밀 서류임에는 틀림없었으나, 이것이 전황에 크게 영향을 주지는 못하리라는 점에서 디르크의 생각도 베르테스와 크게 다르지 않았다. 성문 탑의 내부도가 있다고 해도 그것을 이용해서 시도해 볼 만한 마땅한 작전이 없는 이상 큰 의미는 없었다. 그저 모처럼 국왕이 내어준 것이니 받아둔 것이었다.

“디르크 원수도 아시겠지만, 이번 토벌전을 추진하는 데는 적지 않은 어려움이 있었습니다. 아마도 많은 사람들이 젊은 왕이 무모한 영웅심에 사로잡혀 조급히 밀어붙인 것이라 여기겠지요. 그러나 이것은 레스프라트의 먼 장래를 위한 중대한 걸음이 될 것입니다. 디파를 점령하는 일의 어려움은 나도 모르는 바가 아닙니다. 디르크 총사령관을 전적으로 믿고 지원할 터이니 작은 승패에 연연하지 말고 소신껏 역량을 발휘해 주시기 바랍니다. 다른 지방에도 이미 명을 내려 지원 물자와 병력을 준비하도록 했습니다. 또한 나도 추가 병력을 이끌고 응원에 나설 것이니 어떤 경우에도 절대 물러서지 마시고 디파 공략에 최선을 다해주십시오.”

“명심하겠습니다.”

“그동안 출정 준비로 제대로 쉬실 틈도 없었을 텐데 오늘 저녁만이라도 푹 쉬십시오.”

“예, 이만 물러나겠습니다.”

베르테스와의 면담을 끝낸 디르크는 자신의 집무실로 돌아왔다. 그는 베르테스에게서 받은 봉투를 품에서 내어 잠시 물끄러미 바라보았다.

“과연 이것이 소용되는 일이 있을까?”

쓸쓸하게 중얼거린 그는 그것을 다시 품에 넣었다. 아무런 소용이 없을지 몰라도 중요한 기밀임에는 틀림없으니 간수나 잘해야겠다고 생각한 것이다.

“매우 어렵지만 절대 물러설 수 없는 전쟁이라… 어려운 일이군.”

불현듯 피로를 느낀 디르크는 길게 한숨을 토하며 의자 등받이에 깊숙이 몸을 묻었다. 얼마간 그렇게 앉아 있는데, 문을 두드리는 소리가 들리고 아들 샤트가 들어왔다.

“혼자서 뭘 하고 계십니까?”

“그냥 잠시 쉬고 있다.”

“쉬시려면 저택에 가서서 쉬는 편이 낫지 않습니까? 아직 할 일이 남아 있습니까?”

디르크의 큰 책상 위를 슬쩍 훑어보던 샤트는 디르크의 안색을 살피며 염려스러운 기색으로 물었다.

“많이 피곤해 보이십니다. 괜찮으십니까?”

“아니다. 이 정도로 피곤하긴.”

샤트는 진지한 눈빛으로 아버지의 얼굴을 가만히 건너보다가 말했다.

"아버님도 걱정이 많이 되시나 보군요."

디르크는 대답하지 않았다. 이토록 서둘러 디파 토벌전이 결정된 진짜 이유는 비밀에 묻혀 있으나, 시작한 이상 쉽게 끝내기 어려운 전쟁이 될 것이라는 사실을 대부분의 사람들이 예상하고 있는 터였다.

"이름이 좋아 상비군이지, 대부분이 농민병 아니면 개별적으로 반군 활동을 하던 병사들에다 용병 출신들로 채워진 상황 아닙니까? 아직 조직도 느슨하고 독립적인 성격이 강해 제대로 통솔이 될지도 의문인데다, 상대는 난공불락을 자랑하는 위대한 도시 디파입니다. 장군들이고 병사들이고 간에 대규모 공성전을 경험한 자가 거의 없는데, 아무리 생각해도 지루하고 소모적인 장기전이 될 가능성이 큽니다."

"그래도 해야만 한다. 또 지금이 아니더라도 언젠가는 해야 할 일이다."

"그건 압니다. 하지만 왜 꼭 지금이어야 하는지, 저는 그 이유를 모르겠습니다. 혹 제가 모르는 다른 중대한 이유가 있는 것은 아닌지 하는 생각도 듭니다."

샤트는 베르테스가 디파 토벌전의 명분으로 천명한 반역자 처벌과 영토 회복이라는 대의를 그다지 믿고 있지 않았다. 만일 베르테스 혼자서 이 토벌전을 주장하여 밀어붙였다면 모르되, 재상 레히트와 자신의 아버지 디르크, 그리고 재무대신 엘트가 적극 찬동하고 나서서 토벌전을 결정지었다는 점이 그런 의구심의 배경이었다. 본디 베르테스의 심복이라 할 재무대신은 그렇다 치더라도, 신중하고 생각이 깊은 레히트나 산전수전 다 겪은 백전노장인 디르크까지 적극적으로 호응한 것은 분명히 이상한 일이었다. 그러나 디르크는 샤트의 의문에 대답하는 대신 화제를 돌렸다.

"아르데는 지금 어디에 있느냐? 아직 옛 왕궁 쪽에 있는 거냐?"

샤트는 불만이 가시지 않은 표정이기는 하였으나 더 캐묻지 않고 질문에 대답했다.

"그럴 겁니다. 밤에 잠깐 저택에 들른다고 했습니다만, 저택에서 자지는 않고 옛 왕궁으로 곧 돌아갈 거라고 하더군요."

"특공대 소속으로 출정하니 그래야겠지. 아르데에게 설명을 듣기는 했다만, 그 특공대라는 사람들이 구체적으로 어떤 존재들인지 감이 잘 잡히지 않았는데, 이번 무술 대회에 출전한 사람들을 보니 개인 무용 면에서는 탁월하더구나."

"중요한 것은 실제 전쟁에서 그들이 어떤 역할을 해줄 것인가이겠지요."

"전황에 영향을 미치기에는 숫자가 너무 적지 않느냐?"

"단순히 수만 놓고 보면 그렇지요. 하지만 개인 무용을 닦는 일에만 치중한 집단은 아닌 것 같습니다. 아르데의 이야기를 들어보니 침투와 은닉에 사용되는 여러 가지 흥미로운 기술을 익히고 있더군요. 아무래도 주 전장에서 전투 병력으로 직접 활용하기보다는 적진에 침투시켜 은밀한 작전을 실행하는 것이 주 목적이 아닌가 싶습니다."

"나는 그런 개념을 잘 모르겠구나."

난처한 듯이 웃으며 말한 디르크는 마리나 자매의 일을 꺼냈다.

"그런데 이번에 신의 사도 중 두 분도 특공대와 함께 출정하신다지?"

"예. 특공대를 만들고 지도하신 분들이라 들었습니다. 이번 출정에서 아르데가 그 두 분의 경호 책임을 맡게 되었다고 하더군요."

"그 두 분이 전장에 나설 일이야 없겠지만, 적어도 병사들의 사기 진작에는 크게 도움이 되겠지. 그 점에선 긍정적으로 봐야 하나?"

디르크는 애매한 투로 말하며 묘한 미소를 흘렸다.

"그분들이 전장에 나서는 일은 절대 없어야지요. 약간의 불상사라도 있으면 아군의 사기가 치명적으로 저하할 테니까요."

"그런 일은 없을 게다. 우린 모험을 할 처지가 아니야. 단시간에 승부를 짓겠다는 생각은 애초에 없다. 최소한 지지 않는 전쟁을 해야 한다."

그렇게 말한 디르크는 자리에서 일어났다.

"이제 그만 집에 가자. 어머니가 기다리겠다."

"예."

방을 나가기 전 디르크는 무슨 생각에선지 몸을 돌리고 샤트의 눈을 똑바로 바라보며 당부했다.

"아까 네가 장병들의 경험 부족을 염려했다만, 그것은 너 또한 마찬가지다. 이번 전쟁은 우리가 지금까지 해왔던 반군 활동과는 크게 다르다. 네가 처음으로 경험하는 일들이 많을 것이다. 모든 과정을 잘 지켜보고 배우도록 해라."

"예."

샤트는 다소곳하게 아버지의 말을 경청했다.

"나도 이제 늙었다. 오래지 않아 나의 시대는 가고 너의 시대가 올 게다. 그때를 잘 준비해야 한다. 단, 이것 한 가지는 명심해라."

자애롭고 온화하게 빛나던 디르크의 눈빛은 다음 순간 엄한 빛을 띠었다.

"절대로 베르테스 폐하께 다른 마음을 품어서는 안 된다. 옛 왕궁에 머물고 계신 분들이 진정으로 신의 사도든 아니면 특정한 목적을 지닌 고대인이든 간에 그분들의 뜻이 베르테스 폐하께 있는 이상, 레스프라트 국민의 마음은 폐하의 것이다. 제아무리 유능하고 강한 자라 해도 민심을 거스르고는 오래 가지 못한다. 그리고 그런 이유가 아니라 해도 레스프라트의 안녕이라는 대의를 거스르는 일을 해서는 안 된다.”

“무슨 말씀을 하시는 겁니까? 저는 정치에는 뜻이 없습니다.”

샤트는 어이없다는 표정으로 부드럽게 웃어넘겼다.

“네가 자신의 능력이나 우리 가문의 후광을 믿고 섣부른 생각을 품을 정도로 어리석지 않다는 것은 나도 안다. 그러나 혹여 나중에라도 너를 부추길 자들이 있을지도 모르기에 하는 말이다. 내 말을 가슴에 새기고 있어야 한다.”

“말씀드렸듯이 저는 추호도 그런 생각 따위는 없습니다. 지금의 폐하께서 레스프라트를 잘 이끌어가고 계시지 않습니까? 그리고 아버님의 말씀처럼 다른 어떤 것보다 레스프라트의 안녕이 최우선입니다. 조금이라도 적에게 틈을 보여서는 안 될 시기입니다. 만일 왕국의 단합을 해치려 획책하는 자가 있다면 제 손으로 처단하여 레스프라트를 지킬 것입니다.”

샤트의 단호한 대답을 들은 디르크는 마음을 놓고 평온한 얼굴로 돌아갔다.

“네 말을 들으니 마음이 든든하구나. 내 사람 보는 눈이 틀리지 않다면 베르테스 폐하께서는 현명하고 절제심이 강한 분이다. 지금까지도 잘해오셨지만, 앞으로 더욱 좋은 군주가 되실 게다. 그분의 시대에 너의 능력이 활짝 만개할 수 있기를 바랄 뿐이다.”

디르크는 아들의 탄탄하고 듬직한 등을 애정 어린 손길로 토닥이곤 다정하게 방을 나섰다.

디파 토벌전 I

■ 제 10장

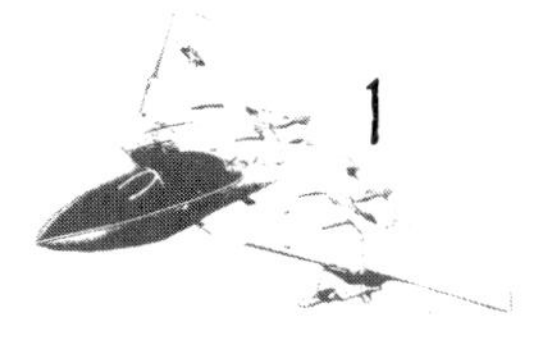

1

　디파 토벌군이 출정하는 날 아침, 프라트 시내의 대광장에서 출정식이 있었다. 광장과 그 주변은 질서정연하게 도열한 장병들과 이들을 환송 나온 시민들로 가득했다. 광장 위쪽에 마련된 대형 단상 위에는 베르테스와 주요 신료들, 총사령관 디르크 모스 이하 주요 장성들이 자리하고 있었다. 단상의 가장 상석에는 마리나와 릴리가 조금 어색한 표정으로 나란히 앉아 있었다. 박상 등 5명은 그대로 구왕궁에 남아 있었지만 특공대와 함께 디파로 떠나야 하는 마리나 자매는 어쩔 수 없이 출정식에도 참석한 것이었다. 그녀들의 옆에는 박창이 백치 삼총사로 명명한 고대 문명의 철인간 중 하나인 삼룡이가 수정과 같이 서 있었다.

　"우리 둘만 이러고 있으니 영 불편하네."

　릴리가 마리나에게 몸을 살짝 기울이고 속삭였다.

“어쩌겠어? 안 오겠다는 사람들을 억지로 끌고 올 수도 없잖아.”

마리나는 모든 것을 달관한 태도였다.

“이거 끝나면 바로 출발하는 거지?”

“카라인 대장이 그렇게 말했잖아.”

“디파까지는 얼마나 걸린댔지?”

“도중에 아무 일도 없다면 40일가량 걸릴 거라고 하던데?”

“가는 데만 40여 일이라니… 멀긴 멀구나. 게다가 여긴 길도 잘 되어 있는데 말이야.”

릴리는 짧은 한숨을 내쉬었다. 그때 마리나가 재빨리 릴리의 옆구리를 건드렸다. 베르테스와 레히트 등의 사람들이 마리나와 릴리를 향해 돌아서서 고개를 조아리는 참이었다. 그와 동시에 광장의 모든 사람들도 일제히 머리를 숙였다. 릴리는 긴장감에 자신도 모르게 마른침을 삼켰다. 마리나 역시 꼿꼿하게 굳어 있었다. 두 자매에게 인사를 한 뒤 베르테스 등은 자신들의 자리로 돌아갔고, 곧 베르테스의 연설이 있었다. 이번 디파 원정의 의의와 명분을 강조하고 참전하는 장병들을 격려하는 내용이었다.

연설 말미에 베르테스는 총사령관 디르크를 불러 자신의 앞에 나오도록 했다. 디르크가 걸어나와 베르테스의 앞에 서서 고개를 숙이자 베르테스는 옆으로 고개를 살짝 돌렸다. 미리 대기하고 있던 시종장이 손에 받쳐 들고 있는 큼직한 쟁반을 베르테스에게 내밀었다. 쟁반 위에는 검자루와 검집을 화려하게 장식한 긴 검이 놓여 있었다. 베르테스는 그 검을 집어 광장의 사람들이 볼 수 있게끔 높이 들고 말을 계속했다.

“이 검은 디파 토벌전의 총사령관으로 임명된 디르크 모스가 나를 대리하여 지휘권을 행사할 것이라는 의미로 그에게 수여하는 것이오. 누구든지 총사령관의 명령에 불응하는 자가 있다면 그것은 곧 나를 거역하는 일이 되며, 반역으로 간주하여 엄벌할 것이오. 디파 토벌에 임하는 모든 장병들은 그 점을 마음 깊이 새기고 디르크 총사령관을 중심으로 단결하여 최선을 다해줄 것을 당부하는 바이오."

베르테스의 말이 끝나자 광장의 장병들은 일제히 고개를 숙이고 한목소리로 말했다.

"폐하의 명에 따르겠습니다."

베르테스는 검을 디르크에게 내밀었다. 디르크는 두 손으로 공손히 검을 받아 들고 큰 소리로 맹세의 말을 했다.

"신 디르크 모스, 폐하의 과분하신 은혜에 감사드리며, 폐하의 명을 받들어 최선을 다해 디파 탈환에 임할 것을 굳게 맹세하는 바입니다."

"고맙소. 그대를 믿고 있소."

디르크에게 답한 베르테스는 고개를 들고 광장의 장병들을 향해 목소리를 높여 선언했다.

"우리는 반드시 승리하여 디파의 반역자들을 처단하고 디파를 아메트로부터 되찾을 것이오. 오래지 않아 내가 직접 응원군을 이끌고 그대들을 지원하러 갈 것이니 그대들은 아무것도 걱정하지 말고 오로지 디파를 탈환하는 일에 모든 역량을 다해주길 바라오."

베르테스의 이 말을 마지막으로 출정식이 끝났다. 엄숙하면서도 활기 찬 음색의 음악 소리가 드높이 울려 퍼지는 가운데 광장에 집결한 군대는 정해진 순서에 따라 질서정연하게 행군을 시작했다. 성문으로 가는 큰길을 따라 길가며 건물 옥상에 빽빽이 모여든 시민들은 우뢰 같은 환호로 병사들을 환송했다. 광장에서 성문까지 시민들의 환호성이 끝없이 메아리쳤다. 성문과 성벽 위에도 수많은 사람들이 발 디딜 틈 없이 올라서서 전장으로 떠나는 사람들을 지켜보았다.

드디어 선발대가 성문을 지났다. 그 뒤로 병사와 말, 마차, 수레 등이 장대한 행렬을 이루며 끝도 없이 이어졌다. 대도를 따라 연출되는 그 광경은 마치 도도히 흘러가는 거대한 강줄기와도 같았다. 박상 형제 등 5명의 무적택배 사람들은 구왕궁의 왼편 건물 꼭대기에 모여서 그 광경을 구경하고 있었다.

"마리나 씨랑 릴리 씨는 어디쯤에 있을까? 에어 트럭에 타고 있을 텐데 왜 잘 안 보이지?"

지혜는 눈을 가늘게 뜨고 발돋움하며 마리나 자매를 찾았다.

"저기 있네."

박창이 한쪽을 가리켰다. 지면에서 낮게 떠올라 운행하고 있는 에어 트럭을 말을 탄 사람들이 빙 둘러서 호위하고 있었다. 게다가 에어 트럭의 지붕에는 엷은 갈색 천을 씌워서 위장해 놓아 여러모로 찾기가 용이하지 않았다. 박창이 가리키는 곳을 따라 그곳을 자세히 살펴보던 지혜는 에어 트럭을 겨우 확인하고 놀라워했다.

"경호가 굉장하네."

말을 탄 경호 팀 이외에도 에어 트럭의 앞뒤에는 비슷한 빛깔의 뚜껑이 씌워진 마차가 여러 대 있었다.

"저 마차들은 다 뭡니까? 굉장히 육중하게 생겼네요."

우진이 관심을 보였다.

"특공대원들이 타고 있는 수송용 마차라더군요. 명색이 국왕 직속 특수군인데 일반 병사들처럼 걷게 할 수는 없잖아요."

박창이 대답했다. 우진은 마차며 말을 타고 있는 특공대원들을 흥미롭게 바라보다가 말했다.

"전부터 느꼈던 거지만 여기 특공대의 복장은 다른 군대에 비해 확실히 튀는군요. 어쩐지 지구의 현대군이랑 비슷한 것 같아요."

"당연히 두 밀리터리 자매의 취향이 반영된 거죠. 그나마 지구의 특공대처럼 베레모까지 씌우려는 걸 형이 말렸다더라구요."

박창은 킬킬 웃었다.

"그래요? 베레모까지요?"

우진은 박창을 따라 웃다가 박상에게 물었다.

"저런 군복이라면 베레모를 써도 어울리겠는데, 왜 말리셨어요?"

"아무리 그래도 그건 너무 심한 것 같아서……."

박상은 씁쓸한 웃음을 지으며 말끝을 흐렸다. 지혜는 옥상 난간에 몸을 기대고 행군하는 병사들을 바라보다가 옆에 있는 박창에게 물었다.

"정말 많기도 하네. 전부 얼마가 가는 거야?"

박창은 낸들 알겠냐는 듯한 얼굴로 어깨를 으쓱거렸다.

"우리에게 그런 보고까지 오는 게 아닌데 어떻게 알겠어?"

"빨리 끝날 수 있으면 좋겠는데……."

턱을 괴면서 푸념처럼 내뱉는 지혜를 보고 박창은 조용히 웅얼거렸다.

"그게 우리 마음대로 되나?"

그들은 마리나와 릴리가 있는 특공대의 모습이 더 이상 보이지 않게 된 이후에도 한참을 지켜보다가 건물을 내려갔다.

프라트를 출발한 레스프라트 군은 넓게 닦여 있는 대로를 따라 날마다 행군을 계속했다. 레스프라트 영내에서는 일정 거리마다 국왕의 명을 받은 지역 책임자들이 물과 식량을 마련해서 대기하고 있다가 군대를 맞이했다.

마리나와 릴리가 행군하는 동안은 수정이 병사들의 전진 속도에 맞추어 운전하는 에어 트럭에서 지내다가 저녁이 되어 행군을 멈추면 여러 사람들의 경호를 받으며 숙소에 들었다. 두 자매의 주위에는 항시 아르데를 비롯한 여자 특공대원들과 파디아의 미테르 교에서 파견한 전투 사제들이 머물면서 빈틈없이 경호에 임하고 있었다.

큰 사건이나 사고없이 평탄한 일정이 이어지고 있었으나 레스프라트의 영토를 벗어나 디파 영토에 가까워질 즈음부터 장병들 사이에서 긴장감이 감돌기 시작하고 있었다.

"디파에서 누가 날 찾아왔다고?"

어스름한 시각, 막사에서 막 저녁 식사를 하려던 디르크는 비서를 통해 들어온 선발대의 보고를 접하고 의아해 되물었다.

"40대 초반가량의 남자라고 합니다. 선발대가 정찰을 하고 있는 곳에 나타나서 디파에서 왔다 하며 총사령관님을 뵙고 드릴 말씀이 있다고 했답니다."

"디파에서 보낸 사자인가?"

"그런 것 같지는 않다고 합니다. 은밀히 오려고 한 것인지 초라한 행색이었다고 합니다."

"그래? 한번 만나보지."

디르크의 결정에 옆에 있던 샤트가 걱정했다.

"뭔가 음모가 있는 것이 아닐까요?"

"그거야 만나보고 판단해 볼 일이겠지. 만나보지도 않고 결정할 수는 없지 않느냐."

얼마 뒤 수더분한 인상의 중년 남자가 젊은 장교의 뒤를 따라 막사
에 들어왔다. 장교가 말했다.

"몸을 수색했습니다만, 아무것도 지닌 것이 없었습니다."

디르크는 남자를 찬찬히 훑어보았다. 남자는 평범한 일반인의 차림
이었으며 순박한 느낌의 얼굴에 키나 체구도 중간쯤이었다. 남자는 크
게 긴장하여 어정쩡한 폼으로 자신의 양손을 꼭 맞쥐고 서 있었다.

"이분이 총사령관님이시오."

그를 데리고 온 장교가 디르크를 소개하자 남자는 허리를 깊이 숙여
인사했다.

"나를 만나러 디파에서 왔다고 했소?"

디르크가 물었다. 남자는 분명한 어조로 대답했다.

"예."

"그래, 무슨 일 때문에 여기까지 왔소?"

남자는 선뜻 대답하지 않고 양편을 탐색하듯 곁눈질했다.

"왜 그러시오?"

남자의 그런 태도를 의아하게 느낀 디르크가 물었지만 남자는 입을
열지 않고 머뭇거렸다. 남자의 뺨이 긴장으로 가벼운 경련을 일으키며
실룩거리는 것이 보였다. 이윽고 남자는 용기를 짜내어 말했다.

"저어, 죄송하지만 총사령관님께만 말씀드리고 싶습니다."

떨리지만 확실한 말투였다. 비서들이 불쾌한 기색으로 한마디하려
는데 디르크는 그들을 제지하고 남자에게 부드럽게 말했다.

"이 사람들은 모두 내 부하들이오. 믿을 수 있는 사람들이니 안심하
고 이야기하시오."

그러나 남자의 태도는 완강했다.

"안 됩니다. 다른 사람이 있는 자리에서는 말씀드릴 수 없습니다."

부관들은 어이없어하며 남자를 보았다. 남자는 사람들의 분위기에 위축되어 잔뜩 움츠리고 있었으나 그의 눈빛은 굳은 결심을 담고 고집스럽게 빛나고 있었다.

"알겠소."

디르크는 무슨 생각에선지 선선히 대답하고 사람들에게 말했다.

"샤트만 남고 자네들은 잠시 나가 있게."

"하지만 총사령관님, 그러다 무슨 일이 있기라도 하면."

한 사람이 불만 섞인 얼굴로 항의했으나 디르크는 그의 입을 막았다.

"샤트가 있으니 괜찮네. 걱정 말고 나가들 있게."

사람들은 어쩔 수 없이 샤트를 남기고 막사를 나갔다. 다들 나간 뒤 디르크는 남자에게 말했다.

"이 사람은 내 친아들이니 걱정할 것 없소. 이제 말해 보시오."

남자는 디르크와 샤트의 얼굴을 살펴보더니 부자라는 말을 믿는 눈치였다. 그제야 마음을 놓은 그는 이곳에 온 목적을 털어놓았다.

"저는 탄들 브리라 하고, 디파에 살고 있습니다. 절 보낸 분은 케리너 지그님으로 디파의 남쪽 성문 탑의 수비대에서 중대장을 맡고 계십니다. 그분의 휘하에는 100명의 병사들이 있습니다. 케리너님께서는 레스프라트에 대한 변함없는 충성심을 가지고 계시며, 디파가 다시 레스프라트의 영토가 되기를 바라고 계십니다. 그래서 레스프라트 군이 디파에 진격해 왔을 때 케리너님이 할 수 있는 일이 있다면 레스프라트를 위해 행동하겠다는 뜻을 총사령관님께 전하라고 하셨습니다."

"남쪽 성문 탑의 수비대 중대장이라고?"

디르크는 입속으로 중얼거렸다. 샤트가 탄들에게 물었다.

"당신은 케리너란 사람과 어떤 사이입니까?"

"저는 오랫동안 케리너님의 댁에 있으면서 그분과 가족을 모셔왔습니다. 지그 도련님께선 저 같은 사람이라면 크게 의심받지 않고 성문을 통과해 여기까지 올 수 있을 것이라고 생각하셔서 절 보내셨습니다."

"오는 데 어렵지 않았습니까?"

"전부터 성 밖을 종종 다니던 터라 이 일대의 지리를 잘 아는 편입니다. 외진 곳을 골라서 온 데다 레스프라트 군의 진격 소식을 듣고 이미 이 부근의 병사들을 전부 성으로 불러들였기 때문에 아무 일도 없었습니다."

이야기하는 동안 차차 마음이 가라앉았는지 남자의 말투는 한결 차분해졌다. 디파의 지배권이 미치는 곳에 점재해 있던 디파·아메트 군이 디파로 철수하여 합류하고 있다는 사실은 디르크도 디파 성내의 첩자들과 척후병들이 전해온 소식을 통해서 알고 있었다. 수적으로 우세한 레스프라트 군과의 전면전을 피하고 디파에서 수성전을 하려는 의도가 분명히 드러나고 있었다. 그러나 보다 확실하게 확인하는 의미로 디르크는 탄들에게 물었다.

"오는 길에 한 번도 디파 군이나 아메트 군을 보지 못했소?"

"제가 디파를 나와서 처음 며칠간은 디파로 들어가는 병사들을 보았습니다만, 그 뒤로는 보지 못했습니다. 이 부근에 살고 있는 사람들도 병사들이 전부 디파로 들어간 것으로 알고 있었구요."

탄들의 이야기는 정찰대 및 첩자들의 보고와 일치하고 있었다. 이삼

일 전부터 디파가 관할하고 있는 지역에 들어섰지만 적병이라고는 한 명도 보이지 않았다.

"디파 성내의 분위기는 어떻습니까? 레스프라트의 부활과 우리가 디파 탈환에 나선 일에 대해 무어라 말하고 있습니까?"

이번에는 샤트가 질문했다.

"대체로 크게 드러내고 말하지는 못하지만 화제로 많이 삼고 있습니다. 하늘에서 거대한 불꽃이 떨어져 아메트의 태수와 그 부하들을 싸그리 불태워 버린 일이라든지 프라트 들판에서 거둔 대승리는 모르는 사람이 없습니다. 통쾌해하는 사람들도 많구요. 또 얼마 전에 위대한 도시 펠레즈에서 하늘의 날개가 펼쳐졌다는 소문도 들었습니다. 다들 펠레즈에 그런 일이 있었는데, 우리 도시에도 뭔가 일어나야 맞는 일이 아니냐고 궁금해하기도 하구요."

탄들은 제법 흥이 나서 이야기했다. 디르크는 조용히 고개를 저었다.

"여러 가지 이야기를 들려줘서 고맙소. 당신의 이야기는 잘 들었고, 케리너 지그 중대장의 뜻을 확실히 전달받았소. 이곳까지 오느라 많이 피곤할 텐데 식사를 하고 편안하게 쉬시오. 쉴 곳을 마련토록 하겠소."

"말씀만으로도 감사합니다. 하지만 도련님의 말씀을 전해 드렸으니 전 다시 디파로 돌아가겠습니다. 너무 늦게 가면 성문을 걸어 잠궈서 아예 성안에 들어가지 못하게 될지도 모르니까요."

"이미 밖이 캄캄해졌는데 어떻게 가겠다고 그러시오? 오늘은 여기서 자고 내일 새벽에 출발하도록 하시오."

"아닙니다. 누가 절 볼지도 모르고, 다행히 오늘 밤은 달도 밝으니 갈 수 있는 데까지 가보겠습니다."

탄들은 끝까지 곧장 가겠다고 고집했다. 디르크는 하는 수 없이 그에게 얼마간 돈이라도 주려 했으나, 탄들은 많은 돈을 지니고 있으면 디파에 들어갈 때 의심을 살지도 모른다며 그마저 거절했다. 그래서 디르크는 부관 한 사람을 불러 그에게 먹을 것이나 챙겨주도록 지시하고 내보냈다. 탄들이 나간 다음 샤트는 디르크에게 청해 다른 사람들을 잠시 뒤에 들이도록 했다.

"그래, 무슨 말을 하려고 그러느냐?"

디르크가 물었다. 샤트는 진지한 눈빛으로 그에게 질문했다.

"아버님은 방금 탄들이란 사람의 이야기를 어떻게 생각하십니까?"

디르크는 희끗한 수염을 만지며 대답했다.

"적어도 적의 함정이나 계략은 아닐 거라고 본다. 그렇게 보기에는 케리너라는 사람의 지위가 어중간해. 성문 탑의 수비 대장이라면 또 모를까, 중대장 정도로 어떻게 우리를 함정으로 끌어들이겠느냐."

"제 생각에도 그렇습니다. 계략으로 보기에는 너무 약하지요. 저 탄들이란 남자도 정말 케리너 일가의 안위를 염려하는 것 같았구요. 이것이 적의 계략이 아니라 정말로 남문탑의 수비대 장교가 협력 의사를 밝힌 것이라면 우리에게는 좋은 징조라고 봅니다. 그를 활용할 계책을 생각해 보면 어떻겠습니까? 가령 케리너 중대장의 협조를 받아 일부 병사들을 몰래 들여보내 남쪽 성문 탑을 장악하고 성문을 연다든가 하는 것 말입니다."

그러나 디르크는 일언지하에 잘라 말했다.

"그건 안 될 말이다. 디파의 성문 탑은 보통 성의 성문과는 차원이 달라. 한 개 성문 탑의 수비 병력만 해도 천 명 남짓이고, 그들 모두 정병(우수하고 강한 군사)들이다. 성문 탑 자체도 웬만한 요새보다 복잡한 구조에다 함정도 많이 설치되어 있다고 한다. 게다가 디파의 성벽은 위대한 도시 펠레즈의 그것과 거의 같은 고대의 성벽이다. 높고 견고한 데다가 매끄럽기가 기름 같지. 아무리 성내 내통자들의 협력을 얻어서 밤을 틈타 침투시킨다 해도 많은 숫자를 들여보낼 수가 없다. 약간 명의 병력으로 어떻게 성문 탑을 장악할 수 있겠느냐? 괜히 용감하고 뛰어난 장병들만 잃는 결과로 끝날 것이 뻔하다."

성문 탑 장악의 불가능성을 논하는 디르크의 뇌리에는 베르테스에게서 받은 성문 탑의 내부도가 떠올라 있었다. 성문 탑의 내부가 어떻게 생겼는지를 아는 만큼 그는 그 어려움을 누구보다 절실히 느끼고 있었다.

"그러면 케리너 중대장의 모처럼의 용기가 무용지물이란 말입니까?"

샤트가 답답해하며 물었다. 디르크는 깊은 한숨을 토했다.

"나 역시 애석하기는 마찬가지다. 하지만 지금으로서는 방법이 없구나. 혹시라도 우리가 적의 병력을 대거 바깥으로 끌어낸 뒤라면 모를까, 디파 성내에 대군이 엄존해 있는 동안에는 너무도 위험하고 확률이 낮은 도박이다. 전쟁에 때론 모험이 필요한 것은 사실이나, 승률이 거의 없는 작전은 안 된다."

디르크의 확고한 말투에는 이견을 용납지 않겠다는 강한 의지가 담겨 있었다. 샤트도 그 점을 깨닫고 있었기에 그 이상 자신의 생각을 고집하지 않았다. 디르크는 샤트를 타일렀다.

"전에도 말했듯이 우리는 적어도 지지 않는 싸움을 해야 한다. 프라트의 폐하께서 응원군을 이끌고 와주실 때까지 우리가 할 수 있는 최선을 다하되 함부로 모험을 해서는 안 된다. 그 사실을 잊지 마라."

"예."

샤트는 순순히 아버지의 말을 받아들였다.

　프라트를 출발한 지 37일째 오전, 마침내 멀리 은청색으로 빛나는 거대한 성벽이 보이기 시작했다. 펠레즈와 동시기에 건설되었다는 위대한 도시 디파였다. 디파 · 아메트 연합군이 전부 디파로 물러난 덕분에 여기까지 오는 동안 전투다운 전투라고는 없이 평탄한 행군이었다. 다소 느슨하게 풀어져 있던 장병들의 분위기는 견고하고 오만한 광채를 발하며 서 있는 성벽을 마주하자 일변했다. 묵직한 긴장감이 군 전체로 조용히 퍼져 갔다.
　레스프라트 군은 디파의 3개 성벽을 마주 보고 들판에 진지를 구축하기 시작했다. 특공대 대원들도 마차며 말에서 내려 물자를 정리하고 막사를 조립하는 등 작업을 개시했다. 마리나와 릴리도 수정과 삼룡이를 데리고 에어 트럭을 나왔다. 그녀들이 나오자 아르데 등이 가까이 다가와서 에워쌌다.
　"에어 바이크를 타고 공중에서 내려다볼 땐 그저 꽤 큰 도시구나 했는데, 여기서 보니 정말 굉장한 성벽이네. 펠레즈에 뒤지지 않겠는걸."
　릴리가 정면 멀리에서 빛나고 있는 디파의 성벽을 바라보며 혼잣말을 했다. 마리나는 주변에서 막사를 준비하는 병사들을 둘러보다가 어두운 표정으로 고개를 설레설레 흔들었다.
　"이런 옛날식 무기와 병사들로 어떻게 저런 걸 공략할지 걱정이야. 석포 같은 걸로 성벽을 손상시킬 수도 없고, 성벽 아래를 파고들어 갈 수도 없고, 성문을 부수는 방법도 통하지 않을 거잖아."
　통역기를 끈 상태에서 하는 말이라 아르데 등은 알아듣지 못하고 있었다.

"나중에 공중 정찰이라도 해볼까?"

"적의 방어 상태를 점검하는 의미에서라도 해서 나쁠 건 없겠지만, 차라리 우진 씨에게 연락해서 인공위성으로 사진을 찍어달라는 편이 낫지 않을까?"

"아, 그렇지. 그게 좋겠다. 아무튼 여기 총사령관도 지금쯤 골치 아프겠어."

"남의 이야기처럼 말할 때가 아냐. 여기서 시간을 끌면 끌수록 우리의 희망도 멀어지는 거라고."

"그건 그렇지……."

마리나와 릴리가 그런 이야기를 나누고 있을 무렵, 총사령관 디르크 모스도 무장 마차에서 내려 디파의 성벽을 바라보고 있었다.

"가까이에서 보니 과연 대단한 성벽입니다."

디르크의 뒤에 서 있는 참모들 중 한 사람이 탄복인지 한숨인지 모를 말로 디파를 대면한 첫 소감을 피력했다. 샤트를 비롯한 다른 사람들의 얼굴에도 적지 않은 불안이 서려 있었다. 디르크는 엄한 표정을 유지하면서 단호하게 말했다.

"확실히 단기간에 승부를 내기는 어렵겠지. 하지만 시간은 우리 편이야. 머지않아 폐하께서 직접 응원군을 편성하여 이끌고 오실 것이고, 적들은 아메트의 내정 불안으로 한동안 증원을 받지 못해."

자못 확신을 담은 말투였으나 그의 마음이라고 다른 이들과 크게 다르지는 않았다. 분명히 병력의 숫자 면에서는 레스프라트 군이 디파·아메트 군을 크게 상회하고 있었다. 레스프라트에 주둔하고 있던 아메트 군은 이전의 프라트 전투에서 크나큰 병력 손실을 입었고, 뒤이은 아메트의 정정 불안이 더해져 그나마 남은 병력의 대부분이 아메트로 돌아간 상태였다. 디르크가 입수한 정보에 따르면 현재 디파에 합류해 있는 아메트 군은 거의 없고 대부분 디파 방어를 돕기 위해 본래부터 아메트에서 파견되어 있던 병력들이었다.

그러나 문제는 디파가 곡창 지대에 자리한 거성이라는 점이었다. 수적으로 열세인 디파·아메트 군은 레스프라트 군과의 교전을 피하고 최대한의 식량을 확보해 디파 성내로 들어가 있는 상태였다. 그들이 굳게 성문을 닫고 버티기로 일관한다면 이쪽으로서는 숫자로 밀어붙이는 총공격 이외에 딱히 취할 수 있는 수단이 많지 않았다. 그러나 그런 공격은 공성전에서도 가장 어리석은 방식이라 할 수 있는 것으로, 필연적으로 많은 희생을 불러올 터였다.

'애초의 계획대로 호수에 면한 북쪽을 제외한 삼면에 대한 포위 상태를 유지하면서 기회를 엿볼 밖에. 폐하께서 응원군을 이끌고 오시기 전에 함락시킬 수 있다면 그 이상이 없겠지만, 그렇다고 지나친 모험을 할 수는 없지.'

그런 생각을 다지며 디르크는 참모들에게 일렀다.

"포위망을 점검하고 적의 방어 상태도 점검할 겸 내일 한차례 공격을 시도할 테니 주요 장성들에게 오늘 밤 내 막사로 모이도록 연락하게."

"예."

지시를 내린 디르크는 다시 고개를 돌려 디파의 성벽을 바라보며 속으로 깊은 한숨을 쉬었다.

'저 성을 총공격으로 정면 돌파해서 점령하려면 엄청난 희생을 각오해야 하겠지? 그렇다고 섣부른 끌어내기 전략은 저들도 바보가 아닌

이상 보나마나 통하지도 않을 것이고. 어떻게든 밖으로 끌어내서 승부를 봐야 할 텐데……'

디파의 총사령관으로 임명되던 때부터 줄곧 그의 머리 속을 맴돌고 있는 생각이었으나, 아무리 고민해도 마땅한 방법이 떠오르지 않았다. 디파나 펠레즈 같은 곳은 일반적으로 성을 공격할 때 사용 가능한 여러 전통적인 방법들이 전혀 통하지 않는 곳이었기에 참고할 만한 마땅한 전례조차 없었다. 디르크는 답답한 심경을 애써 감추면서 내일의 작전에 골몰했다.

오전부터 시작된 진지 구축 작업은 한낮이 되기 전에 끝났다. 디파의 맞은편 들판은 레스프라트의 깃발과 막사들로 가득해졌다. 마리나와 릴리의 에어 트럭 옆에도 그녀들이 머물 막사가 세워졌다. 한쪽 면을 에어 트럭에 대고 있는 막사 내부는 꽤 넓어서 여러 개의 공간으로 나누어져 있고, 그 안에는 2개의 침대와 책상, 테이블, 의자 등 웬만한 가구가 다 있었다. 대충의 일용품들이 막사로 날라졌으며 그녀들의 시중을 드는 특공대원과 미테르 교의 신관 전사들이 교대로 머물게 되었다.

막사가 대충 정돈될 때까지 지켜보던 마리나와 릴리는 저녁 식사 시간이 되기 전에 에어 트럭에 들어가서 프라트에 있는 동료들과 교신하고 디파의 전경을 인공위성으로 탐색해 달라고 요청했다. 곧 기스칼 제3호 중앙 인공위성에서 촬영한 디파의 영상이 전송되어 왔다. 인공위성에서 보내온 영상에는 디파 전체를 조망한 것과 호수에 면한 북쪽 이외의 3개 성문과 성문 탑 각각의 영상, 군사 시설로 짐작되는 건물의 위치와 현황이 고스란히 담겨 있었다. 어느 시설이나 공중에서의 정찰을 의식할 필요가 없는 시대인 것을 반영이라도 하듯 별다른 위장없이 그대로 노출되어 있었다.

"굉장해. 손바닥 들여다보듯이 훤하게 보이네. 첩보 위성 역할도 한다더니, 사실인가 봐."

릴리가 감탄했다. 마리나도 그 점엔 동의했다.

"확실히 정밀하군. 현대전 같으면 정말 대단히 유용한 정보가 되겠어. 여기서야 과연 어느 정도 효용이 있을지는 모르지만 말이야."

"그래도 모르는 것보단 낫겠지. 아무튼 굉장하다. 지구 같으면 인공위성을 동원해서 이런 사진 한 장 찍는 데만도 엄청난 돈이 들 텐데, 이렇게 우리 마음대로 쓰다니, 대단한 호강이야. 이 정도면 이 별의 어디든 우리가 원하는 곳의 정보는 다 얻을 수 있겠어."

릴리는 사진들을 보며 뿌듯해했다. 마리나는 릴리의 낙관적인 태도와는 달리 여전히 걱정스러운 표정이었다.

"지금은 그런 것보다 여기 사람들이 이런 영상을 제대로 이해할 수 있을지 걱정이야. 기껏 가져다 줘도 이해를 못하면 무용지물이 될 테니까."

"그런 걱정은 할 필요가 없다고 봐. 여기 사람들은 고대 문명에 대한 향수가 있어서인지 새로운 것을 접해도 별로 거부감이 없잖아. 오히려 고대의 것이라면 거의 무조건적으로 좋은 것으로 여기고 동경하는 식이지. 아마 고대에 사용하던 것이겠거니 생각하고 열심히 이해하려고 할 거야."

"네 말이 맞을 수도 있겠다."

릴리의 말이 과히 틀리지 않다고 생각한 마리나는 전자 종이에 그 영상들을 저장했다. 그리고 자신들의 막사로 가서 특공대의 대장인 카라인을 불렀다. 두 사람은 가급적 총사령관을 직접 만나는 일은 피하고 카라인이나 특공대원을 통해서 연락할 예정이었다. 카라인이 들어오자 마리나와 릴리는 그를 테이블로 안내해 전자 종이에 저장한 영상 정보를 보여주었다. 그리고 카라인이 이해하기 쉽도록 말을 풀어서 설명했다.

"이것들은 전부 하늘 높은 곳에서 디파의 이곳저곳을 담은 겁니다. 이 그림은 디파 성 전체를 담은 것이고, 다음 것은……."

카라인은 눈도 깜빡이지 않고 집중하여 릴리의 조작에 따라 순간적으로 바뀌는 전자 종이의 매끈한 화면을 뚫어지게 응시했다. 그는 이 영상들이 디파 성의 내부를 그대로 담고 있음을 충분히 이해하고 있는 것 같았다.

"놀랍군요. 정말 제가 하늘에서 디파를 내려다보고 있는 것처럼 느껴집니다."

한참만에 카라인이 감탄조로 말했다.

"이것을 수정에게 맡길 테니, 수정을 데리고 총사령관께 가서서 지금처럼 설명해 드리십시오. 당장 큰 의미는 없겠지만 디파의 방어 상황을 파악할 수는 있을 겁니다. 그리고 언제든 이런 정보가 필요할 때는 카라인 대장께 말씀하시면 된다고 전해주시구요."

마리나는 카라인에게 말하고 전자 종이를 수정에게 건넸다.

"두 분께서 총사령관님을 직접 뵙지는 않으실 겁니까?"

카라인의 질문에 마리나는 딱 잘라 말했다.

"우리는 이곳의 전술에 대해 아는 바도 없고, 정보 수집 외의 다른 면에서는 도움이 되지 못합니다. 지금처럼 카라인 대장을 통해서 전해 드리도록 할 테니 총사령관께는 양해를 구해주십시오."

"알겠습니다. 그렇게 말씀드리겠습니다."

카라인은 수정을 데리고 자매의 막사에서 나갔다.

총사령관 디르크는 자신의 막사에 있었다. 카라인이 들어갔을 때 그는 마침 당직 부관 한 명을 빼고는 혼자 있었다. 디르크는 넓은 테이블에 올려진, 디파 일대의 지형을 담은 큰 지도를 내려다보고 있었다.

"카라인 대장, 웬일이오?"

디르크는 카라인의 갑작스러운 방문에 의아해하며 그와 수정을 맞이했다.

"예, 신의 사도 두 분께서 디파의 방어 상태에 대한 정보를 주셨기에 그것을 보고드리러 왔습니다."

"디파의 방어 상태에 대한 정보라고?"

디르크는 당연히 관심을 보였다. 수정이 그의 앞에 전자 종이를 펴고 저장된 사진을 불러냈다. 무엇인가 싶어 들여다보던 디르크는 흠칫 놀랐다. 종이도 천도 아닌 묘하게 매끈거리는 재질의 얇은 물체 위에 총천연색의 기이한 그림이 갑자기 생겨난 것이다.

"이것은 디파의 모습을 하늘 높은 곳에서 담은 것입니다. 이쪽의 푸른 것이 아마 북쪽 호수일 것이고, 이것과 이것, 이것이 3개 성문인 것 같습니다."

카라인의 설명에도 디르크는 얼른 이해가 되지 않는 표정이었다.

"으음, 이게 대체 뭔가? 그림은 아닌 것 같은데."

"저도 자세히는 모릅니다만, 우리가 눈으로 보는 것을 그대로 담아 내는 원리인 것 같습니다."

"하지만 우리가 디파를 이렇게 볼 수는 없지 않은가?"

“만일 하늘 위로 높이 올라가서 내려다본다면 이런 식으로 보이지 않겠습니까? 고대에는 그런 일들도 얼마든지 가능했던 것으로 압니다만.”

“그렇다고는 하더군.”

디르크는 얼떨떨한 기색을 떨치지 못하고 화면을 다시 보았다. 도시를 에워싼 성벽의 윤곽이며 성문 탑의 위치 등은 전에 베르테스에게서 받았던 지도에 있는 내용과 거의 동일했다.

“확실히 디파가 맞긴 하군.”

그렇게 중얼거린 디르크는 카라인에게 물었다.

“하지만 이 그림으로는 디파의 방어 상태를 알 수 없지 않나?”

“다른 그림들도 있습니다.”

카라인이 대답하자 수정이 전자 종이에 담긴 다른 사진들을 차례로 보여주었다. 각 성문 탑을 확대하여 찍은 영상에는 비록 벌레처럼 조그맣기는 하지만 그곳에 배치된 병사들의 모습까지 똑똑히 보였다.

“이거 참 신기하군.”

디르크는 눈을 가늘게 뜨고 신기하게 그것을 바라보다가 카라인에게 말했다.

“다른 것도 있나?”

“예, 성내의 군사 시설로 짐작되는 것들에 대한 것도 있습니다.”

“그것도 보여주게.”

이제 그는 단순한 흥미를 넘어 대단히 진지해져 있었다. 전자 종이에 담긴 영상을 전부 보고난 그는 막사 한쪽에서 대기하고 있던 젊은 부관을 불렀다.

“자네, 이리 와서 당장 이것들을 그림으로 옮기게.”

“예.”

그렇지 않아도 디르크가 신기하게 바라보는 그 물건이 어떤 것인지 몹시 궁금하던 차라 부관은 냉큼 종이와 필기구를 가지고 디르크와 카라인이 있는 곳으로 왔다. 그러나 막상 전자 종이에 담긴 사진을 본 그는 처음에는 마냥 신기해하며 그것을 들여다보다가 잠시 후 당황한 어조로 말했다.

“저어, 총사령관님, 이렇게 복잡한 그림을 어떻게 옮기라는 것인지…….”

그러자 디르크는 다소 한심하다는 표정이 되더니 말했다.

“똑같이 옮길 필요는 없네. 지도나 진형을 그리는 요령으로 간략화시키면 될 것 아닌가? 여러 장이니까 가급적 신속하게 옮기도록 하게.”

젊은 부관은 겸연쩍은 마음에 얼굴이 빨개져서 대답했다.

“예.”

부관이 종이에 전자 종이의 사진을 단순화시켜 옮겨 그리는 동안 수정은 그의 옆에 서 있다가 차례로 사진을 보여주었다. 여러 장의 사진을 그림으로 옮기는 작업은 시간이 걸렸기 때문에 카라인은 먼저 특공대의 막사로 돌아갔고 수정은 작업이 끝나기를 기다렸다가 전자 종이를 받아서 마리나 자매에게 돌아갔다.

디르크는 부관이 옮겨 그린 그림을 들여다보면서 혼잣말로 중얼거렸다.

“당장 활용할 수 있는 정보는 아니지만, 앞으로도 계속 이런 정보를 얻을 수 있다니 적극적으로 활용할 방안을 생각해 봐야겠군. 아무튼 고대의 기술은 경이롭군. 원하는 것을 이렇게 마음대로 내려다보고 그림으로 남길 수 있다니…….”

다음날 아침, 통이 트기 전에 첫 공격을 위해 배치를 끝낸 레스프라트 군에는 긴장이 감돌고 있었다. 전투의 예감이 불러오는 긴박한 흥분감 속에 병사들이 아침 식사를 마쳤을 즈음이었다. 레스프라트 진지 쪽에서 커다란 목소리가 들판에 울려 퍼졌다. 디파를 향해 보내는 메시지였다.

"디파의 시민과 병사들이여, 언제까지 아메트의 노예를 자처할 것인가? 디파는 원래 레스프라트의 영토였으며, 위대한 도시 펠레즈의 형제 도시가 아니었던가? 펠레즈에서 하늘의 날개가 펼쳐진 것을 그대들은 아는가? 레스프라트에는 신의 뜻을 받은 새로운 태양이 떠올랐고, 고대의 영광을 재현할 날이 멀지 않았다. 디파를 아메트의 손에 넘긴 더러운 반역자 마니어 코테르는 더 이상 디파의 성주가 될 자격이 없는 자다. 우리는 그대들의 적이 아니다. 그대들의 적은 침략자 아메트 군이며, 아메트에 디파를 팔아넘긴 반역자 코테르 무리이다……."

들판에 쩌렁쩌렁하게 울리는 목소리는 디파 성벽에서 터져 나오는 야유와 레스프라트 진영에서 울리는 응원의 함성에 군데군데 파묻히면서도 줄기차게 이어졌다. 그런 소란은 정오 무렵이 될 때까지 간헐적으로 발생했다. 그러다가 마침내 공격을 알리는 날카로운 악기 소리가 높이 울렸다. 그것을 신호로 하여 레스프라트 군 진지에서 대지를 뒤흔드는 요란한 진동음이 일어났다. 레스프라트 진지 양쪽에서 기마대가 진격한 것이었다. 2천기에 달하는 기마대가 일제히 평원을 내달리는 모습은 대단한 박진감을 자아냈다. 레스프라트의 병사들은 그 모습에 환성을 지르며 기세를 올렸다.

디파의 성벽을 향해 똑바로 달려 들어가던 기마대는 도중 일제히 방향을 틀었다. 그리고 활을 들어 성벽 위를 향해 화살을 날리면서 성 앞의 들판을 선회하기 시작했다. 2천 마리의 말들이 흙먼지를 일으키며 대지를 질주하는 모습은 현란하면서도 일사분란했다. 레스프라트의 병사들은 목이 터져라 자군 기마대의 위용에 환호를 보냈다. 기마대의 공격은 얼마 동안 계속되었으나 대대적인 공세로 이어지지는 않았고 총사령관 디르크의 의도대로 디파의 방어 태세를 점검하고 레스프라트군의 사기를 고무하는 선에서 마무리되었다.

2

레스프라트 군이 3면에서 디파를 포위하고 있은 지도 여러 날이 지났다. 그동안 몇 차례 디파를 향한 공격이 있었으나 별다른 수확도 큰 손실도 없는 지지부진한 전개였다. 이런 전개에 갑갑함을 느끼는 이들도 많았으나 대부분은 총사령관 디르크처럼 장기전을 각오하고 있는 분위기였다.

디르크는 앞으로의 작전도 의논하고 장수들을 격려할 겸하여 중군의 진중에서 조촐한 연회를 열었다. 연회라고는 해도 여느 때보다 잘 차린 저녁 식사에 가까운 것이어서 조용하고 차분한 분위기였다.

"신의 사도 두 분을 모시지 않아도 되겠습니까?"

어느 장성의 말에 디르크가 대답했다.

"나도 그분들께 참석을 청했소만, 정중히 거절하셨소. 여러분도 아시다시피 그분들은 특공대의 카라인 대장을 통해 디파의 정황을 이따금 알려주실 뿐 우리와 직접 대면하시지는 않다 보니 그런 것 같소."

"그리고 보니 카라인 대장도 보이지 않는군요."

"카라인 대장은 사흘 전에 성 주변을 둘러보고 디파 내부와의 연락망을 직접 점검하러 나갔소."

그때 디르크의 가까이에 막 앉으려던 장성 한 명이 디르크의 참모들 중 샤트의 모습이 보이지 않는 것을 보고 디르크에게 물었다.

"디르크 샤트 중령은 어디 갔습니까?"

"각 진영의 배치 상태를 점검할 겸 내가 내보냈소. 멀리 가 있어서 오늘 시간에 맞춰 오기는 어려울 것이오."

디르크는 대수롭지 않게 말하고 참석자들에게 말했다.

"오늘은 여러분을 격려하기 위한 자리요. 긴장을 풀고 편하게 즐기시오."

참석자들이 전원 착석한 뒤 넓은 접시를 든 병사들이 들어와 테이블에 네 사람당 2개씩 그것들을 내려놓았다. 갈색 접시에는 눈송이처럼 뽀얀 빛깔의 생선회가 담겨 있었고, 흰 접시에는 신명한 선홍색의 육회가 맛깔스러운 형태로 담겨 있었다. 적당히 지방이 분포되어 있어 부드러운 윤기가 감도는 육회와 희고 꼬들꼬들한 촉감의 생선회는 보기에도 먹음직스러웠다. 병사들은 참석자들의 앞에 생선회와 육회를 찍어 먹을 소스가 담긴 작은 접시를 한 사람에 하나씩 놓았다.

"이 소스는 아무리 봐도 정말 예술입니다."

어느 장군이 소스 접시에 있는 붉은색 소스를 보고 말하자 다른 사람들도 맞장구치며 소스를 화제 삼아 이야기를 주고받았다.

"맞습니다. 색도 좋고 맛도 좋고 흠잡을 데가 없어요. 전에 먹던 노란 톡 소스로는 이제 맛있다는 생각이 안 들어요."

"그 비싼 피스벵 설탕이 들어가는데 맛있는 건 당연하지요."

"아니, 만드는 법이 그렇게 간단하진 않은 모양이더군요. 그냥 피스벵 설탕을 섞어서는 이 색깔과 맛이 나질 않아요."

"당연하지요. 이건 프라트의 옛 왕궁에 머물고 계신 신의 사도들께서 만드신 겁니다. 이번에 총사령관님을 따라온 요리사가 그분들 밑에서 음식을 배운 사람이라더군요."

톡의 즙을 희석시킨 것에 피스벵 설탕을 녹이고 다른 향신료 두 종을 일정 비율로 첨가한 그것은 레스프라트 사람들이 원래 먹는 톡 소스를 개량한 것으로 박창이 고추 맛을 실험하다 나온 산물 중 하나였다. 피스벵 설탕으로 단맛을 첨가해 톡의 얼얼한 매운맛을 어느 정도 완화시키기는 했으나, 박상 형제에게는 아직도 너무 자극적이라 원래는 실패작으로 간주했던 것이었다. 그러나 구왕궁의 주방에서 박상 형제를 돕고 있는 주방 사람들에게는 꽤 매력적인 맛으로 느껴져서 박창에게 부탁해 조리법을 얻었고, 이후 왕궁이나 특공대의 식탁에 육회나 생선회가 오를 때면 꼭 따라 나오고 있었다.

새로운 톡 소스와 그 밖에 설탕을 넣은 요리와 부드러운 빵, 약간의 술이 사람들의 입맛과 흥을 돋우었고, 연회는 만족스러운 분위기 속에 진행되었다. 특히 연하고 감칠맛나는 육회와 신선한 생선회는 대단히 반응이 좋아서 병사들이 새로 내오기가 바쁘게 말끔히 비어버렸다.

화기애애한 가운데 연회가 끝나고 모두 대단히 만족한 기분으로 제각기 숙소로 돌아갔다. 디르크까지도 그날 밤만큼은 평소보다 느긋한 마음이 되어 있었다. 현재의 레스프라트 군은 레스프라트가 아메트의 치하에 있는 동안 아메트 군에 대항하여 게릴라식 반군 활동을 벌이던 사람들에다 미테르 교의 대신관 파디아의 처형 소식을 듣고 봉기한 농민군 출신이거나 용병으로 국외를 떠돌던 이들이 하나의 조직으로 엮이다 보니 조직력이 전반적으로 느슨하고 독립적인 성향이 적지 않았다. 베르테스와 디르크의 애초 계획대로라면 군대를 전반적으로 재배치해서 조직적으로 정비해야 할 터였지만, 그러기 전에 디파 토벌전이 시작되고 말았다. 디르크의 고민은 디파 공략의 갖가지 난점에도 있었으나 레스프라트 군 자체의 이런 구조적 느슨함에도 기인하고 있었다.

그러나 출정식 때 모두가 지켜보는 앞에서 베르테스가 디르크에게 검을 하사하며 디파 토벌전의 전권을 위임한 것이 상당히 효력을 발휘한 듯, 디파 원정에 나선 레스프라트 군 전체에 대한 디르크의 장악력은 처음의 우려가 무색하게 견고함을 보여주고 있었다. 오늘의 연회에서도 그런 모습은 확연히 확인되었다.

'우리에겐 병력도 식량과 물자도 충분하고 사기도 높다. 디파가 어려운 상대인 것은 사실이나 절대적으로 불가능한 일은 아니야. 베르테스 폐하의 응원군이 도착할 때까지 어떻게든 디파 성내의 소요를 이끌어내면서 상황을 유리하게 조성하면 돼.'

디르크는 승리를 다짐하며 스스로에게 최면을 걸듯 승리에 대한 확신을 키웠다. 그러나 그런 디르크의 다짐은 만 하루가 지나기도 전에 예기치 못한 사태에 직면했다.

연회 다음날 오후, 그것은 갑작스러운 복통과 심한 설사를 동반하고 찾아왔다. 문제는 이것이 디르크 한 명에만 국한된 일이 아니었다는 점에 있었다. 전날 저녁의 연회에 참석했던 사람들은 예외없이 같은 증상을 보이며 쓰러졌다. 당황한 사람들은 요리사들을 잡아다 엄하게 추궁했으나 특별한 혐의는 드러나지 않았다. 의사의 진단으로 디르크와 연회 참석자들의 증세는 식중독으로 추정되었다.

총사령부를 비롯한 각군의 지휘부는 심리적인 공황 상태에 빠져들었다. 디르크의 참모들도 대부분 연회에 참석했던 터라 디르크를 대신할 만한 사람을 찾기도 어려웠다. 총사령부에 모인 샤트와 몇몇 사람들은 이 사태 앞에 망연할 따름이었다. 만일 디파·아메트 연합군이 이 사실을 알아채고 당장에라도 성문을 열고 진격해 온다면 어쩔 것인가. 주요 장성들이 지휘력을 상실한 지금 대군은 질서를 잃고 단절된 채 각개 격파될 것이다. 프라트 들판에서 아메트 군이 당한 일이 자신들의 미래가 되지 말라는 법이 없었다. 최악의 전개가 그들의 머리 속에 어지럽게 맴돌고 있었다.

총사령부에서 초조한 얼굴로 서성이는 부하들을 바라보던 디르크는 결단을 내렸다. 심한 복통과 설사로 기력이 많이 탈진해 있기는 했으나 그는 어떻게든 정신을 유지하고 있었고, 아직 판단력도 건재했다. 디르크는 우선 사람들에게 지금의 사태가 절대로 일반 병사들에게 알려지지 않도록 단단히 입단속을 한 뒤, 부관들에게 지시해 연회에 참석하지 않은 장성 급 이하의 고급 장교들 중 몇몇을 급히 불러오도록 했다. 그들은 프라트에서 디파까지 오는 동안 디르크가 각별히 능력을 눈여겨보고 있던 사람들이었다. 그리고 다른 사람들을 잠시 내보내고 아들 샤트만 남게 했다.

"상황이 이러하니 당분간 내가 군을 지휘하기는 어려울 것 같다. 지금부터 네가 나를 대신하여 지휘권을 행사하도록 해라."

"하지만 아버님, 제가 감히 어떻게……."

샤트는 있을 수 없는 일이라는 듯 말끝을 흐렸다. 그러나 그의 신중한 얼굴에 담긴 것은 두려움이나 당황스러움은 아니었다. 샤트에게는 특별히 예민한 사람이거나 그를 아주 잘 아는 사람이 아니고는 포착할 수 없을 은밀한 자신감이 타고난 향취처럼 언제나 감돌고 있었다. 그것을 익히 알고 있는 디르크는 미소를 흘렸다. 하지만 간헐적으로 일어나는 복통 때문에 그 미소는 이내 고통으로 일그러져 묻혀 버렸다.

"아버님!"

놀란 샤트가 의사를 부르려 하자 디르크가 샤트의 손을 꽉 잡았다.

"아직 내 말이 끝나지 않았다."

디르크는 고통을 참으면서 말을 이어갔다.

"내 앞에서까지 겸손을 가장할 필요는 없다. 또 지금은 한가하게 체면을 차릴 때도 아니고. 너도 알다시피 부사령관을 비롯해서 나를 대신해 지휘권을 행사할 만한 장성들은 지금 모두 나와 같은 상황이다. 그렇다고 내가 잘 알지도 못하고, 검증되지도 않은 사람에게 맡기기에는 사태가 너무 급박하고 위급하다. 지금부터 내가 하는 말을 잘 듣고 그대로 실행해야 한다. 우선 우리에게 닥친 이 사건이 절대로 적의 귀에 들어가지 않도록 해야 한다. 그러자면 아군의 병사들에게도 이 사실을 비밀에 붙이고 알려서는 안 된다. 그리고 적당히 이유를 대서 신속하고 조용하게 후퇴 준비를 하도록 해라. 준비가 되는 대로 여기서 7일 거리에 있는 파티크 요새까지 물러나라. 그래야 최소한의 안전을 담보할 수 있다. 신속히 움직이되 절대 적에게 서두르는 기색을 보여서도, 대열에 허점을 두어서도 안 된다. 어디까지나 작전상 전선을 조금 물리는 것으로 생각하게 해야 한다."

조용히 디르크의 말을 경청하고 있던 샤트는 조심스럽게 자신의 의견을 개진했다.

"아버님의 말씀처럼 현재의 상황은 매우 위험합니다. 자칫하면 최악의 상황으로 치달을 수도 있습니다. 아버님과 장성들의 상태가 며칠 내에 호전되리라는 보장도 없고, 언제까지 적에게 이 사실이 드러나지 않을지도 문제입니다. 디파 · 아메트 군이 추격해 오기라도 하면 파티크까지 물러난다 해도 위험하기는 마찬가지입니다. 차라리 최대한 멀리 후퇴하여 전열을 재정비해서 후에 다시 오는 편이 좋지 않겠습니까?"

샤트는 나름대로 최선의 방안을 직언했다. 그러나 디르크는 완강하게 말했다.

"절대로 멀리 물러나서는 안 된다. 그런 식으로 허비할 시간이 없어."

"물론 베르테스 폐하께서 디파 토벌에 지대한 관심을 가지고 있다는 것은 잘 압니다. 하지만 지금은 부득이한 상황입니다. 잘못 대처하다가는 큰 화를 입을 것입니다."

샤트 역시 자신의 생각을 굽힐 뜻이 없었다. 디르크는 고민스러운 표정으로 아들을 바라보다가 결심을 굳히고 이번 원정의 진정한 이유를 말해 주었다.

"잘 들어라. 베르테스 폐하께서는 결코 영웅심이나 충동적인 조급함으로 디파 원정을 결정하신 것이 아니다. 디파에는 그동안 우리가 알지 못했던 중대한 비밀이 숨어 있었다. 위대한 도시 펠레즈에서 고대의 날개가 펼쳐졌다는 소식은 너도 들었을 것이다. 디파의 비밀은 그것과 무관하지 않다. 신의 사도들께서 펠레즈는 고대의 유산을 움직일 힘을, 디파는 고대의 지식을 보존하고 있다는 말씀을 하셨다고 한다. 그 두 도시는 서로 보완적인 관계에 있으며, 언젠가 레스프라트가 고대의 유산을 되살리는 날 함께 있어야만 한다. 폐하께서는 이 사실을 아메트가 눈치 채기 전에 디파를 수복해야 한다 생각하신 것이고, 레히트 재상과 나도 그분의 생각에 동의하였다. 그래서 이번 전쟁에서 물러설 수 없다고 말한 것이다. 지금 우리가 크게 뒤로 물러서면 재차 진격해 올 때까지 많은 시간이 허비될 것이다. 또 현재는 아메트의 정정이 극도로 불안한 상황이라 증원군이 오지 못하지만, 그것이 언제 정리될지 모른다. 우리가 머뭇거리는 사이에 아메트의 내란이 끝나고 증원군이 오게 되면 상황은 더욱 어려워진다. 어떻게든 이 시기를 놓쳐서는 안 된다.”

디르크의 입을 통해 흘러나온 고대의 비밀에 샤트는 크게 놀라는 한편 심각해졌다. 어째서 이 일견 성급해 보이는 원정을 재상과 디르크까지 찬성하고 추진했는지 의문은 풀렸다. 그러나 그만큼 그의 어깨는 무거워진 셈이었다. 물러날 수 없는 상황이라면, 이 난국을 어떻게 헤쳐 가야 한다는 말인가? 파티크 요새는 레스프라트 군 전체가 들어갈 수 있을 규모도 아니었고, 무엇보다 이 일대는 지형 지물의 도움도 기대하기 어려운 평원이었다. 지휘 체계가 무너진 상태에서 추격해 온 적을 맞이하게 된다면 모처럼의 수적인 우세도 무용지물이 될 것이 뻔했다.

샤트는 암담한 기분으로 눈을 내리깔았다. 그러다가 자신의 손을 쥐고 있는 디르크의 손에 시선이 닿았다. 거칠고 크며 딱딱한 손. 20여 년 전 레스프라트가 패망하던 날 이래 한시도 쉬지 못하고 무기를 잡고 싸워야 했던 손이었다. 샤트의 손을 으스러지게 잡은 그 손은 말보다도 더 깊고 절실한 의미를 전달하고 있었다.

“알겠습니다. 아버님의 뜻에 어긋나지 않게 최선을 다하겠습니다.”

샤트는 심호흡을 하고 분명한 어조로 대답했다. 디르크는 그제야 한

시름 놓고 나지막이 한숨을 토했다. 그리고 힘겹게 몸을 움직여 품에 넣어둔 디파의 지도와 성문 탑 내부도를 꺼내어 샤트에게 건네주었다.

"디파의 전체 지도와 3개 성문 탑의 내부도다. 출정 전날 베르테스 폐하께서 내게 주신 것이다. 소용될 일이 있을지 모르겠다만, 일단 가지고 있거라."

"예."

샤트는 재빨리 그림들을 훑어보고 자신의 품에 넣었다. 디르크는 샤트에게 현재 드러누워 지휘를 할 수 없는 장성들을 대신해 임무를 맡을 사람들에 대해 간략히 설명하고 미리 부관을 시켜 구술해 놓았던 메모를 주었다.

"대략적인 사항은 거기 적혀 있는 대로 하면 된다. 이제 됐으니, 사람들에게 들어오라고 해라."

샤트는 막사를 나가 바깥에서 기다리고 있는 사람들을 불러들였다. 그중에는 급보를 듣고 달려온 특공대의 카라인도 있었다. 사람들이 들어오자 디르크는 비상 사태를 맞아 현재 총사령관의 임무를 수행하기 어려우므로 자신이 회복될 때까지 샤트를 임시 총사령관으로 임명하여 권한을 이양한다고 밝혔다. 잠시 작은 웅성거림이 일었다. 아직 서른도 되지 않은 젊은 샤트에게 그런 막중한 임무가 주어졌으니 놀라는 것도 무리가 아니었다. 다만 오래전부터 디르크 휘하에 있어 샤트를 알고 있던 이들은 전혀 동요 없이 자연스럽게 받아들이는 분위기였다. 디르크는 부관에게 명해 베르테스에게 받은 검을 가져오게 했다. 그리고 그것을 침상에 누운 채 샤트에게 건넸다.

"이것은 출정식 때 베르테스 폐하로부터 하사받은 검이오. 폐하께서는 그때 내가 폐하를 대리하여 디파 토벌전의 지휘권을 행사하는 것이

며, 나의 명령을 어기는 것은 곧 국명을 거역하는 것으로 간주한다고
하셨소. 이제 이 검을 디르크 샤트 임시 총사령관에게 건네는 바이오.
그의 명령은 곧 나의 명령이며, 베르테스 폐하를 대리한 것이오. 그 점
을 잊지 말고 임시 총사령관의 명령에 복종하시오.”

디르크의 음성은 힘겨운 기색이 역력했으나 거역할 수 없는 힘과 위
엄이 실려 있었다. 그 자리에 있는 사람들은 전원 고개를 조아려 디르
크의 명대로 이행할 것을 다짐했다. 샤트는 그 검을 똑바로 들고 사람
들에게 말했다.

“갑작스러운 사태를 맞아 모두 적지 않게 당황하고 있을 줄로 압니
다. 그러나 이럴 때일수록 더 더욱 침착성을 잃어서는 안 됩니다. 총사
령관께서는 우리가 앞으로 취할 방안을 생각해 놓으셨고, 제게 그것을
상세히 지시하셨습니다. 침착하게 대처한다면 문제될 것은 아무것도
없습니다. 우리는 수적으로나 물자면으로나 적보다 우세에 있고, 적은
함부로 디파를 비워두고 나올 처지가 아닙니다. 그러니 과도한 걱정은
이 순간부터 지우고, 차분하게 나의 지시에 따라주십시오.”

샤트의 당당하고 확신에 찬 말투와 태도는 듣는 이들의 마음을 차차
가라앉혀 주었다. 당황하지 않고 침착하게만 행동한다면 아무 일도 일
어나지 않을 것이라는 샤트의 확언은 마치 불변의 진리처럼 확고하여
정말 그럴 것이라는 확신에 가까운 생각을 불러일으켰다. 샤트는 그들
에게 현재 총사령부를 포함한 지휘부에 일어난 사태에 대해 절대 함구
할 것과 자신이 지시하면 즉시 후퇴할 준비를 시작해야 한다는 점을
주지시켰다. 그리고 디르크가 정해놓은 대로 현재 병석에 누워 있는
장성들을 대리할 사람들을 알리고, 각자 돌아가서 명령을 기다리라고
했다.

그런 일련의 조치는 빠르게 결정되었고, 얼마 뒤 총사령부는 평소의 모습을 되찾았다. 적어도 밖에서 보는 이들에게는 그렇게 보였다.

다른 사람들을 내보내고 총사령부의 집무실에 혼자 남은 샤트는 오랫동안 책상에 앉아 미동도 않고 있었다. 샤트의 얼굴은 일견 고요해 보였으나 그의 머리 속은 복잡한 생각으로 소용돌이치고 있었다. 디파 성내에 레스프라트의 첩자들이 다수 있듯이 이쪽에도 적의 눈이 상당 수 있을 터였다. 지휘부에 일어난 이 비상 사태를 얼마나 숨길 수 있을 것인지도 걱정이었거니와 절대 멀리 물러날 수 없는 상황도 문제였다. 어떻게 장병들의 동요를 방지하면서 신속하게 적의 공격권에서 벗어날 것인가? 어려운 과제를 안고 골몰하던 중 문득 그의 뇌리에 이런 생각이 떠올랐다.

'차라리 이 상황을 역으로 이용하면 어떨까?

거기에 생각이 미치자 그는 자신도 모르게 가볍게 몸이 떨리는 것을 느꼈다. 짜릿한 쾌감과도 흡사한 강렬한 흥분이 머리에서 몸 전체로 퍼져 나가는 느낌이었다.

저녁 식사도 거르고 새로운 생각에 몰두하던 샤트는 그날 밤 아버지 디르크를 찾아갔다. 디르크는 다행히 깨어 있었다. 사실 수시로 찾아드는 복통 때문에라도 깊이 잠들기 어려운 상태였다. 샤트는 디르크를 간병하는 의사와 간호인을 내보내고 디르크의 침상 옆에 앉았다.

"무슨 이야기를 하려고 그러느냐?"

디르크는 샤트의 태도에서 심상치 않은 이야기가 나올 것을 짐작하고 물었다.

"아버님, 아버님의 말씀대로 전군을 안전한 곳까지 물리겠습니다.

다만 거기에 한 가지 계책을 더할까 싶습니다."

"뭘 하려는 게냐?"

디르크의 눈에 우려와 기대가 담겼다.

"폐하께 받은 디파 성문 탑의 내부도와 남쪽 성문 탑에 있는 케리너 중대장, 아르데가 속해 있는 특공대를 이 기회에 활용해 볼까 합니다."

디르크는 무슨 말이냐는 듯한 시선으로 샤트의 얼굴을 빤히 쳐다보았다. 샤트는 차분하게 설명을 계속했다.

"내일 오후 전군의 병사들에게 작전상 후퇴할 터이니 철수 준비를 하도록 명령하겠습니다. 물론 공식적으로 우리 군이 현재 처한 사태는 비밀에 붙여질 것입니다. 동시에 우리 측 첩자를 통해 남쪽 성문 탑의 케리너 중대장에게 연락을 취해 레스프라트 군이 물러난 뒤 디파 군이 추격을 나가게 되면 아군의 후퇴로부터 15일째 밤에 무슨 일이 있어도 야간 경비를 맡아서 남쪽 성문 탑을 방비하는 병사들에게 술을 먹이든 무엇을 하든 경계를 느슨하게 만들어서 성밖에 대기하고 있는 특공대가 성벽을 타고 안으로 들어갈 수 있게 하도록 합니다. 특공대는 우리 군이 후퇴하기 얼마 전부터 디파의 남쪽 성문 탑 주위에 은신해서 때를 기다리다가 약속한 날 성벽을 넘어 침투하여 케리너 중대장의 협력과 성문 탑 내부도를 이용하여 성문 탑의 주요 시설을 장악하고 성문을 연 채 그곳을 지킵니다. 한편 후퇴 준비를 끝낸 아군은 여러 갈래로 나누어 후퇴를 시작합니다. 그러나 그중 한 갈래는 특별한 명령을 받은 별동대로서 후퇴하는 척하다가 도중에 방향을 돌려 디파의 남쪽 성문을 향해서 갈 것입니다. 그리고 남쪽 성문 탑에 침투한 특공대가 열어놓은 성문을 통해 디파에 진입하여 남아 있는 방어군과 교전을 시작합니다. 때를 맞추어 디파에 있는 우리 측 첩자들은 시민 봉기를 끌어내어 별동대를 응원합니다. 그 무렵 아군을 멀리까지 추격해 온 디파·아메트 연합군은 유리한 지점에 도달하여 반격을 펴는 우리 레스프라트 군에게 묶여 별동대가 디파를 장악할 때까지 돌아가지 못하고 있다가 디파의 수복이 끝나면 지리멸렬하여 대부분 항복하게 될 것입니다.”

디르크의 얼굴에 강한 우려의 빛이 떠올랐다.

“특공대를 투입한다고 했는데, 몇 명이나 보내야 며칠씩 성문 탑의 시설들을 장악할 수 있겠느냐? 너도 성문 탑의 내부도를 보았으면 알고 있겠지만, 성문을 열고 닫으려면 5개의 제어실을 동시에 장악하고 조작해야 한다. 게다가 각 성문 탑마다 보통 천 명가량의 수비 병력이 있다고 알려져 있어.”

“숫자가 너무 많으면 통제가 어렵고 성벽을 넘는 단계에서 적의 눈에 띄기 쉽습니다. 몇 명이 들어갈지는 카라인 대장에게 맡길 생각이며 카라인 대장도 그것을 모르지는 않을 겁니다. 그리고 코테르 성주가 우리 군을 추격하러 나서는 경우 정병들을 다수 이끌고 갈 테니, 성문 탑의 방어도 평소보다 많이 허술해질 것입니다. 아무리 비상 사태로 인해 후퇴한다고는 해도 병력이 우리가 월등히 많은 이상 코테르도 가능한 한 병사들을 최대한 동원할 테니까요. 또한 성문 탑 내부의 구조를 보면 복도가 좁고 침입자를 막기 위한 장치가 곳곳에 설치되어 있어 침입이 어려운 대신 방어에는 유리합니다. 특히 제어실들의 경우에는 더욱 그렇더군요. 그 점을 역으로 찌르는 것이지요. 우리에게 내부도가 있는 이상 다섯 곳의 제어실에 몰래 접근해서 일단 장악하는 데만 성공한다면 비교적 적은 숫자로도 장시간 버틸 수 있을 것입니다. 물론 소수라도 최정예가 투입되어야 한다는 전제가 들어갑니다. 카라인 대장의 특공대라면 해낼 수 있으리라 봅니다.”

"혹시… 아르데도 보낼 생각이냐?"

디르크의 근심 어린 질문에 샤트는 주저없이 대답했다.

"그럴 생각입니다. 위험한 임무라는 것을 잘 알지만, 그렇기에 더욱 그 애도 보내야 합니다. 제 동생이라는 이유로 제외하고 다른 사람들만을 보내는 것은 그들의 사기와 의욕에 치명적으로 작용할 겁니다."

"으음."

디르크의 입에서 고민스러운 신음이 새어 나왔다. 무엇과도 바꾸지 않을 사랑스러운 딸을 그런 사지에 보내야 한다고 생각하면 당장이라도 말리고 싶지만, 샤트의 말이 절대적으로 옳다는 것은 누구보다도 그가 잘 알고 있었다.

"그렇다면 별동대의 지휘는 누구에게 맡길 생각이냐? 네 계획이 성사되자면 특공대 못지 않게 중요한 역할을 맡고 있는데, 지금 그만한 일을 맡길 지휘관을 찾을 수 있겠느냐? 몇몇 일을 쉬지 않고 움직여야 하는 데다가 병사들의 동요를 잠재우면서 위험을 무릅쓰고 디파까지 되돌아가야 하는 어려운 일이다."

"그것도 생각해 놓았습니다. 클루오에게 맡길까 합니다."

"클루오?"

디르크는 자신의 귀를 의심했다. 그는 어이가 없다는 표정으로 말했다.

"클루오는 이제 겨우 17살이다. 유달리 총명하고 임기응변이 뛰어난 아이인 것은 잘 알지만, 어떻게 그런 중책을 맡긴다는 말이냐? 별동대를 지휘하는 일은 여간 노련한 지휘관이 아니고서는 불가능한 일이야."

"이 일에 필요한 것은 노련함보다는 저에 대한 절대적인 신뢰와 끝까지 목표를 달성하는 집념과 담력입니다. 특히 어떤 일이 있더라도 저를 믿고 따르는 사람이어야만 성공을 담보할 수 있습니다. 그래서 클루오에게 그 일을 맡기겠다는 것입니다."

"하지만……."

디르크는 통증 때문에 잠깐 말을 끊었다가 힘겹게 말을 이었다.

"너무 불확실한 도박이 아니냐? 적이 만일 디파에서 나오지 않으면 어떻게 되는 거냐? 괜히 용감한 장병들만 잃게 되는 것 아니겠느냐?"

"반드시 나올 것입니다. 디파의 성주 코테르는 오만하고 신의가 없는 자이기는 하지만 결코 바보가 아닙니다. 결단력이 있고 두뇌 회전도 빠른 인물이라고 아버님께서도 평하신 적이 있지 않습니까? 그는 디파의 누구보다도 레스프라트 군이 디파에 입성하는 것을 두려워하고 있습니다. 레스프라트를 배반하고 아메트에 디파를 헌납한 그의 매국 행위는 어떤 이유로도 정당화되지 못하며, 따라서 레스프라트 군이 디파를 접수하는 날이면 그와 그의 가문, 부하들은 모두 극형을 면할 길이 없습니다. 따라서 코테르는 레스프라트에서 가해지는 위험을 없애기 위해서라면 무슨 짓이라도 해야 할 입장입니다. 우리가 단지 일주일 거리쯤으로 물러나는 것만으로는 절대로 안심할 수가 없을 것이고, 기회만 닿는다면 큰 타격을 입혀 아메트의 정정이 안정될 때까지 시간을 벌려고 할 것입니다. 그리고 코테르가 디파를 나올 결정적인 이유는 우리 군이 처한 이 상황이 진짜라는 것입니다. 거짓 정보가 아닌 실제 상황이 분명한데, 그가 추격에 나서지 않을 이유가 없지요."

샤트의 말투는 확신에 차 있었고 물이 흐르듯 유려하여 막힘이 없었다. 디르크는 근심 어린 얼굴로 침묵에 빠져들었다. 샤트는 계속 아버지를 설득했다.

"최악의 경우 작전이 실패하여 특공대와 별동대 모두를 잃는다 해도 아군의 전체 병력 중 대부분은 온존할 것이며, 전력을 재정비하여 다시 디파를 포위하는 데는 큰 어려움이 없을 것입니다. 하지만 작전이 성공할 경우, 우리 레스프라트 군은 예상보다 훨씬 빠른 시일에 최소한의 희생으로 디파를 수복하게 됩니다. 충분히 시도해 볼 만한 모험이라 생각합니다."

계속되는 설득에 디르크의 마음은 처음보다 많이 흔들리고 있었다. 그러나 디르크는 끝까지 신중한 자세를 견지했다.

"마지막으로 한 가지 더 확인하마. 디파와 아메트 연합군이 디파에서 나와 추격해 왔을 경우, 큰 혼란 없이 그들을 막아낼 수 있겠느냐? 디파를 접수하는 것에 성공한다 해도 정작 본대가 패한다면 소용없는 일이 될 것이 아니냐?"

"별동대를 제외한다 해도 우리가 적군보다 두 배 이상 병력이 많습니다. 그리고 저는 디파 군을 상대로 결전을 벌일 생각은 없습니다. 디파는 원래 레스프라트의 영토이며 그곳의 장병들은 우리의 동포이자 장차 레스프라트의 중요한 전력이 될 사람들입니다. 별동대 이외의 우리 군은 본대가 자리할 세이드 성을 중심으로 인근 요새 등에 들어가 진지를 구축하고 디파 접수의 소식이 들어올 때까지 적들을 묶어두는 일에 진력할 것입니다."

"세이드 성이라고? 거긴 파티크 요새보다 훨씬 먼 곳이 아니냐? 그곳까지 후퇴하려면 꽤 시간이 걸릴 텐데, 도착하기 전에 들판에서 적의 추격을 받을지도 모르지 않느냐?"

"작전에 필요한 만큼의 식량과 물자만을 남기고 몸을 가볍게 만들어 후퇴할 것입니다."

“물자를 버리고 간다고?”

디르크가 놀라 되물었으나 샤트는 또박또박 대답했다.

“그렇지 않고서는 행군 속도가 느려 적에게 쉽게 따라잡힐 것입니다. 이것은 디파에 대한 제 작전이 없더라도 반드시 필요한 조치입니다. 그리고 그렇게 함으로써 디파의 코테르 성주는 우리 군이 처한 상황이 진짜라는 것을 더욱 확신하게 될 것이구요.”

디르크는 고통에선지 고민에선지 모를 신음을 삼켰다. 한동안 고뇌하던 디르크에게서 마침내 허락의 말이 떨어졌다.

“알았다. 부관들에게 일러 네게 병부를 완전히 넘기게 할 테니, 네 생각대로 추진해 보거라.”

“감사합니다, 아버님. 제 모든 역량을 쏟아 책임을 완수하겠습니다.”

샤트는 자세를 바로 하고 엄숙하게 다짐했다. 그의 얼굴에는 가벼운 긴장이 감돌고 있었다. 이제 그의 머리 속에서 구상된 계획이 구체적으로 실현될 차례였다.

디르크의 허락이 떨어진 이상 지체할 필요가 없었다. 샤트는 우선 카라인을 총사령부에 불렀다. 샤트보다 열 살가량이나 연상에다 오랫동안 독립군의 대장으로 활동한 카라인은 젊은 샤트에 대해 불안감을 품고 있을 법도 하건만 적어도 표정이나 태도에서는 아무런 내색도 비치지 않았다. 아르데도 카라인을 두고 무슨 생각을 하는지 도통 읽어낼 수 없는 사람이라고 표현한 바 있었다. 그러나 그런 카라인도 샤트의 작전에 대해 듣는 순간만큼은 놀라는 기색을 누르지 못하고 고스란히 얼굴에 드러내고 말았다.

"놀라시는 것도 무리는 아닙니다. 하지만 충분히 승산이 있습니다."

샤트는 디르크에게 디파 남쪽 성문 탑의 내부도를 펼쳐서 보여주었다.

"이것은 베르테스 폐하께서 출정 전에 총사령관님께 직접 건네주신 극비 문서입니다. 복사본도 없는 원본이지요. 성문 탑의 공략과 방어에 긴요하게 활용할 수 있을 겁니다. 그리고 남쪽 성문 탑의 수비대 소속 중대장 한 사람이 레스프라트에 충성할 뜻을 밝혀왔고, 성내에 있는 우리의 협력자들과도 원활하게 연락을 취하고 있습니다. 카라인 대장과 특공대원들이 책임을 다해주기만 한다면 우리는 반드시 디파를 탈환할 수 있을 것입니다."

총사령관의 대리로서 또 디르크에게서 건네받은 베르테스의 검이 가진 권위로 카라인에게 명령을 내리면 어쨌든 그가 따르지 않을 수 없다는 사실은 샤트도 알고 있었다. 그러나 샤트는 카라인이 진심으로 자신의 계획에 찬동하고 적극적으로 동참하기를 희망했다. 그래서 그에게 가능한 한 자세히 설명하고 확신을 주려고 노력한 것이었다. 카라인은 잠자코 샤트의 설명을 들으며 남쪽 성문 탑의 내부도를 내려다보고 있었다.

"대단히 중요한 역할이니만큼 카라인 대장께서 직접 가주셨으면 합니다. 몇 명을 데리고 가실 것인지와 인적 구성은 카라인 대장께 일임하겠습니다. 또한 이번 작전에 투입될 대원을 선발하실 때 저나 총사령관께 사양하지 마시고 디르크 아르데와 비르스 라얄을 데리고 가십시오. 부하로 두고 계시니 카라인 대장께서도 아시겠지만 두 사람 다 개인 무용이 뛰어나 성문 탑 안에서처럼 좁은 공간에서 활용할 만할 겁니다."

  굳이 말하지 않아도 카라인이 이번 작전을 수락한다면 아르데를 포
함시키리라는 걸 샤트도 이미 알고 있었다. 그러나 자신이 먼저 말을
꺼냄으로써 카라인의 마음의 부담을 덜어줌과 동시에 자신이 이 작전
을 진심으로 해내고자 한다는 것을 확인시켜 주는 역할을 하게 될 것
이었다.

  "명령에 따르겠습니다."

  예상대로 카라인은 담담하게 대답하고 남쪽 성문 탑의 내부도를 접
어서 자신의 품에 넣었다. 그는 이제 평소의 침착함을 되찾고 있었다.

  "고맙습니다. 내일 중으로 전군에 후퇴를 준비하라는 명령이 내려질
것입니다. 그리고 디파 성내의 협력자들에게 연락을 취하여 디파 수복
을 위한 준비를 지시해 두고, 나중에 카라인 대장께 사람을 보내어 성
내의 첩자들과 연락을 취할 방법과 위치를 알려 드리겠습니다. 내일부
터 후퇴 준비를 시작하여 모레 밤에는 전군이 후퇴를 시작할 겁니다.
카라인 대장께서는 그때까지 디파의 남쪽 성문 가까이에 은신할 곳을
마련하여 대원들과 함께 몸을 숨기고 계십시오. 디파 성벽을 넘는 것
은 아군이 후퇴를 시작한 날로부터 15일째를 맞이하는 날의 새벽입니
다. 날짜를 그렇게 잡은 것은 디파·아메트 연합군을 충분한 거리까지
끌어내지 않으면 모처럼 성문 탑을 장악해도 적이 되돌아와 낭패를 볼
지도 모르기 때문입니다."

  "별동대가 디파에 입성하는 날짜는 언제로 예정되어 있습니까?"

  "별동대는 9일간 후퇴하다가 9일째 밤에 방향을 돌려 디파로 갈 것
입니다. 최대한 서둘러 갈 것이므로 17일째 늦어도 18일째 아침에는
도착하도록 되어 있습니다."

  "성문 탑을 장악하고 2, 3일간은 그곳에서 버텨야 한다는 이야기

군요."

"그렇습니다. 그러나 내부도에도 나와 있는 것처럼 성문 탑 내부는 좁고 어지러운 통로로 이루어졌기 때문에 일단 장악에 성공한 뒤에는 적은 숫자로도 방어하기에 용이한 구조입니다. 물론 무용이 뛰어난 사람들이어야 한다는 전제가 있습니다. 그래서 카라인 대장께 부탁드리는 것입니다."

카라인은 샤트가 말한 내용의 요점을 입속으로 짤막하게 되뇌고 질문을 계속했다.

"만에 하나 디파에서 레스프라트 군을 추격하러 나서지 않으면 어떻게 합니까?"

"그럴 가능성은 전무에 가깝습니다. 그러나 만일 15일째까지 적군이 성문을 열고 아군을 추격해 나오지 않는다면 그때는 독자적으로 판단하여 행동하셔도 좋습니다."

"예."

"내일까지 대원을 선발하고 필요한 준비를 하려면 시일이 촉박하겠지만 카라인 대장을 믿고 맡기겠습니다. 식량과 무기를 비롯해 필요한 것이 있으면 즉각 보내 드릴 테니 무엇이든지 말씀하십시오."

"알겠습니다. 최선을 다해 맡겨진 임무를 수행하겠습니다."

카라인은 다짐처럼 대답하고 총사령부를 나왔다. 바깥으로 나온 카라인은 가볍게 몸을 떨었다. 싸늘한 밤 기운 때문은 아니었다. 사실 이 시기에는 밤 공기조차 후덥지근해서 새벽녘이 가까워져서야 공기가 조금이나마 쌀쌀한 기운을 띠는 정도였다. 샤트의 앞에서 물러 나오자 갑자기 오한과도 같은 전율이 그의 몸을 훑고 지나간 것이었다. 카라인은 이를 악물고 전신에 힘을 주어 떨림을 가라앉혔다.

샤트의 설명처럼 모든 일이 순조롭게 흘러가기만 한다면 크나큰 승리의 과실이 그들을 기다리고 있을 터였다. 그러나 혹시 조금이라도 차질이 생긴다면…….

'필요없는 생각은 하지 말자. 성공 이외에는 길이 없어.'

앞으로 만일이라는 말을 절대로 떠올리지 않을 것이라 다짐한 카라인은 특공대의 막사로 걸음을 서둘렀다. 샤트의 말처럼 해야 할 일에 비해 남은 시간이 많지 않았다.

카라인과 이야기를 끝낸 샤트는 클루오를 불렀다. 클루오가 샤트에게 왔을 때 샤트는 병부를 펼쳐 놓고 무엇인가를 검토하고 있었다.

"부르셨습니까?"

샤트를 수행해서 다니는 일이 많은 클루오는 사태의 추이를 이미 알고 있었다. 그 또래의 소년답지 않게 입이 무겁고 생각이 깊은 클루오는 아무 일도 없는 것처럼 태연하게 행동하고 있었다. 샤트는 병부에서 눈을 떼고 클루오를 똑바로 쳐다보았다. 유달리 체구가 큰 샤트이다 보니 앉은 상태에서도 서 있는 클루오와 큰 차이가 없었다. 샤트의 적갈색 눈동자가 집어삼킬 듯한 기세로 자신을 응시하자 클루오는 가볍게 긴장했다. 샤트의 이런 태도는 아주 중요한 이야기가 나올 것이라는 전조였다.

"지금부터 내가 하는 말을 단단히 새겨듣고 그대로 이행해야 한다."

"예."

"우리 군이 지금 어떤 상황에 처해 있는지는 너도 잘 알고 있을 게다. 생각하기에 따라서는 대단히 위험한 상황이다. 그러나 나는 이 상황을 역으로 이용할 생각이다……."

샤트의 입에서 자분자분 흘러나오는 작전 계획을 듣고 있던 클루오는 하마터면 딸꾹질을 할 뻔했다. 몸 전체가 얼음 구덩이에 빠진 것처럼 감각이 없어지고 뱃속에는 무거운 돌덩이가 들어찬 것 같았다. 왜 샤트가 자신에게 작전을 일일이 설명하는지, 그의 본능은 예리하게 그 까닭을 감지해 내고 있었다. 덜컥 겁이 나고 두려움이 앞섰다. 차라리 자신이 잘못 생각한 것이기를 바라는 마음이 간절했다.

"이 일에서 네가 꼭 해줘야 할 일이 있다."

그러나 어김없이 클루오의 예상은 적중했다.

"네게 별동대의 지휘를 맡기겠다. 별동대의 임무는 막중하다. 적군이 후퇴하는 아군을 쫓아 디파에서 나오고, 특공대가 성문 탑을 장악하는 데 성공한다 해도 별동대가 제때 도착하지 않으면 모든 것이 무용지물이 된다. 후퇴시 전군을 여러 갈래로 나누어 후퇴하되, 별동대는 각별히 숙련병 위주로 따로 1만가량 편성할 생각이다. 신병보다 노련하고 심리적인 압박감에도 강하겠지만 다루기가 만만치는 않을 게다. 1만에 가까운 병력을 지휘해야 하느니만큼 임시 총사령관의 직권으로 이번 전투에 한해 너의 계급을 소장으로 임명하겠다."

샤트는 의자에서 일어나 클루오에게 레스프라트 군의 계급장을 건넸다. 목깃에 붙이는 휘장과 양 어깨에 달 견장이었다.

"제복은 나중에 보내마. 별동대가 편성되면 연락할 테니 그들을 만날 때 착용하도록 해라. 그리고 부관으로서 너를 수행할 장교들을 5명 선발해서 그때 함께 보내겠다. 노련한 사람들로 구성할 것이므로 필요하다면 그들의 의견을 참고하는 것은 좋으나 이번 작전 수행에 관한 것에서만은 절대로 내 명령을 관철시켜야 한다. 그리고 12명의 전령도 네게 배속될 것이다. 별동대 전체에 너의 명령을 전달하고 수행할 때 활용해라."

클루오는 말없이 그것을 받았다. 그의 낯빛은 해쓱해져 있었으나 모든 것을 각오한 듯한 태도였다.

"의문 사항이나 필요한 것이 있으면 말해도 좋다."

"우선 저에 대해 알고 있는 사람은 별동대에서 제외해 주십시오. 제 나이며 본래의 저에 대해 알고 있는 사람이 있어서는 제 명령이 제대로 통하기 어렵습니다."

"그렇겠지. 아버님과 나와 있던 사람들은 처음부터 아버님이 본대로 배치해 놓으셔서 별동대와 섞일 일은 없을 게다. 나로서도 그 사람들은 마지막까지 가장 믿을 만한 병력인 만큼 내 가까이에 둘 생각이고."

샤트의 대답을 들은 클루오는 다음 요구를 내놓았다.

"한 가지 더 있습니다. 백전노졸의 숙련병들을 다루려면 단지 계급이 높다는 것만으로는 통제하기 어려울 가능성이 큽니다. 아무리 나이를 속인다 해도 어느 정도 선이어야 할 것이고, 그들에게 저는 여전히 경험이 적은 젊은 지휘관으로 비칠 테니까요. 그래도 후퇴하는 처음 9일간은 별 무리가 없겠지만, 9일째 방향을 바꿔 디파로 향한다고 하면 분명히 크게 동요하고 반발할 것입니다. 그때 그들의 반발을 억누르고 회유하여 이탈하는 자들 없이 디파까지 이끌고 가려면 지휘관으로서의 제 계급 이외에 다른 수단이 필요합니다."

"다른 수단이라면?"

"총사령관님께서 제게 명령서를 써주십시오. 이번 작전에서 별동대에 관한 모든 권한을 제게 위임하신다는 것과 제 명령을 어기는 것은 곧 총사령관님과 나아가 디파 토벌전의 전권을 위임하신 폐하에 대한 반역이 된다는 사실을 확인시켜 주는 내용이면 됩니다."

또박또박 말하는 클루오의 음성은 차분하고 침착했다. 샤트는 두말 없이 수락하고 클루오가 요구한 내용의 명령서를 그 자리에서 자필로 작성하고 총사령관의 인을 선명하게 찍었다. 클루오에게 그것을 건네며 샤트는 말했다.

"내일 오후까지는 별동대의 구성을 끝낼 생각이다. 그리고 내일 중 후퇴를 준비하라는 명령이 내려지고, 본격적인 후퇴는 모레 일몰 이후부터 시작될 거다. 모레 오전 중에 연락을 보낼 테니 그때 별동대의 지휘관들 및 너의 부관들과 첫 대면을 하게 될 게다. 그때까지는 푹 쉬면서 마음의 준비를 하고 있어라."

"예."

클루오는 샤트에게 받은 명령서와 계급장을 가지고 샤트의 앞에서 물러났다.

다음날 오전, 레스프라트 군 진영에는 총사령관 및 장군들의 용태가 좋지 못한 것 같다는 소문이 조용히 나돌기 시작했다. 총사령부를 비롯한 지휘부에서는 쉬쉬하고 있지만, 특히 총사령관은 매우 위독한 상태에 있으며, 원인은 음식을 잘못 먹어서라는 제법 구체적인 이유까지 덧붙여져 있었다. 당연히 고급 장교들은 그런 사실을 부인하고 병사들의 질문을 일축했다. 그러나 오후에 접어들어 전술상의 사정으로 전선을 뒤로 물린다는 말과 함께 후퇴 준비를 하라는 명이 내려지자 장교들의 부인에도 불구하고 소문은 거의 기정사실처럼 되어 더욱 거세게 불길처럼 번져 나갔다. 고급 장교들에게는 새로운 지휘 계통에 대해 새로운 명령이 속속 내려졌다. 어수선한 가운데 시간이 흘러갔다.

진중의 그런 분위기는 샤트도 잘 알고 있었다. 겉으로는 사람들에게 입단속을 시키며 그런 소문을 불식시키라 말하고는 있었으나 내심 그가 기대했던 전개였다. 샤트의 대담한 작전은 아버지인 디르크 총사령관과 카라인 대장, 클루오 등 한정된 사람들만의 기밀이었고, 그 외 대부분의 사람들은 내일 일몰 이후로 예정된 후퇴 준비와 미래에 대한 불안으로 머리가 가득해 있었다.

샤트는 그런 분위기를 아는지 모르는지 시치미를 떼고 차근차근 준비를 진행해 갔다. 원활하고 신속한 후퇴를 위해서라는 구실 하에 전군이 9갈래로 재편성되었으며 장성들을 대신해 각군의 책임을 맡게 된 고급 지휘관 각각에게는 구체적인 후퇴 경로와 일정이 전달되었다. 9갈래로 나누어진 군대의 후퇴 경로는 제각기 달라서, 샤트의 계획대로 진행된다면 레스프라트 군의 후퇴는 일견 사분오열되어 무질서하게 달아나는 모양새로 보일 터였다.

한편 디파 성내의 첩자들과도 연락을 취하여 남쪽 성문 탑의 케리너 중대장에게 필요한 사항을 전달했고, 그로부터 다시 한 번 충성을 다짐하는 답이 와 있었다.

시간이 어떻게 지나갔는지 모를 만큼 바쁘게 하루가 지나갔다. 쉴 새 없이 밀려드는 일에 파묻혀 있던 샤트가 겨우 한숨을 돌리고 잠시 바람이라도 쐬러 총사령부를 나왔을 때는 이미 밤이 지나고 새벽별이 빛을 잃어갈 무렵이었다.

"벌써 날이 밝는군."

임시총사령관이 된 지 이틀째, 아버지 디르크가 갑자기 쓰러진 이래 제대로 눈을 붙일 시간도 없었지만, 전혀 피곤하거나 졸리지 않았다. 오히려 푹 자고 난 것처럼 정신은 맑았고 모든 것이 눈앞에 명료하게 펼쳐져 있는 것 같은 기분이 들었다. 지금 지평선을 넘어서는 저 태양이 다시 지평선으로 잠기고 나면 본격적으로 그의 계획이 시작될 것이다. 샤트는 디파의 성벽을 향해 천천히 몸을 돌렸다. 위대한 고대의 도시 디파를 둘러싼 금속제의 성벽은 새벽의 태양 빛을 반사해 금 빛으로 번득이고 있었다. 샤트는 눈을 가늘게 뜨고 그 위용을 한참 동안 응시하고 있었다. 평온해 보이는 그의 표정 이면에는 강렬한 투지가 일렁이고 있었다.

'반드시 승리할 것이다!'

다짐하듯 속으로 되뇌인 그는 새벽의 신선한 공기를 가슴 가득 들이마시고 걸음을 돌려 총사령부로 들어갔다.

그날 오전 클루오는 새로 편성된 별동대의 지휘관들을 만나기 위해 그들이 기다리고 있는 막사로 향했다. 그 막사는 그와 별동대를 위해 샤트가 별도로 마련케 한 것이었다. 클루오의 뒤에는 당일 아침 총사령부에서 샤트의 소개로 만난 5명의 부관들이 따르고 있었다. 부관이라 해도 5명 전원 클루오보다 최소 열 살 이상 연상인 사람들이었다. 물론 그들은 클루오가 유달리 동안(童顔)일 뿐 최소한 20대 중후반일 것으로 믿고 있었다.

겉으로는 평온한 표정이었으나 클루오의 머리 속은 꽤나 복잡했다. 부관들도 그렇지만 이제 만나 상대할 사람들은 지금에야 군대라는 조직에 속해 있지만, 불과 얼마 전까지만 해도 각지에서 독립군이며 용병 등으로 활동하며 독자적으로 무장 집단을 이끌었던 이들이었다. 모두가 인정하는 백전노장인 디르크도 그런 그들을 군조직의 규율에 적응시키기 위해 각별한 노력을 기울여 왔다. 그런데 경륜도 없는 새파랗게 젊은 자신이 그런 사람들의 위에 서서 지휘해야 하는 것이다.

하지만 클루오가 걱정하는 것은 당장보다 그 뒤의 일이었다. 총사령부가 마비 상태에 빠졌다는 소문으로 다들 불안한 터라 후퇴하는 과정에는 별 어려움이 없을 것이다. 그러나 9일간 물러난 길을 되돌아서 디파로 간다고 했을 때 과연 순순히 따를지는 모를 일이었다. 그들에게 절대 얕보여서는 안 되지만 반대로 지나치게 고압적으로 행동해서 반발을 사는 일도 피해야 한다는 어려운 과제가 클루오의 앞에 놓여 있었다.

별동대의 지휘관들은 앞서 도착해서 새 사령관을 기다리고 있었다. 클루오와 부관들이 안으로 들어가자 일제히 일어선 그들은 한 부관이 클루오를 소개하는 순간 깜짝 놀라는 기색이었다. 클루오의 복장과 계급장이 아니었다면 말만으로는 믿지 않았을지도 몰랐다. 그러나 그들은 이내 그런 기색을 감추고 클루오에게 공손하게 자신을 소개하며 인사한 뒤 조심스러운 태도로 클루오의 말을 기다렸다.

"반갑습니다. 총사령부에서 파견된 패서 시어네 소장입니다. 상황이 상황이니만큼 긴 인사는 생략하고 바로 본론으로 들어가도록 하겠습니다. 우선 앉으십시오."

클루오가 그렇게 말하고 먼저 앉자 사람들도 착석했다.

"현재 우리 군이 처한 상황에 대해서는 여러분도 아시고 계실 것입니다. 나는 당시 전방을 시찰하던 중이었기에 그날 연회에 참석하지 못했습니다. 알려진 대로 오늘 해가 진 뒤부터 후퇴가 시작될 예정이며, 원활하고 신속한 후퇴를 위해 임시 총사령관께서 전군을 재편성하셨습니다. 나는 여러분과 휘하 장병들을 지휘해 후방의 보다 안전한 곳으로 이동하라는 명령을 받았습니다. 이번 후퇴전전이 끝날 때까지 한시적이기는 하지만 잘 협력해서 이 위기를 넘겨봅시다."

클루오는 적절한 위엄을 보이며 인사말을 건넸다. 지휘관들은 그저 가만히 고개를 숙였다. 일반 병사들과 대대장 급 이하의 장교들에게는 총사령관과 장군들에게 발생한 사태가 철저하게 비밀에 붙여지고 있었지만, 그 이상의 지휘관들은 장군들을 대신해 지휘를 해야 하는 경우도 많았던 까닭에 사실을 알고 있었다. 겉으로는 휘하 장병들의 질문을 줄곧 부인하고 있었지만 속으로는 다들 걱정이 이만저만이 아닌 터라 장군이라 보기에는 클루오가 너무 젊어 보인다든지 하는 문제 따위에 신경 쓸 여유가 없었다. 오히려 그가 어떤 사람이든 간에 총사령부에서 자신들을 지휘할 장군을 보내줬다는 사실에 안도하는 형편이었다. 그들은 클루오의 당초 염려와는 달리 클루오의 나이나 경력에 대해서는 일절 궁금해하거나 언급하지 않고 오로지 앞으로 자신들이 어떻게 해야 할 것인가에만 집중하고 있었다.

"빠른 행군을 위해 전군을 9개군으로 재편성해서 출발하며 무게가 많이 니기는 물자와 수레 등은 대부분 두고 갑니다. 병사들에게는 전술상의 필요로 전선을 잠시 뒤로 물리는 것이라고만 일러두십시오……."

클루오가 설명을 끝내자 그들 중 한 명이 물었다.

"후퇴 경로와 일정은 구체적으로 잡혀 있습니까?"

"물론입니다. 임시 총사령관께서 전부 마련해 놓으셨습니다. 그런 점에 대해서는 걱정하지 말고 일정에 차질없이 질서있게 후퇴할 수 있도록 병사들을 잘 지도해 주시기만 하면 됩니다."

클루오의 차분하고 태연한 태도에서 앞으로에 대한 구체적인 계획이 있다는 느낌을 받은 그들은 얼마간 마음을 놓는 모습들이었다. 지휘관들과의 첫 면담은 의외로 싱거우리만치 수월하게 끝나 버렸다. 클루오는 다행이라고 생각하면서도 방심하지 않도록 마음을 다잡았다. 진짜 승부는 이제부터였다.

■제11장
디피 토벌전II

1

태양이 지평선 너머로 잠겨들고 남아 있던 빛의 잔영마저 어둠에 녹아 스러져 버렸을 즈음, 레스프라트 군의 본격적인 후퇴가 시작되었다. 신속하게 철군해야 한다는 총사령관의 지시에 따라 무기며 식량 등 많은 물자를 두고 가게 되었고, 대부분의 병사들이 올 때보다 한결 적은 물자를 가지고 빠르게 이동을 시작했다. 레스프라트 군은 썰물처럼 디파 주위의 들판을 빠져나갔다. 그중에는 마리나와 릴리가 타고 있는 에어 트럭도 있었다. 카라인과 상당수 특공대원들의 모습이 전날 밤부터 보이지 않았지만, 그것을 눈치 챈 이는 없었다. 다들 자신의 문제로 머리가 가득 차서 다른 곳까지 둘러볼 여유 따윈 없었다. 장병들은 불안한 기색으로 걸음을 서둘렀다.

한동안 병사들의 행군 속도에 맞추어 에어 트럭을 운전하던 마리나는 옆자리의 릴리를 슬쩍 쳐다보았다. 릴리는 등받이에 머리를 기댄 채 시선을 정면에 고정하고 있었다. 그러나 차창에 비친 바깥 풍경을 보고 있는 것은 아니었다. 불현듯 릴리가 혼잣말처럼 말했다.

"카라인 대장이랑 아르데 씨 등은 지금쯤 비트 안에 은신해 있겠지?"

"그렇겠지."

"무사히 성벽을 넘어서 들어갈 수 있어야 할 텐데. 성벽이 워낙 높고 매끄러우니 걱정이야."

"강한 사람들이니까 그 정도는 해내겠지."

마라나도 걱정이 되기는 마찬가지였으나 애써 희망적인 태도를 취했다. 이 별에 불시착해서 지내게 된 이래 거의 매일 만나다시피 하며 지낸 사람들이었다. 그들이 위험한 임무를 맡아 전장에 남겨진 지금, 개인적인 감상에 빠져들게 되는 것은 어쩔 수가 없었다.

"삼룡이가 조금이라도 도움이 되면 좋으련만."

릴리가 한숨을 섞어 하는 말에 마리나가 대꾸했다.

"아담은 어떤지 몰라도 백치 삼총사는 기본 프로그램만 깔려 있어서 전력(戰力)으로는 활용할 수 없을 거라고 지혜 씨가 말했었잖아. 이곳 고대 문명의 로봇들도 군용이 아닌 한 인간을 절대로 공격할 수 없게 되어 있었다니까 하는 수 없지."

지혜가 아토스, 포르토스, 아라미스라는 나름대로 멋진 이름을 부여했음에도 불구하고 세 대의 철인간은 지혜 본인을 제외한 모두에게 박창이 붙인 삼룡이, 아다다, 콰지모도라는 이름으로 불리고 있었다.

"그래도 인간과는 달리 지치지 않고 잠을 자지 않아도 되고 힘도 세니까 없는 것보다는 낫겠지?"

"그거야 당연하지. 그래서 우리도 삼룡이를 딸려 보낸 거고. 적어도 삼룡이가 인간보다 잘하는 일이 한 가지는 있잖아."

그 말을 들은 릴리의 입가에 장난스러운 미소가 떠올랐다.

"맞아, 삼룡이가 그거 하난 잘하지. 성문 탑에 들어갈 때 삼룡이가 자기 도구를 잘 챙겨가야 할 텐데."

"잘 가지고 가겠지. 소리 안 나게 상자에 단단히 넣어서 줬으니까."

마리나도 삼룡이 이야기를 할 때는 얼마쯤 즐거운 기색이 되었다.

"특공대가 성을 넘어 들어가는 게 앞으로 며칠 뒤랬지?"

"15일째 새벽이라고 했던 것 같은데?"

릴리에게 대답하던 마리나는 갑자기 그녀에게 주의를 주었다.

"카라인 대장과 대원들이 디파 가까이에 은신해 있는 사실을 절대로 바깥에서 말해선 안 돼. 작전이 끝날 때까지는 막사에서도 이 일에 대해 이야기하지 말자. 정 이야기를 해야 할 때는 꼭 에어 트럭에 들어와서 하도록 하고."

"알고 있어. 내가 어린앤가, 그런 것도 모르게."

릴리는 조금 기분이 상했던지 입술을 삐죽였다. 샤트에게서 작전 명령을 받은 카라인은 마리나와 릴리에게는 조용히 그 일을 알려왔지만, 이번 작전에 투입된 대원을 제외한 나머지 대원들에게는 레스프라트 군의 후퇴를 지원하기 위해 흩어져서 임무를 수행하러 가는 것으로만 알려두었다.

잠시 둘 다 가만히 있었다. 그러나 릴리는 오래지 않아 마리나의 옆얼굴을 흘끔거리면서 뭔가를 망설이다가 말을 걸었다.

"있잖아, 혹시 작전에 차질이 생겨서 대원들이 위험해지면 어쩌지?

알면서도 모르는 척할 거야?"

"특공대는 우리의 사조직이 아냐."

"하지만 우리는 어차피 디파 원정을 돕겠다고 여기까지 온 거잖아."

"그 말은 맞아. 그러나 어느 정도 선은 그어둬야 해. 앞으로 있을 레스프라트의 모든 전쟁에 우리가 참가할 수는 없잖아."

마라나의 말투는 단호하게 들렸으나 릴리는 쌍둥이의 직감으로 그녀가 동요하고 있음을 알아챌 수 있었다.

"적어도 알면서도 죽게 내버려 두지는 않을 거지?"

끝까지 확인해야겠다는 듯 릴리가 묻자 마라나는 떨떠름한 얼굴로 여운을 남겼다.

"생각해 보자."

곧 이어 마라나는 덧붙였다.

"성급하게 미리부터 걱정하지 말자. 실패가 예정된 것도 아니고, 최소한 카라인 대장과 대원들이라면 성내 침투 정도는 해낼 수 있다고 확신해."

"나도 그렇게 믿고 싶어."

릴리는 조그맣게 한숨 쉬고는 중얼거렸다.

샤트의 짐작대로 디파 측에서는 레스프라트 군이 본격적인 후퇴를 시작하기 이전부터 그 정보를 입수하고 있었다. 샤트가 의도적으로 흘리려 하지 않아도 총사령관을 비롯한 고위 장성들에게 이상이 생겨 총사령부가 마비되었다는 소문은 레스프라트 진영 전체로 퍼져 있었고, 디파의 첩자들은 어렵지 않게 도처에서 소문을 접할 수 있었다. 야간을 틈탄 레스프라트 군의 후퇴 모습은 디파의 높은 성벽에서 관찰되고 있었다.

"물자들을 상당수 버려둔 채 가는군."

디파의 성주 마니어 코테르는 멋지게 손질되어 있는 숱이 적은 턱수염을 손가락으로 쓸어내리며 중얼거렸다. 60대 초반인 그는 전반적으로 보아 고귀한 풍모를 가졌다고 봐줄 만했다. 예리한 각을 그리는 얼굴 윤곽에 끝이 약간 구부러진 매부리코와 얇고 고집스러워 보이는 입술은 그런 인상을 더해줌과 동시에 그의 집념 어린 성격을 드러내 주고 있었다. 짙은 눈썹 아래 박힌 회색 눈동자는 차갑게 빛나고 있었는데, 특히 누군가를 뚫어지게 응시할 때의 그의 눈은 상대방의 속내를 전부 들여다볼 것처럼 예리하게 느껴졌다.

"마콜리스 장군께서는 어떻게 생각하시오?"

코테르는 아메트 군의 사령관 마콜리스에게 물었다. 마콜리스는 디파의 방비를 돕는다는 명목으로 파견되어 있는 아메트 군을 통솔하고 있었다. 40대 중반의 마콜리스는 신중한 자세를 보였다.

"갑자기 저렇게 물러나는 것은 아무래도 수상합니다. 총사령관과 주요 장성들이 음식 때문에 쓰러졌다는 것도 이상하지만, 많은 물자를 보란 듯이 방기하고 가는 것도 그렇습니다."

"적의 계략이라 보신다는 말이오?"

"디르크 모스는 그렇게 만만하게 볼 인물이 아닙니다."

코테르는 미심쩍은 시선으로 들판을 쳐다보고 이번에는 디파 군의 사령관인 파나로에게 고개를 돌렸다.

"파나로 장군의 생각도 그렇소?"

디파 군의 사령관 파나로는 50대 초반의 남자로 디파 명문가 출신이었다. 부리부리한 눈매에 얼굴이며 몸에 유달리 털이 많고 혈색이 좋은 까닭에 그를 처음 만나는 사람들은 흔히 남자답고 혈기 넘치는 성격일 것이라고 짐작하지만 실제로는 조용한 성품으로 신중이 지나쳐 우유부단한 면도 없지 않아 있는 인물이었다.

"반반이라고 봅니다."

이때도 파나로는 정확한 표현을 피하고 모호한 대답을 내놓았다.

"하지만 정보에 따르면 레스프라트 군 병사들이 대단히 동요하고 있다고 하더군. 총사령관 등 고위 장성들의 모습이 며칠 전부터 보이지 않게 되었다는 보고도 있었소. 여러 가지 정황으로 미루어봐도 사실일 가능성이 크지 않을까 보는데……."

코테르는 레스프라트 군의 돌연한 후퇴에 은근히 기대를 걸고 있었다. 그러나 마콜리스는 쉽게 동의하지 않았다.

"레스프라트 군이 디파를 포위한 지 여러 날이 지났지만 디파의 성벽에 가로막혀 변변한 작전을 펼치지 못하고 있습니다. 숫자만 믿고 대규모 공세를 펼치게 되면 레스프라트 측으로서도 큰 손실을 각오할 수밖에 없으니까요. 하지만 레스프라트의 신왕이 성급하게 디파 원정을 결정하고 밀어붙인 이상, 총사령관 디르크의 승리에 대한 압박은 남다를 것입니다. 거짓 후퇴로 우리를 끌어내려는 작전을 써볼 만도 하지요."

그러자 코테르가 다소 비아냥거리는 어투로 말했다.

"적어도 두 분 장군과 내가 의견 일치를 보고 있는 부분이 한 가지는 있군. 레스프라트 군의 후퇴가 우리를 끌어내려는 거짓 퇴각이든 지휘부의 이상으로 인한 피치 못할 후퇴든 간에 저들이 물러서는 데는 분명한 이유가 있을 것이고 일시적인 후퇴라는 거요. 우리가 이대로 지켜보고 있으면 얼마 후 다시 몰려와서 저기에 자리를 잡고 포위전을 계속하겠지."

코테르의 조바심은 어찌 보면 당연한 것이었다. 여러 경로로 그에게 들어온 정보는 총사령관과 장수들에게 발생한 이변을 기정사실로 인정하기에 충분한 것이었다. 거짓 후퇴를 위해 조작했다고 보기에는 정황 증거가 많았고, 레스프라트 군 전체를 뒤흔드는 동요가 심상치 않았다.

"신중해서 나쁠 것은 없습니다. 디파는 결코 무너지지 않는 성벽을 가진 위대한 도시이고, 이 안에 있는 한 안전하지 않습니까? 시간을 두고 더 살펴보기로 하지요."

마콜리스는 어디까지나 느긋한 태도였다.

"어쨌든 오늘 밤에는 오랜만에 편히 잘 수 있을 것 같습니다. 더 하실 말씀이 없으시면 이만 들어가도 되겠습니까?"

"좋을 대로 하시오."

코테르의 대답이 어딘지 퉁명스러운 것을 알면서도 마콜리스는 전혀 개의치 않는 기색으로 그에게 인사하곤 자신의 부하들과 성벽을 내려가 버렸다. 코테르는 마땅찮은 눈빛으로 마콜리스의 뒷모습을 쏘아보다가 고개를 홱 돌렸다. 디파 방어의 한 축을 담당하고는 있으나 엄밀히 말해 마콜리스는 코테르의 부하가 아니었다. 그는 어디까지나 아메트에서 파견된 아메트의 신하일 뿐이었다. 마콜리스는 무장치고는 꽤 교양도 있는 편이었고 무례한 성격은 아니었기에 대체로 코테르에게 깍듯한 편이었지만, 그럼에도 이런 식으로 자신이 코테르의 직속 부하가 아니라는 사실을 은근슬쩍 드러낼 때가 있었다.

'어차피 여기서 몇 년 보내다가 다른 곳으로 파견되어 가면 그만일 테니 디파를 위해 목숨 걸고 싸울 뜻도 별로 없고, 아메트의 소요가 가라앉을 때까지 납죽 엎드려 있자는 심산이겠지.'

코테르는 무척이나 언짢은 기분이었으나 마콜리스에 대한 불만을 입 밖으로 드러내지는 않았다. 행여 마콜리스의 귀에 그 말이 들어가 그의 심기를 거스를까 우려해서는 아니었다. 이곳은 디파였고, 코테르를 수장으로 한 마니어 가문은 오랫동안 이 유서 깊은 도시를 지배해 왔다. 어느 나라에 속해 있든 디파는 디파였다. 설령 왕이라 해도 코테르를 함부로 대하지는 못했다. 거칠고 성격이 불같았던 아메트의 전왕 크라그도 그 점에서는 마찬가지였다. 다만, 지금은 아메트 군의 사령관과 사이가 틀어져서는 곤란했다. 가뜩이나 아메트의 정정이 안정될 때까지 성안에 틀어박혀 제 목숨을 부지할 궁리만 하고 있을 터였기 때문이다.

'이 위기를 해결할 때까지는 참아줘야겠지.'

그런 생각을 하며 마음을 진정시키려 했지만 이번에는 다른 생각이 코테르의 신경을 긁었다. 프라트에 있는 레스프라트의 신왕 베르테스를 떠올린 것이다. 생전 이름도 들어보지 못한 용병 출신의 애송이가 레스프라트의 왕이 되고 펠레즈의 마지막 지도자의 후계자를 자처하고 나선 지금의 상황은 코테르의 입장에서는 전혀 이해가 되지 않을 뿐더러 지극히 불쾌하기까지 했다. 그 애송이가 지금은 감히 디파를 접수하고 자신을 처단하겠다고 대군을 일으키기까지 한 것이다.

"흥! 베르테슨지 뭔지 제깟 놈이 무슨 자격으로 날 심판한다는 거냐? 어느 진창에서 굴러먹다 나타났는지도 모를 천한 놈이!"

소리 내어 한껏 비아냥거려 보았지만 그런다고 해서 속이 후련해지지는 않았다. 베르테스의 근본 모를 출생과 이력을 깎아내리면서도 프라트의 언덕에 머물며 베르테스를 지원하고 있는 신비한 존재들과 천운이라 표현할 수밖에 없을 그의 강한 운은 코테르에게도 적지 않은 두려움으로 작용하고 있었다.

코테르는 흐릿한 달빛 아래 개미 떼처럼 멀어져 가는 레스프라트 군을 우울한 기분으로 바라보았다. 이것이 끝이 아님을 알기에 마콜리스처럼 적의 후퇴를 마냥 기뻐할 수 없었던 것이다. 왕위 계승을 둘러싼 아메트의 내분은 점차 내란의 양상을 띠어가고 있었다. 레스프라트가 무너지는 데 결정적으로 작용한 것도 자기 파멸적인 왕위 계승 싸움이었다는 사실을 잘 아는 코테르에게 당분간 아메트의 원조는 기댈 만한 언덕이 되지 못했다. 아메트에 강력한 왕이 등장해 내정의 불안을 종식시키고 디파를 구원하러 오기 전에 레스프라트 군은 더욱 거대한 해일이 되어 밀려들어 올 것이다. 그것도 베르테스가 직접 가세하여 국왕의 깃발을 휘날리면서.

디파나 펠레즈 같은 고대의 도시가 지금까지 난공불락으로 남아 있을 수 있었던 것은 철인간들이 축조했다고 일컬어지는 고대의 금속제 성벽과 성문 덕분이기도 했지만, 다른 한편으로는 위대한 도시를 공격하면 재앙이 내린다는 사람들의 오랜 믿음에 기인한 면도 없지 않아 있었다. 군사적 능력이 남달랐던 아메트의 전왕 크라그가 무력이 아닌 회유와 공작으로 디파를 아메트로 병합한 것도 그 때문이라 할 수 있었다.

그러나 베르테스는 자신이 펠레즈의 마지막 지도자를 계승했다는 대의를 걸고 디파 토벌을 정당화시켰다. 그리고 그 명분이 레스프라트 사람들에게 그럴싸하게 먹혀들고 있었다. 실제로 첩자들이 전해온

바로도 레스프라트 병사들은 베르테스의 명분을 철석같이 믿고 있었다. 문제는 그런 생각이 일부 디파 시민들에게까지 퍼져 있다는 점이었다. 그 근저에는 펠레즈와 디파의 오래고도 긴밀한 관계와 펠레즈와 동시대에 세워진 위대한 도시라는 디파 사람들의 남다른 자부심이 있었다.

'그래, 일단은 조금 더 지켜보자. 하지만 저것이 계략이 아니라면 그때는……'

코테르는 그렇게 생각을 정리하고 아직 옆에 남아 있는 디파 수비군의 사령관 파나로에게 일렀다.

"내일 적이 정말로 멀리 달아난 것이 확인되면 병사들을 내서 들판에 있는 물자들을 거두시오. 남겨두고 간 것은 고맙게 받아야지. 그리고 저들이 어디로 가는지, 상태는 어떤지, 동향을 계속 면밀히 관찰하여 자주 보고하시오."

"예, 알겠습니다."

파나로는 고개를 조아려 코테르의 명을 받았다.

다음날도 그 다음날도 코테르에게 들어오는 보고는 일관되게 레스프라트 군이 여러 갈래로 흩어져서 몹시 서둘러 후퇴를 계속하고 있으며, 총사령관과 주요 장성들은 전원 본대와 함께 무장 마차로 이동한다고만 알려져 있을 뿐 모습을 전혀 보이지 않는다는 것이었다. 아메트 군도 나름대로 독자적인 첩보망을 가동하여 같은 사실을 확인하고 있었다. 마콜리스가 지휘하는 아메트 군 지휘부에서도 레스프라트 군의 수뇌부에 뭔가 심각한 이상이 생긴 것이 사실인 듯하다는 내부적인 결론에 도달해 있었다.

"레스프라트 군이 현재 심상치 않은 상황에 처해 있는 것이 사실로 확인되고 있는데, 이렇게 손을 놓고 보고만 있어서야 되겠소?"

아메트 군과 디파 군의 합동 군사 회의 석상에서 코테르는 레스프라트 군을 당장이라도 추격해야 한다며 목소리를 높였다. 그러나 마콜리스는 여전히 소극적인 태도였다.

"저쪽에서 이렇게 나와준다면 시간을 버는 셈인데, 구태여 추격에 나가서 위험을 감수할 필요가 있겠습니까?"

"그래 봤자 다시 몰려올 것이 뻔한데 어떻게 그리도 속 편하게 말씀하실 수가 있소? 저쪽 지휘관들이 죽을병에 걸린 것도 아니고 상태가 호전될 때까지 잠깐 물러나 있다가 돌아올 심산인 것을 마콜리스 장군께서도 아실 것이 아니오?"

"설령 그것이 사실이라 해도 많은 물자를 버려두고 가지 않았습니까? 레스프라트의 사정상 그만한 물자를 단시일 내에 동원하기는 어려울 겁니다."

"다른 건 몰라도 식량은 그렇지 않소. 레스프라트의 수도인 프라트 일대는 일 년에 두 번 수확하는 평야라는 것을 모르시오? 그곳의 올해 두 번째 수확이 멀지 않소. 하지만 우리 디파 쪽은 그렇지 못하오. 게다가 우린 지금 이 성안에 고립되어 있지 않소? 저들이 우리가 디파를 나가 이 일대를 회복할 때까지 물러나 있을 것 같소? 분명히 어느 정도 물러나 안전하다 싶은 곳에서 자리를 잡고 돌아오려고 벼를 것 아니오? 설마 마콜리스 장군께서는 그 정도 식견도 없지는 않으시겠지요?"

코테르는 빠른 말투로 사납게 쏘아붙였다. 그리고 회의 시작부터 거의 몇 마디 하지도 않고 자리만 지키고 있는 파나로에게 고개를 돌리고 물었다.

"그래, 파나로 장군께서는 어떤 의견이시오?"

"글쎄요, 저는……."

습관처럼 말끝을 흐려 얼버무리려 하던 파나로는 코테르의 엄한 눈초리를 느끼고 얼른 말을 이었다.

"적군의 지휘부에 변고가 생긴 것은 사실이라는 점에서 코테르 성주님과 의견이 같습니다."

"그래서?"

코테르가 재우쳐 물었다.

"하지만 성에서 나가 추격하는 것은 신중히 생각해야 할 문제가 아닐까 합니다. 적군의 수가 우리보다 많은데……."

파나로의 말이 끝나기 전에 코테르가 강한 어조로 말을 잘랐다.

"지금 순순히 보내놓으면 나중에 돌아올 때는 그 수가 지금보다 훨씬 많아질 거요. 아무리 높고 튼튼한 성벽이라지만 밤하늘의 별만큼이나 몰려와서 사방에 들러붙어 기어올라 오려고 날마다 기를 쓰고 덤벼들 텐데 그때는 어쩔 거요? 언제까지 우리가 놈들에게 갇혀서 마음을 졸여야 끝이 날 것 같소? 몇 달 지나면 저절로 물러날 것이라고? 천만에! 베르테스라는 자는 우리 디파를 점령하고 내 목에 칼을 들이대기 전까지 물러서지 않을 게요. 그 자신이 추가로 부대를 편성해 온다지 않소?"

코테르는 마콜리스에게 들으라는 듯이 핏대를 세우며 파나로를 몰아붙였다. 파나로는 잔뜩 움츠러들어 큰 눈을 좌우로 굴리며 앉아 있었다. 코테르는 이번에는 마콜리스를 쏘아보며 말을 계속했다.

"마콜리스 장군, 솔직히 터놓고 말해 봅시다. 아메트에서 언제쯤 우리 디파를 구원하러 응원군을 보낼 것 같소? 아니, 그전에 누가 아메트의 신왕이 될 것 같소? 카우드 왕자? 아니면 수터스 왕자? 그도 아니면 폴스 왕자?"

코테르가 거명한 세 왕자는 전왕 크라그의 아들들 중에서도 비교적 왕권에 가깝다고 일컬어지는 이들이었다. 마콜리스는 바짝 긴장한 표정으로 입을 다물고 있었다. 현재 시점에서 그들 중 누가 왕이 될지는 쉽사리 점치기 어려운 분위기였다. 그러니만큼 잘못 입을 놀렸다가는 나중에 무슨 일을 당할지 모를 노릇이었다. 코테르는 마콜리스의 그런 반응을 이미 짐작하고 있었다는 듯 심술궂은 웃음을 흘렸다.

"장군의 입장도 내 이해 못할 바는 아니오. 하지만 그런 식으로 납작 엎드려서 이리저리 눈치만 살핀다고 앞날이 보장되겠소? 오히려 반대가 될 가능성이 더 크지. 눈앞에 뻔히 보이는 호기를 놓치고 디파를 적의 대공세에 처하게 놔두었다가 최악의 사태라도 일어나 보시오. 설령 아메트로 달아난다 해도 목숨도 부지하지는 못하게 될 게요."

"그러나 제 임무는 디파의 방어를 돕는 것입니다."

마콜리스는 꽤 기가 죽기는 했으나 가만히 있지만은 않았다. 코테르는 조롱조의 엷은 미소를 짓곤 응수했다.

"누가 뭐라고 했소? 하지만 이것도 생각해 보시오. 지금처럼 아메트의 정정이 안정되기를 기다리면서 그저 가만히 있으면 위험 부담을 지지 않는 대신 누구와도 선이 닿지 않게 되오. 하지만 난 다르오. 누가 아메트의 신왕이 되든 앞으로 대(對) 레스프라트 전선에서 최전방이 될 우리 디파와는 기꺼이 친교를 맺고자 할 테니까. 나라면 마콜리스 장군에게 힘이 되어드릴 수가 있소."

코테르의 목소리는 매우 친숙하며 부드러웠으나 마콜리스의 눈을 응시하는 그의 회색 눈동자는 차갑게 가라앉아 있었다. 코테르가 자신의 앞날에 힘이 될 수도 그 반대가 될 수도 있다는 노골적인 협박이 담겨 있다는 사실을 모를 마콜리스는 아니었다. 마콜리스는 마지못해 대답했다.

"잘 알겠습니다. 디파에 대한 위협을 제거해야 한다는 말씀은 전적으로 옳습니다. 제 휘하 군대의 역할이 디파의 방위에 있느니만큼 당연히 협력해야겠지요."

목구멍에 가시라도 걸린 것처럼 불유쾌한 감정이 치밀어 올랐지만 마콜리스는 꾹 눌러 참고 최대한 공손하게 말했다. 마콜리스의 대답에 코테르는 비로소 만족스러워했다.

"그렇게 말씀해 주시니 고맙소. 적군이 너무 멀리까지 달아나기 전에 서둘러 추격 준비를 합시다. 이번 추격에는 나도 함께 성에서 나갈 생각이오. 두 분 장군께서는 서로 긴밀히 협조하여 최대한 빨리 출병할 수 있게 해주시오. 내가 나가 있는 동안은 내 장남 타딜이 나를 대리할 것이오."

코테르가 직접 나서는 것에는 여러 가지 이유가 있었다. 자신의 군은 의지를 나타냄과 동시에 내켜서 나가는 입장이 아닌 마콜리스 이하 아메트 군이 소극적으로 행동하지 않을지 지켜보겠다는 것과 행여 있을지도 모르는 파나로와 마콜리스의 불협화음을 사전에 차단하겠다는 생각에서였다.

회의가 끝난 뒤 마콜리스는 떨떠름한 기분으로 자신의 사령부로 돌아갔다. 코테르의 정보가 틀린 것도 아니고 그의 판단이 전적으로 그

르다고도 할 수 없었지만, 억지로 등을 떠밀리는 느낌에 더해 뭔가가
자꾸 개운치 않았다. 하지만 이미 추격이 결정된 이상 뭐라고 해봤자
소용없는 짓이다. 마콜리스는 참모들을 불러 성을 나가 추격전에 나설
준비를 서두르도록 지시했다.

그날 오후 여러 날 동안 굳게 잠긴 채 열릴 줄 모르던 디파의 남쪽
성문이 활짝 열어젖혀졌다. 그리고 디파와 아메트의 연합군이 대열을
이루고 쏟아져 나왔다. 디파에 남은 것은 성문 탑을 비롯한 주요 지점
을 수비하는 데 필요한 최소한의 병력뿐이었다. 그나마 그들은 전원
디파 수비군 소속이었고, 아메트 군은 코테르의 강한 요구로 거의 전원
이 나섰다. 디파·아메트 연합군은 거침없는 속도로 레스프라트 군을
추격하기 시작했다.

디파에 대한 포위를 풀고 레스프라트 군이 후퇴를 시작한 지도 어느
덧 9일째에 접어들고 있었다. 클루오가 이끄는 별동대의 장병들은 줄
곧 빠른 속도로 후퇴를 계속하고 있었다. 모두 레스프라트 군 수뇌부
에 발생한 사건을 거지반 기정사실로 받아들이고 있었으며, 디파와 아
메트 군이 혹시라도 추격해 오지 않을까 노심초사하고 있었다. 총사령
관과 주요 장군들이 지휘를 할 수 없는 상태인 데다 여러 갈래로 병력
이 흩어진 상황이었다. 적의 공격을 받게 되면 꼼짝없이 당하고 말 것
이라는 분위기가 지배적이었던 것이다. 클루오 한 사람만이 다른 생각
을 품고 있었다.
9일째 밤, 며칠째 뛰어다니느라 피로에 지쳐 보초병들을 제외하고는
저녁을 먹자마자 곯아떨어져 있던 장병들은 갑작스러운 사령관의 호출

을 받고 툴툴거리며 일어났다. 클루오는 전 장병들을 커다란 바위 앞에 밀집해서 모여 앉도록 했고 자신은 커다란 바위 위에 올라섰다. 바위 주위에는 밝게 횃불을 밝혀놓아 클루오의 얼굴이며 모습은 낮보다 더욱 선명하게 보였다. 클루오는 목소리를 가다듬고 큰 소리로 모두에게 말했다.

"지금부터 내가 하는 말을 똑똑히 들어라. 사실 우리 군의 후퇴는 정략적인 것이다. 당연히 총사령관님 및 장수들의 병고에 대한 이야기도 일부러 만들어 퍼뜨린 거짓 소문이었다."

옹기종기 모여 앉은 장병들 사이에 작은 웅성거림이 일었다. 그들은 다음 말이 무엇일까 기대에 차서 클루오의 얼굴을 올려다보았다. 클루오의 말은 계속되었다.

"디파의 성벽을 수적인 우세로 밀어붙여 점령하려면 못할 것도 없으나 그러기에는 아군의 피해가 너무 클 것이므로 적을 넓은 들판으로 끌어내기 위해 부득이하게 아군까지도 속이는 대담한 작전을 구상한 것이다. 오늘 이 시점에서 작전의 첫 번째 단계가 끝났고, 이제 승리를 위한 두 번째 단계로 이행할 차례다."

이 대목에서 클루오는 말을 멈추고 아래 장병들의 얼굴을 천천히 둘러보았다. 모두 작은 속살거림 하나 없이 클루오의 말 한마디 한마디에 온 신경을 집중하고 있었다. 클루오는 어깨를 쫙 펴고 당당하게 선언했다.

"이 시간부터 우리는 방향을 돌려 디파를 접수하러 간다."

그 말이 떨어지는 순간 들판을 스쳐 가던 밤바람까지도 일순 멎는 듯한 착각 속에 전원 얼어붙어 버렸다. 잘못 들은 것이 아닐까, 자신의 귀를 의심하며 사람들은 한동안 말을 잊고 눈만 끔뻑이고 있었다.

"사령관님, 지, 지금 뭐라고 하셨습니까?"

바위 아래에 서 있던 부관 중 한 사람이 더듬거리며 묻자 클루오는 지극히 냉철한 어투로 말했다.

"잘 듣지 못한 사람이 있다면 다시 말해 주겠다. 이제부터 방향을 반대로 돌려 디파를 접수하러 간다."

"아니, 그게 말이 됩니까? 우리만으로 디파에 간다구요? 누가 성문을 열고 우리를 기다려 주기라도 한답니까?"

병사들 사이에서 누군가가 격앙된 음성으로 소리쳤다. 그러자 그 말에 뒤이어 사람들 사이의 소란은 더욱 커졌다. 클루오는 태연자약한 태도로 당당하게 맞받았다.

"그 말 그대로다. 우리가 디파에 도착하면 남쪽 성문이 활짝 열린 채 우리를 기다리고 있을 것이다. 번거롭게 성벽을 타고 넘을 필요 따윈 없다. 우리는 열려 있는 성문으로 당당히 진입하면 된다. 왜냐하면 베르테스 폐하 직속의 특공대원들이 성문을 열고 우리를 기다리고 있을 것이기 때문이다. 그들 중에는 디르크 총사령관님의 따님이기도 한 디르크 아르데도 포함되어 있다. 그뿐 아니라 디파 성내의 협력자들이 정의를 갈망하는 디파 시민들과 힘을 합해 봉기를 일으키도록 되어 있다. 디파에는 자신들이 여전히 레스프라트의 신민이며 위대한 도시 펠레즈와 하나의 운명체라고 믿고 있는 시민들이 수없이 있다. 지금쯤 디파의 반역자 코테르 성주는 우리가 퍼뜨린 거짓 사실을 믿고 소수의 수비병만을 남긴 채 아군의 본대를 좇아 디파에서 한참 떨어진 곳에 가 있을 것이다. 우리는 그들이 아군 본대에 묶여 먼 곳에 잡혀 있는 동안 디파로 돌아가서 그곳을 접수하면 된다. 이 작전은 수도에 계신 베르테스 폐하께서도 인가하신 것이다. 베르테스 폐하가 누구신가? 프라트 들판에서 우리의 몇 배나 되는 아메트의 대군을 단번에 괴멸시키신 분이 아닌가? 게다가 아군인 그대들조차도 완벽하게 거짓 소문을 믿었을 정도인데, 적이 속아 넘어가지 않을 수가 없다."

클루오의 연설이 계속됨에 따라 어느새 장병들의 수군거림은 잦아들어 있었고 모두 클루오의 말에 귀를 기울이고 있었다. 클루오의 자신감 넘치는 태도와 거침없는 언변은 이미 그들의 디파 입성이 확고부동한 사실로 정해진 것처럼 느껴지게 할 정도였다.

"그대들은 우연히 나의 지휘를 받게 된 것이 아니라 디파 입성을 위해 총사령관께서 특별히 선발하신 정예들이다. 다시 말해 그대들은 선택받은 용사들인 것이다. 디파 토벌이 끝난 다음 그대들은 가장 빛나는 영웅으로서 프라트에 개선할 때 선두에 서서 모든 이들의 환호와 환영을 받으며 들어가게 될 것이며, 베르테스 폐하를 직접 뵙고 그분으로부터 후한 포상과 지위를 받을 것이다. 또한 레스프라트의 모든 사람들이 두고두고 그대들의 용기를 칭송할 것이며 폐하의 아낌없는 포상이 그대들에게 주어질 것이다."

클루오의 달콤한 약속에 병사들의 귀가 차차 솔깃해졌다. 일부는 흥분된 나머지 박수를 치기까지 했다. 클루오의 연설은 이어졌다.

"단, 거기에는 나의 명령에 절대 복종해야 한다는 전제가 있다. 그대들은 이제 전처럼 각자 행동해도 좋은 독립군이나 용병이 아니라 레스프라트의 군인들이다. 군인은 상관의 명령에 절대적으로 복종해야 하고 주어진 임무를 해내야 한다."

클루오는 그 대목에서 말을 멈추고 품에서 한 장의 종이를 꺼내 들었다.

"이것은 총사령관께서 친히 내게 내리신 위임 명령서다. 이번 작전에서 나는 총사령관님을 대신하여 그대들을 지휘하는 것이며, 그대들도 잘 알다시피 총사령관께서는 수도에 계신 베르테스 폐하께 디파 토벌전의 전권을 위임받으셨다. 그러므로 나의 명령은 곧 총사령관님의 명령이며, 나의 명을 거역하는 것은 총사령관님과 나아가 폐하의 명을 거역하는 반역이 된다. 이 시각부터 만일 나의 지휘에 이의를 제기하거나 달아나려는 자가 있다면 국법으로 처단할 것이다."

한마디 한마디 끊어 말하는 그의 음성은 섬뜩하리만치 냉혹한 기운을 품고 있었다. 어느 누구도 그의 말이 단순한 엄포라고는 감히 생각지도 못했다. 잠잠하게 가라앉은 장병들의 분위기를 만족스럽게 훑어본 클루오는 더욱 목소리를 높여 외쳤다.

"우리의 앞에는 영광된 승리의 길이 펼쳐져 있다. 프라트 들판에서 거둔 빛나는 승리를 다시 한 번 재현할 때다. 모든 장병들은 지금 즉시 흉갑을 비롯해 몸을 무겁게 만드는 갑옷을 전부 벗어라. 또한 천막과 기타 무게가 많이 나가는 것들도 일절 버려두고 간다. 식량도 7일분만 지참하고 나머지는 버려라. 가장 가벼운 차림으로 갈 것이다. 당장 명령을 이행하라."

방어구를 전부 벗으라는 말에 병사들은 서로 눈치를 보며 머뭇거리다가 하나둘씩 나중에는 거의 전부 우르르 일어났다. 그리고 못내 불안한 기색으로 흉갑이며 투구를 벗었다. 지휘관 중 한 사람이 바위에서 내려서는 클루오에게 다가와 작은 소리로 물었다.

"사령관님, 방어구를 벗으면 몸이 가벼워지기는 하겠지만 디파에 다가갔을 때 성벽에서 가해지는 공격에 너무 무방비가 되는 게 아니겠습니까?"

　이 질문을 하는 것에도 매우 큰 용기가 필요했던 듯 그의 이마에는 땀이 배어 있고 목소리도 가늘게 떨려 나오고 있었다. 40이 넘은 사람이 자식뻘 되는 자신을 이렇듯 두려워하는 모습에 조금 미안해지기도 했지만 클루오는 태도를 무너뜨리지 않고 딱딱하게 대꾸했다.

　"폐하 직속의 특공대원들이 남쪽 성문을 열고 있을 것이라 하지 않았습니까? 거기다 디파 성내에서 시민 봉기가 예정되어 있습니다. 가뜩이나 수가 적은 수비대에서 성벽을 지키고 있을 틈이나 있겠습니까? 성문 탑과 시내로 분산되어 정신을 파느라 우리가 가까이 가더라도 대응하지 못할 것입니다. 쓸데없는 걱정 마시고 병사들의 준비나 서두르세요. 9일간 온 길을 6일 남짓한 기간에 돌아가야 합니다."

　"예……."

　그는 기가 죽어 얼른 자신이 통솔하고 있는 부대로 갔다.

　클루오의 명령에 따라 별동대 병사들은 밤을 보내기 위해 쳐놓은 천막과 깃발, 흉갑 등의 방어구 및 대부분의 식량을 그 자리에 버려둔 채 무기와 7일분의 식량만을 지참하고 오던 길을 반대로 거슬러 가기 시작했다. 보병들의 대열 측면에서 기병대가 보병들의 행군 속도에 맞추어 달리고, 기병들 중 일부는 선발대로서 전방을 살피기 위해 보다 멀리 나갔다.

　"몸은 가벼워 좋구만."

　"그러게. 꼭 놀러 가는 기분인걸."

　"미쳤어? 나는 불안해 죽겠구만. 이러다 우리 모두 디파에서 떼죽음당하는 거 아냐?"

　"재수없는 소리 하지 마! 베르테스 폐하께서 알고 계신 작전이라잖

아. 프라트에서 싸울 때 우리가 그렇게 이길 거라고 누가 알았어? 이번
에도 성공할 거야."

병사들 사이에서 가벼운 농지거리와 잡담이 바삐 오갔지만, 함부로
큰 소리를 내는 이는 없었다. 그들의 머리 속에는 적진으로 뛰어들어
가는 것에 대한 불안과 잘되기를 바라는 소망, 클루오가 약속한 영광과
포상 등이 어지럽게 얽혀 있었다.

"폐하께서 내리시는 포상이면 꽤 많겠지?"

"당연하겠지. 우리 폐하는 피스벵 설탕을 아주 많이 가지셨잖아.
그건 어디에 가져가도 다 통한대. 바로 돈으로 바꿀 수 있다는 거
야."

"허긴… 용병들은 그걸 봉급으로 받는다던데."

"용병 대장쯤 되면 사치스럽게 그걸 차에 타서 마시기도 한다더구만."

"우리에게도 그걸 주시지 않을까?"

"히히, 그럴지도 모르지."

설탕은 박창의 예상보다도 더욱 빠르게 대량 생산되기 시작하고 있
었고 프라트에서만도 날마다 많은 양이 생산되고 있었다. 그러나 다른
나라까지 대상으로 한 넓은 수요층에 비하면 아직 절대량이 부족한 상
태여서 일반 사람들에게는 그저 꿈처럼 먼 사치품이었다. 병사들은 포
상에 대한 즐거운 상상으로 마음의 불안을 떨쳐 내려고 애쓰며 달리고
또 달렸다.

별동대의 사기를 고려해 보병들의 대열 가운데에서 장교들에 둘러
싸여 도보로 달리고 있는 클루오도 머리 속이 복잡하기는 장병들 못지
않았다. 동원할 수 있는 모든 감언이설과 협박으로 장병들을 이끄는
데 성공하기는 했지만, 자신들의 앞에 어떤 일이 기다리고 있을지 그라

고 걱정이 되지 않을 리가 없었다.

'카라인 대장님의 특공대는 신의 사도들께 지도받은 특별한 전사들이고, 아르데님까지 포함되어 있어. 절대로 성공할 거야. 또 샤트님이 나와 아르데님을 저버릴 리도 없는 분이고. 어떻게든 빨리 가자. 이젠 정말 그 길밖에 없어.'

그는 다른 생각이 끼어들지 못하게 마음속으로 같은 말을 반복하고 있었다.

후퇴 10일째 날 오전, 레스프라트 군의 임시 총사령관으로서 후퇴 과정을 지휘하고 있던 샤트는 그날의 행군을 시작하기 전에 자신을 돕고 있는 임시 참모진에게 적군이 추격해 온다는 사실을 알렸다. 샤트 자신은 디파·아메트 연합군이 성문을 열고 나와 추격해 오는 것을 진작부터 알고 있었다. 디파의 첩자와 본대 후방의 척후병들이 전해온 보고도 있었지만, 무엇보다 마리나와 릴리가 전달해 주는 위성 정보는 적 측에서 일어나는 주요 사건을 거의 실시간으로 보여주고 있었다. 적어도 정보에 관한한 샤트에게는 적군의 세세한 움직임까지 파악할 수 있는 최상의 조건이 갖춰진 셈이었다.

물론 마리나와 릴리가 함께 있기에 가능한 일이고, 아마도 이번 전쟁에만 국한된 행운이라는 사실은 샤트도 잘 인식하고 있었다. 그러나 아무려면 어떻겠는가? 현재 그의 손에는 적보다 훨씬 유리한 카드가 쥐어져 있고, 샤트는 그것을 최대한 활용할 생각이었다.

그러나 그의 의도대로 일이 풀려 나간다고 해서 마냥 방심할 수는 없었다. 당장 양군의 질적인 수준을 놓고 비교해 보면 정규군이라고는 해도 아직 전체적으로 잡병에 가까운 레스프라트 군과는 달리 디파 군과 아메트 군은 대부분 직업 군인으로 이루어진 정병이었다. 행군을 늦추게 만들 것 같은 무거운 짐을 대부분 버려두고 왔음에도 레스프라트 군의 행군 속도는 디파 군에 비해 느린 편이어서 양편은 상당히 거리가 좁혀진 상태였다.

"오늘 해지기 전까지 세이드 성에 도착한 뒤 성벽과 성채를 점검, 보수하고 내일쯤 그곳에서 적군을 맞이할 것입니다. 단 이 사실은 세이드에 도착하기 전까지는 병사들에게 알려지지 않게 하십시오."

샤트의 느닷없는 통고에 참모들은 놀라고 당황하는 분위기였다.

"디파에서 추격군이 나왔다는 말씀이십니까?"

"규모는 어느 정도입니까?"

그들이 당혹스러워하는 것도 무리는 아니었다. 후퇴 시 샤트가 병력을 여러 갈래로 나누어 출발시켰기 때문에 현재 본대의 병력은 레스프라트 군 전체의 몇 분의 일 정도에 불과했다. 양군의 질적인 차이는 참모들도 주지하고 있는 사실이었고, 병력의 우세마저 없는 상태에서 정병으로 이루어진 디파·아메트 연합군을 본대만으로 상대하기란 상식적으로 무리였다.

"걱정하실 필요 없습니다. 본대가 세이드에 도착했을 즈음 다른 방향으로 떠난 부대도 각각 정해진 위치에 도달해 있을 겁니다. 그중 한 부대는 본대가 있는 세이드 성에 합류할 것이고 나머지는 이 요새들로 들어갑니다."

샤트는 테이블에 펼쳐져 있는 지도에서 몇몇 요새들을 짚어갔다. 전부 세이드 성을 중심으로 인접 거리에 위치한 것들로, 이대로 실행된다면 오히려 추격해 온 적군을 포위하는 양상이 될 터였다. 참모들은 그것을 보고 놀라는 한편 우선은 안심하는 기색들이었다. 샤트가 후퇴하면서 만일을 대비해 조치를 취해놓았다고 생각한 것이다. 그러나 곧 다른 걱정도 나왔다.

"혹시 포위 공격을 염두에 두고 계신다면 그전에 고려해야 할 점이 있습니다. 병력이 우리가 더 많다고는 하지만 주요 지휘관들의 부재를 어떻게 보완할 수 있을진 미지수라는 사실입니다. 대군이다 보니 지휘 체계의 미비는 더욱 치명적일 수도 있습니다."

"그 점에 대해서도 염려 마십시오. 지적하신 부분에 대해서는 저도 잘 알고 있고, 따라서 들판으로 나가 포위 섬멸전이나 결전을 벌일 의도는 없습니다. 본 대를 포함한 각 부대는 요새를 방어하면서 적을 묶어두는 일에 주력하면 됩니다. 적이 도발해 오면 적당히 상대하되 들판으로 나가는 행동은 엄하게 금지될 것입니다."

샤트의 설명에 참모들은 더욱 모르겠다는 반응을 보였다.

"그러면 적은 분명히 본대가 있는 세이드 성에 공격을 집중할 것입니다. 세이드에서 본대만으로 얼마나 버틸 수 있을지도 생각하셔야 합니다."

"가장 큰 문제는 우리의 물자 사정이 여의치 못하다는 것입니다. 디파에서 물러나면서 많은 물자를 버려두고 왔기에 현재 가지고 있는 식량과 무기만으로는 후방에서 새로 보급이 올 때까지 버티기 어려울지도 모릅니다."

"그렇습니다. 본대는 세이드 성에서 어느 정도 자체 조달이 가능하다고 치더라도 디파 군이 디파로 떠나면서 물자를 싹쓸이해 갔기 때문에 다른 요새들의 경우 대부분 남아 있는 식량이나 물자가 없는 것으로 알고 있습니다."

"무기도 문제가 심각합니다. 본대만을 놓고 볼 때 당장 화살만 아껴

쓴다 해도 보름치 이상은 없습니다."

그런 걱정에 대해서도 샤트의 태도는 명쾌했다.

"일방적으로 우리가 불리한 것은 아닙니다. 나의 계획대로 아군이 위치를 잡는 이상 디파 군은 아무래도 여러 요새에 있는 아군을 의식할 수밖에 없습니다. 따라서 본대를 집중적으로 공격한다 해도 자신들의 후방과 측면의 방어에도 신경을 써야 하고 어느 한쪽에 전병력을 기울이지는 못합니다. 본대의 경우는 아까 말씀드린 대로 세이드 성에 도착하는 즉시 성벽과 성채의 점검과 보수를 실시해서 방어력을 높이면 됩니다. 그리고 본대에는 아군에서도 정예로 꼽히는 병사들과 용병들이 배치되어 있어서 아군의 다른 부대에 비해 전투력이 높습니다. 식량과 물자도 걱정할 필요 없습니다. 그리 오래 걸리지는 않을 테니까요. 대책이 다 마련되어 있으니 저만 믿으시면 됩니다."

샤트의 당당하고 자신감있는 태도를 접한 참모들은 그제야 그가 디파에 대한 모종의 작전을 따로 펼치고 있는 것이 아닌지 의구심을 품는 눈치였다. 샤트는 그들이 몹시 궁금해하는 것을 알면서도 별동대나 특공대에 대해서는 일절 거론하지 않았다. 참모들을 믿지 못하는 것은 아니었지만 비밀은 아는 사람이 많아질수록 새어 나갈 가능성이 커지는 법이라는 것이 그의 생각이었다.

"세이드에 도착하는 즉시 작전 회의를 열겠습니다. 그렇게 준비해 주십시오."

참모들에게 그렇게 이르고 샤트는 아버지 디르크에게 가서 현재까지의 경과를 보고하고 다음 계획을 알렸다. 디르크는 처음보다 상태가 많이 호전되기는 하였으나 아직 일어나서 활동할 수 있을 정도는 아니어서 침대에 누운 채 샤트의 이야기를 들었다.

"상황이 네가 원하는 대로 진행된다고 해서 결코 방심해서는 안 된다. 디파에서 작전이 성공한다 하더라도 여기서 크게 패해서는 이만저만 낭패가 아니다. 디파 성주는 자신의 안전을 위해서라도 반드시 빨리 승부를 지으려고 안달할 게다. 대군을 효율적으로 다루는 일은 내게도 쉽지 않은 일이다. 절대 적의 어떠한 도발에도 응하지 말고 들판에서의 결전을 피해야 한다."

디르크는 샤트가 혹시라도 우쭐해져서 함부로 행동에 나서지 않을까 우려하여 주의를 주는 것을 잊지 않았다.

"잘 알고 있습니다. 전에도 말씀드렸듯이 이번 작전의 목적은 디파를 탈환하는 것에 있습니다. 쓸데없는 모험을 할 생각은 없으니 안심하십시오."

"도시에서의 수성전도 쉽지는 않을 게다. 디파 군이 필사적으로 공격해 올 것이다. 성에 들어가는 즉시 상태를 점검하고 보수 작업부터 서둘러야 할 게다. 아군의 사기를 진작시키는 일에도 소홀해서는 안 되고. 그리고 무엇보다 용병들을 잘 다루어야 한다. 아메트보다는 작아도 레스프라트 또한 그리 작은 나라가 아니고 여기서 패배한다고 나라가 무너질 정도는 아닌지라 웬만큼 패색이 짙지 않으면 먼저 달아나거나 하지는 않겠지만, 이 상황을 절망적이라 받아들인다면 문제가 달라진다. 그들을 잘 다잡아서 최선을 다하게끔 독려하는 것이 중요하다."

"말씀대로 하겠습니다. 길어야 십여 일이면 끝납니다. 특공대는 성공적으로 디파의 남쪽 성문 가까이에 숨어 있고, 별동대는 어젯밤에 방향을 돌려 전력으로 디파를 향해 가고 있습니다."

디르크의 눈가에 희미한 미소가 스쳤다.

"어떻게 그런 사실을 벌써 아는 거냐? 신의 사도들께서 전해주시더냐?"

"예, 그 사진인가 뭔가 하는 그림을 자주 보내 오십니다. 다행히 클루오가 잘해내고 있는 것 같습니다."

"그 녀석이 원래 담력과 임기응변은 보통이 아니었지. 어린 녀석이 산전수전 다 겪은 장병들에게 또 뭐라고 해서 구슬렀을까?"

생각만 해도 재미있는지 디르크는 작게 소리 내어 웃었다.

"나중에 직접 물어보십시오."

샤트의 얼굴에도 미소가 번졌다. 웃음을 그친 디르크는 진지한 얼굴로 다시 한 번 당부했다.

"이번 전쟁에서 세이드 성이 가장 치열한 전장이자 고비가 될 것 같구나. 너를 믿고 있다. 네가 가진 모든 역량을 유감없이 발휘해 주기 바란다."

"염려 마십시오. 모든 일이 순조롭게 돌아가고 있습니다. 오늘부터는 본격적으로 바빠질 것 같습니다. 자주 보고드리고 조언을 구하겠습니다."

디르크에게 인사하고 나오는 샤트의 머리 속은 다가올 일들을 향해 빠르게 회전하고 있었다.

그날 오후, 해가 지기 전에 세이드에 도착한 레스프라트 본대와 다른 부대는 쉴 틈도 없이 성문과 성벽, 탑 등의 점검과 보수 작업에 들어갔다. 얼마 전까지 디파 군이 관할하며 방비하던 곳이라 전반적인 상태는 양호한 편이었다. 디파가 패할 것이라고는 전혀 생각지 않았던 모양으로 물러나면서도 특별히 군사 시설을 파괴하지도 않았던 터였다.

성을 점검하는 한편, 도시민들에게 가축을 징발하라는 명령이 내려졌다. 대신 가축의 주인에게는 후에 레스프라트 국왕이 보상할 것이라는 내용이 명기된 레스프라트 군 총사령관 명의의 증서를 주도록 했다. 징발인 이상 강제성을 띨 수밖에 없지만 세이드 역시 본래 레스프라트의 영토였던 곳이고 앞으로의 수성전에서 협조가 필요한 만큼 주민들의 지나친 반감을 사는 일은 피해야 한다고 판단한 것이었다.

인근 요새에 도착한 다른 레스프라트 군에는 전령을 보내어 총사령관의 명령이 있을 때까지 어떤 일이 있어도 요새를 나오지 말라는 엄명과 인근 지역에서 부족한 식량을 조달하는 것을 허가하고 그런 경우에도 절대 약탈을 금하며 레스프라트 군 총사령관 명의의 증서로 추후 보상을 약속하도록 명령을 하달했다.

그와 더불어 세이드 성에서는 기병들의 말 중에서 늙거나 상태가 좋지 않은 것들 위주로 전체에서 1/4가량을 골라내어 도축하라는 명령도 내려졌다. 수성전에 사용할 기름을 만든다는 이유에서였다. 당연히 기병대에서 불만 섞인 항의가 터져 나왔지만 임시일망정 총사령관의 명령을 어길 수는 없었다. 하지만 값비싼 말을 도축하는 일에 불만을 느끼는 이가 비단 기병들에 한정된 것은 아니어서 샤트가 소집한 작전회의에서 그 문제는 가장 먼저 도마에 올랐다. 조심스러운 불만 제기가 있었지만 샤트의 태도는 단호했다.

"수성전에서 말은 식량만 허비할 뿐 아무 소용이 없습니다. 차라리 기름을 짜서 적의 공격에 대처하는 데 이용하는 편이 효율적입니다.

당장은 아깝겠지만, 말 같은 것은 나중에 얼마든지 보충할 수 있습니다."

"나귀나 다른 가축도 있지 않습니까?"

"그것들은 징발한 가축들과 함께 차례로 도축해서 병사들의 식량으로 지급할 겁니다. 힘든 전투에 고기라도 먹어야 힘이 나지 않겠습니까. 설마 병사들에게 말고기를 먹이라는 말씀을 하지는 않으실 테지요?"

신랄하게까지 느껴지는 샤트의 말투에 사람들은 입을 다물었다. 인간이 도저히 먹을 수 없는 것으로 치부되는 말고기를 병사들에게 지급했다가는 폭동이라도 일어날지 모를 일이었다. 말 도축에 대한 논란이 잠잠해진 뒤 참모장이 세이드와 인근 지역의 지도에 레스프라트 군의 현재 위치에 표시를 한 뒤 간략히 상황을 설명하고 본격적인 회의가 시작되었다. 참석자들은 일단 레스프라트 군이 뿔뿔이 흩어진 것이 아니라 세이드에 인접한 요새들에 자리를 잡고 있다는 사실에 안도하는 분위기였다.

"적군의 규모는 어느 정도입니까?"

용병 부대의 지휘를 맡고 있는 비탈이라는 남자가 물었다. 그는 본디 부대장이었던 사람으로 대장이 연회에 참석했다가 쓰러진 뒤 대신해서 용병 부대를 이끌고 있었다.

"디파에 있는 병력 대부분이 나온 것으로 알고 있습니다. 보병·기병 합해서 3만이 조금 넘을 것으로 추정됩니다."

샤트의 대답을 듣고 참석자들의 낯빛은 흐려졌다. 레스프라트 군이 숫자가 더 많다고는 하나 디파 군과 아메트 군은 만만히 볼 상대가 아니었다. 게다가 현재의 레스프라트 군은 지휘부 공백이라는 문제점을 안고 있었다.

"현재 아군의 포진이 굉장히 좋은데 아예 적군을 포위해서 공격하면 어떻겠습니까? 병력의 수도 우리가 더 많고……."

누군가가 말하는데 그것이 채 끝나기도 전에 샤트가 차갑게 중단시켰다.

"지휘는 제가 합니다. 지도에서 보듯이 본대 이외의 다른 부대들이 세이드에서 멀지 않은 요새들에 도착해 있기는 합니다. 그러나 그들에게는 요새에서 나오지 말고 각자의 위치를 지키라는 명령이 내려질 것입니다. 섣불리 요새에서 나와 협공을 시도하다가는 적에게 각개 격파당할 가능성이 큽니다."

"하지만 그렇게 되면 적이 다른 곳은 내버려 두고 본대가 있는 이곳을 집중 공격할 가능성이 큽니다."

다른 지휘관이 말했다.

"당연히 그렇겠지요. 그러나 전군을 몰아서 우리만을 공격하지는 못합니다. 다른 요새에 버티고 있는 아군을 없는 듯이 무시할 수는 없을 테니까요."

"하지만 지금 아군은 지구전을 벌일 만큼 물자가 넉넉지 못합니다. 디파를 물러나면서 많이 버려두고 오지 않았습니까?"

"그렇게 하지 않았다면 여기까지 오기도 전에 들판에서 적군에게 뒷덜미를 잡혔을 겁니다."

샤트의 냉철한 지적에 좌중은 조용해졌다. 그의 말이 옳다는 것은 당장 내일이면 들이닥칠 디파 군의 진격 속도가 말해 주고 있었다. 그러나 얼마 후 다른 이가 조심스럽게 우려를 표시했다.

"그건 분명히 그렇습니다만 이제부터 적과 싸우는 데 물자 부족이 문제가 될 것이기에 드리는 말씀입니다."

"그런 문제는 걱정하지 마십시오. 세이드가 적의 영토 한가운데 있어서 고립되어 있다면 또 모를까, 본대의 양측에는 아군이 장악하고 있는 요새들이 버티고 있고, 후방은 레스프라트의 영토입니다. 무엇을 걱정하십니까? 늦어도 십수 일이면 물자가 들어오게 되어 있습니다. 그리고 총사령관님과 장성 분들도 현재 경과가 좋아 그때까지 충분히 회복되실 겁니다. 설마 그만한 기간을 못 버틴다는 말입니까? 다른 부대라면 몰라도 본대는 적군에 비해 어느 면에서도 뒤떨어지지 않습니다. 본대에는 많은 전장을 경험한 숙련병들과 엄선된 정예, 그리고 싸움의 달인이라 할 용병들이 배치되어 있지 않습니까? 레스프라트의 최정예들과 싸움으로 먹고사는 용병 부대가 모여 있으면서 이 작은 도시 하나를 지키지 못한다는 게 말이나 됩니까? 고작 십여 일입니다. 그동안 우리는 적군을 우리의 포위망에서 나가지도 들어오지도 못하게 묶어두면 됩니다. 적들을 두들기는 것은 모든 조건을 최상으로 갖춘 다음에 해도 늦지 않습니다."

샤트의 당당한 체구와 강한 눈빛에서 풍겨 나오는 박력과 자신감은 대단한 것이어서 그에 압도된 사람들은 감히 누구도 이의를 제기하지 못했다. 샤트는 틈을 주지 않고 말을 계속했다.

"적은 내일 오후가 되기 전에 세이드 앞에 당도할 것입니다. 잠시라도 낭비할 시간이 없습니다. 이제부터 어느 분이 어디를 방어할 것인지 전달하겠습니다."

샤트의 이 말에 지휘관들은 정신이 번쩍 들어 그의 말에 더욱 집중했다. 샤트는 세이드의 구조가 그려진 그림을 가운데에 펼쳐 두고 어느 지점에 얼마만큼의 병력을 배치하고 누가 지휘를 맡을 것인지 막힘

없이 설명해 나갔다. 지휘관들은 어느새 이 임시 총사령관의 나이며 경험 등에 대해서는 말끔히 잊어버리고 그의 명령을 충심으로 받아들이고 있었다.

2

레스프라트 본대가 세이드 성에 들어간 바로 다음날, 디파 군이 세이드를 마주 보는 들판에 나타났다.

"식량과 무기까지 다 내비리고 죽어라 달아나더니 저기 틀어박히셨군."

디파 성주 코테르는 뿌옇게 흐린 하늘을 배경으로 세이드의 성벽에 걸려 나부끼고 있는 레스프라트의 깃발을 바라보며 비아냥거렸다. 그러나 겉으로 보이는 태연한 모습과는 달리 그의 마음은 그다지 편치만은 않았다. 어떻게든 들판에서 레스프라트 군의 뒷덜미를 잡아 결전으로 끌고 가려고 했던 그의 의도가 보기 좋게 무산된 것이다.

'골치 아프게 됐군. 하지만 저런 성벽쯤이야 디파에 비하면 오두막이지.'

애써 그런 말로 위안을 하고 있는데, 그날 밤 회의에서 올라온 척후병들과 선발대의 보고는 그의 심기를 더욱 불편하게 만들었다. 사방으로 제멋대로 흩어져 달아난 줄만 알았던 레스프라트의 나머지 부대들이 세이드를 중심으로 인근 요새에 들어가 있다는 것이었다. 지도에 그것을 표시해 놓고 보니 얄궂게도 디파·아메트 연합군이 레스프라트 군에게 포위된 형상이었다. 우연의 일치라고 보기에는 너무도 절묘한 배치였다. 다들 기가 막혀 한참 동안 쳐다만 보고 있는데 아메트 군의 사령관 마콜리스가 떠름한 얼굴로 중얼거렸다.

"레스프라트 군이 이렇게 일사분란하게 움직이다니, 믿을 수가 없군요. 디르크 총사령관이 쓰러졌다는 것이 혹시 거짓 소문 아닐까요?"

코테르는 강하게 부정했다.

"그럴 리가 없소. 총사령관쯤 되는 사람이 그 많은 물자를 버리고 모험을 벌일 것이라고는 볼 수 없지 않소? 레스프라트가 피스벵 설탕인지 뭔지로 돈을 벌고 있다고 하지만 그리 오래된 일도 아니고, 다시 일어선 지 오래지 않은 처지요. 그만한 물자를 다시 모으려면 쉽지 않을 것이 뻔한데 그런 짓을 하겠소?"

"그 말씀에 일리가 있는 건 사실입니다만 이래서는 자칫하면 포위 공격을 당할 수도 있습니다."

"후방에서 새로 보급을 받은 것도 아닌데 식량과 물자가 얼마나 있다고 그런 짓을 하겠소? 레스프라트 군의 본대가 있는 세이드는 도시니까 식량을 얼마간 보충할 수 있겠지만, 세이드의 규모로 볼 때 별로 많지는 못할 거요. 그것도 그나마 식량에 한정될 테고. 하지만 그 밖의 다른 요새에는 식량이든 무기든 남겨둔 것이 없지 않소? 레스프라트 군의 포진이 좋은 것은 사실이지만, 미리 계산된 작전이라기보다는 갑작스럽게 후퇴하면서 만일을 대비해 세워놓은 대비책일 가능성이 크오. 물론 그 대비책이 나름대로 훌륭했다는 점은 나도 인정하오. 그러나 거기까지요. 질적인 면에서 많이 떨어지는 레스프라트 군이 지휘부까지 공백이라면 그 한계는 분명하고, 결정적으로 저들은 각 요새별로 분산되어 있소. 설마 하니 여기까지 와서 이대로 병력을 물려 디파로 돌아가자고 하는 건 아니리라 믿겠소.”

마콜리스는 미간을 좁히고 지도를 노려보고 있을 뿐 대답하지 않았다. 생각 같아서는 디파로 돌아가자고 하고 싶지만, 지금 같은 상황에서 방향을 돌려 군대를 후퇴시킨다는 것도 말처럼 쉬운 일은 아니었다. 적에게 뒤를 보인다는 것은 대단히 위험하고 치명적인 행동이었다. 그렇기에 레스프라트 군도 밤을 틈타 다급히 후퇴했던 것이다. 게다가 지금 디파·아메트 군은 후퇴 당시의 레스프라트 군보다 나쁜 상황에 처해 있었다. 여기서 후퇴를 시도하다가는 후방으로는 레스프라트 군 본대가, 양 측면에서는 요새의 레스프라트 군이 협공을 하고 나서리라는 것이 뻔했다.

“이렇게 되면 레스프라트 군의 본대가 있는 세이드를 집중 공략하는 길밖에 없겠군요.”

디파 군 사령관 파나로가 말하자 코테르는 얼른 맞장구쳤다.

“내 생각도 그렇소. 본대만 꺾으면 나머지 오합지졸이야 신경 쓸 필요도 없게 될 거요.”

그러나 마콜리스는 두 사람의 낙관에 찬동하지 않았다.

“그렇다고 다른 쪽에 있는 레스프라트 군을 무시할 수만도 없습니다. 측면이나 배후에서 공격을 받게 되면 아무리 잡병들로 이루어진 적이라 해도 아군의 대열이 무너질 수 있습니다.”

“당연히 측면과 배후의 방어에도 신경을 써야지요. 병력이 분산되기는 하지만 나누어서 작전을 펼치면 되지 않겠습니까?"

파나로가 말했다.

"그럴 수밖에 없겠지요."

마콜리스는 썩 내키지 않으나 다른 방안이 있는 것도 아니어서 파나로의 생각에 소극적인 동의를 나타냈다.

"언제부터 세이드 공격이 가능하겠소?"

코테르가 두 사람에게 묻자 파나로가 먼저 대답했다.

"진지 구축은 오늘 안에 끝날 것이고 내일이라도 가능합니다."

하지만 마콜리스는 다른 의견을 냈다.

"적이 성안에 들어가 있을 것이라고는 예상하지 못했고, 또 서둘러 디파를 나오느라 공성 병기를 가져온 것이 없습니다. 최소한 사다리나 파성추 등의 장비를 만들고 준비할 시간이 필요합니다. 세이드에 대한 본격적인 공격은 충분히 준비가 갖추어진 시점에서 하는 것이 좋다고 생각합니다."

"사다리 같은 걸 만드는 데 시간이 얼마나 걸린다고 그러시오? 오늘 밤에 만들게 하면 될 것 아니오? 설마 내일 하루를 고스란히 허비하자는 거요?"

코테르가 못마땅한 표정으로 힐문했으나 마콜리스는 차분하게 대답했다.

"제 생각에는 세이드 성에 있는 적의 본대를 공격하기에 앞서 일부 병력을 내어 이틀 정도는 다른 요새를 골라 끌어내기를 시도해 보는 것이 어떨까 합니다. 레스프라트 군이 장악하고 있는 요새들 중 어느 한쪽이라도 무너뜨리면 적의 사기도 크게 꺾일 것이고 우리로서도 최악의 경우를 대비하는 효과를 거둘 수 있어 한시름 덜게 될 겁니다."

코테르는 마콜리스의 제안을 두고 잠시 생각해 보았다. 그가 생각하기에도 나쁜 작전 같지는 않았다.

"괜찮을 수도 있겠군. 그러면 그렇게 해봅시다."

"감사합니다."

"그래, 어디를 공격해 볼 생각이오?"

"그것은 파나로 장군과 의논해서 결정하겠습니다. 아무래도 저보다는 파나로 장군께서 이 지역 요새에 대해 더 잘 아실 테니까요."

마콜리스는 파나로의 체면을 고려한 대답을 했다. 기실 그는 파나로의 역량을 그다지 인정하지 않는 편이었으나 지금은 그와 잘 협력하는 것이 중요했다. 실제로 마콜리스의 고려는 즉시 효과를 발휘하여 파나로의 표정이 달라져 있었다.

"좋소. 두 분이 잘 의논해서 오늘 중으로 결정하시오."

"알겠습니다."

마콜리스와 파나로는 코테르와 이야기를 끝낸 뒤에도 내일의 공격에 대헤 양 측의 참모들을 모아 늦게까지 논의를 거듭했다.

세이드 성 앞에 도착했을 즈음부터 흐렸던 하늘은 이튿날 아침이 되자 비를 흩뿌리기 시작했다. 비가 오는 것에 아랑곳없이 디파·아메트 군 진지에서는 일단의 병력이 이동하여 세이드 성에서 오른쪽에 있는 요새들 중 하나를 골라 공격을 시작했다. 디파를 출발할 때 공성전을 하게 될 것이라고는 예상하지 않았던 까닭에 석포 같은 대규모 공성 병기는 없었고, 요새를 공격하는 방식이라고 해야 성벽 위로 활을 쏘거나 급히 만든 사다리나 줄을 이용해 병사들이 성벽을 기어오르고, 근처에서 베어낸 큰 나무줄기를 뾰족하게 다듬어 수레에 싣거나 병사들이 직접 들고 요새의 성문을 공격하는 정도였다. 그나마 아침부터 내리기 시작한 비가 차츰 거세어지면서 땅이 질척거려 디파 군은 고전을 면치 못했다. 요새의 레스프라트 군은 화살을 쏘고 돌을 굴리는 등의 대응을 하며 완강하게 저항했다. 디파 군은 치열하게 공격을 퍼붓는 척하다가 공격이 여의치 않자 퇴각하는 것처럼 가장했다. 꾀어내기를 시도한 것이었다.

"적들이 흩어져서 달아납니다. 어떻게 할까요?"

실제로 레스프라트 군의 요새에서는 멋대로 흐트러져 달아나는 듯이 보이는 디파 군을 추격하자는 목소리도 나왔다. 디파 군의 숫자는 그리 많지 않았고 대열도 없이 달아나는 적을 쫓아가 섬멸하는 일쯤은 누가 봐도 간단해 보였다.

그러나 요새의 지휘관은 누구도 요새를 나가서는 안 된다는 말만 반복했다. 세이드 성에서 지시가 없는 이상 함부로 움직였다가는 극형을 면치 못할 것이라는 임시 총사령관 샤트의 명령 때문에 선택의 여지가 없었던 것이다. 그에 따라 요새의 레스프라트 군은 문을 굳게 잠근 채 미동도 하지 않았다.

끌어내는 방식이 통하지 않는다는 것을 깨달은 디파 군은 대열을 재정비하고 작전을 변경했다. 이튿날 다시 같은 요새를 공격하기 시작한 디파 군은 전날부터 내리고 있는 비에도 불구하고 어제와는 사뭇 다른 자세로 맹렬히 요새를 공격했다.

그러나 디파 군의 목적은 요새를 정말로 점령하겠다는 것보다는 근처의 다른 요새에 있는 레스프라트 군이 지원을 나서게끔 유도하려는 것이었다. 그곳에서 얼마간 떨어진 곳에서는 다른 요새에서 문을 열고 나올 것을 대비해 아메트 군이 비밀리에 대기하고 있었다. 그러나 인근의 레스프라트 군 요새는 꼼짝없이 들어앉아서 아군이 공격받는 것을 지켜보고만 있었다. 그들 역시 무슨 일이 있어도 요새를 나가서는 안 된다는 엄중한 명령에 가로막혀 나가고 싶어도 마음대로 할 수 없는 상황이었다. 결국 둘째 날의 공격도 별다른 소득없이 끝나고 말았다.

이도저도 통하지 않자 그날 밤 총사령부에서 열린 작전 회의에서는 레스프라트 군의 본대가 있는 세이드 성에 공격을 집중하는 길밖에 없다는 이야기가 나왔다. 가장 강하게 공격을 주장하는 이는 역시 성주 코테르였다.

"요새에 있는 레스프라트 군이 저렇게 꼼짝도 않고 틀어박혀 있는데야 도리가 없지 않소. 이틀간 괜한 수고를 한 것 같소. 요새에 있는 잔챙이들은 내버려 두고 세이드 성의 본대를 분쇄하는 데 주력합시다. 다행히 비도 더는 내리지 않을 모양이니 내일 아침쯤이면 땅도 적당히 말라 있을 거요."

코테르가 말했다. 나콜리스는 개운치 않은 표정이었다.

"분명히 레스프라트 군이 여유를 부릴 입장이 아닐 텐데 저렇게 나오는 것은 어딘지 이상합니다. 많은 식량을 들판에 버리고 간 터라 식량 사정 때문에라도 오래 버티기 어렵다는 것을 모르지는 않을 것인데, 어째서 각자 요새에 들어앉아 움직이지 않는 것일까요? 그렇다고 레스프라트 군의 병력이 우리에 비해 적은 것도 아니고 최소한 두 배 이상이라는 점을 감안하면 수적인 우세를 방패 삼아 움직여 볼 만도 한데 말입니다."

"겁을 먹은 것 아니겠소? 그나마 레스프라트 군에서 정예라 할 만한 병력은 전부 본대에 집중되어 있을 것이고, 제대로 전쟁을 치른 적이 없는 잡병인 자기들로서는 나와서 이길 자신이 없었던 것이겠지."

코테르는 간단하게 생각하고 있었다. 마콜리스는 코테르의 짐작에 수긍하는 것은 아니었으나 달리 짚이는 바가 있었던 것도 아니어서 잠 자코 있었다. 코테르는 여유로운 자세로 말을 계속했다.

"물론 아무리 오합지졸이라 해도 적을 근거리에 두고 측면과 후위를 비워둘 수는 없으니 세이드 성 공격에 전병력을 쏟아 부을 필요는 없 소. 또 제대로 된 공성 병기 하나 없이 무작정 성벽을 향해 총공격을 하면 아군의 피해가 클 것이라는 사실도 모르지 않소. 며칠 안에 세이 드 성을 무너뜨리라는 무리한 주문은 하지 않겠소. 어차피 식량이 떨 어지면 어쩔 수 없이 제 발로 나오겠지. 배고픈 것을 이길 장사는 없는 법이니까. 세이드 성 주변의 레스프라트 군에 대해서는 함부로 요새를 나올 생각을 하지 못하도록 적절히 병력을 배치하고, 나머지는 세이드 성을 공격하되 단번에 승부를 보려 하기보다는 지속적인 공격으로 놈 들을 지치게 하고 물자를 소모하게 하는 일에 주력하시오. 버텨봤자 상황을 타개할 수 없다고 판단하게 되면 나오게 될 거요."

코테르의 판단은 파나로나 마콜리스가 보기에도 나름대로 타당한 것이었고 무리한 명령은 아니었다. 그래서 두 사령관은 다른 말 없이 코테르의 명을 받았다.

한편 세이드 성의 레스프라트 본대는 적의 공격이 임박했음을 느끼 고 열심히 준비를 갖추고 있었다. 성문에 여러 겹의 나무판을 덧대어 보강하고 말을 잡아 기름을 짜고 근처에서 베어낸 나무로 방책을 짜는 등 할 수 있는 모든 일들이 착실히 진행되었다. 샤트는 디파 군이 이틀 간 아군 요새를 공격하는 동안에도 준비 상황을 끊임없이 확인, 점검하고 대책을 논의하는 등 바삐 지냈다.

레스프라트 군은 디파·아메트 군이 진을 치고 있는 북쪽과 동쪽 성벽에 병력을 집중적으로 배치했다. 세이드 성 전체를 포위하려면 포위 층이 얇아질 뿐더러 다른 요새에 있는 레스프라트 군에 대해서도 방어 면에서 취약해질 것이라는 판단에서 디파 군은 세이드 성의 두 면을 마주 보고 진을 치고 있었다.

마침내 디파 군의 대규모 공세가 시작되었다. 공격을 알리는 북소리에 발을 맞추어 질서 정연하게 대열을 이루고 전진해 오는 디파 군의 모습은 위압감을 안겨주기에 충분했다. 성벽에 올라서서 그 광경을 바라보는 레스프라트 군에는 긴박한 긴장감이 넘쳐 났다.

"과연 정병들이라 전진하는 모습도 다르군요. 들판에서 마주쳤다가는 정말 어려웠겠습니다."

한 참모가 중얼거렸다. 샤트는 아무렇지도 않은 얼굴로 말했다.

"그랬더라면 기병 전력의 차이만으로도 상당히 힘든 전투가 되었을 겁니다. 우리 경우는 제대로 훈련된 기병이 전무하다시피 하니까요."

그렇게 말한 샤트는 성벽 안쪽으로 몸을 돌리고 큰 소리로 레스프라트 장병들에게 외쳤다.

"신의 사도들께서 우리와 함께하시며 신의 대의가 우리의 것이다. 각자 자리에서 물러서지 말고 적을 격퇴하라."

"와아아아~"

레스프라트의 장병들은 샤트의 말에 거센 함성으로 답했다.

화살이 다다를 정도의 거리에 이르자 양측에서 쏘아대는 화살들이 거대한 새 떼처럼 무리를 이루어 오갔다. 방패로 막고는 있었지만 양쪽 모두 부상자가 속출했다. 아무래도 성벽 위에 있는 레스프라트 군보다는 위에서 아래로 쏘는 화살의 대상이 되는 디파 군의 피해가 더 했으나 그럼에도 정예를 자랑하는 디파 군은 착실히 성벽으로 전진해 왔다. 마침내 성벽 밑에 다가온 디파 군과 아메트 군의 병사들은 돌을 매단 줄을 던지거나 사다리를 성벽에 대고 진입을 시도했다. 레스프라 트 군은 성벽 아래로 돌을 던지기도 하고 쇠스랑으로 사다리를 밀어내 며 필사적으로 적병의 진입을 막았다. 성문 쪽에서는 끝에 금속추를 단 커다란 나무등치로 성문을 파괴하려는 시도가 있었다. 성문 위에서 는 끓는 기름을 붓고 큰 돌을 떨어뜨려 적병을 공격했다. 샤트는 직접 성벽을 돌아다니면서 조금이라도 위험하다고 판단되는 곳이 있으면 병 력을 증원하고 병사들을 격려했다.

한동안 치열한 공방이 오간 끝에 디파 · 아메트 군의 진지에서 후퇴 를 알리는 북소리가 울렸다. 디파 군은 올 때처럼 신속하게 물러갔다. 첫 공격을 그것으로 끝낸 디파 군의 총사령부에서는 그날의 전투에 대 한 평가와 이후의 작전을 논의했다.

"오늘 전투에서 디르크 총사령관을 비롯해 레스프라트 군의 장성들 이 전혀 보이지 않더군. 그것으로 봐서도 소문이 틀림없는 사실인 것 같소."

코테르가 말했다. 파나로와 마콜리스도 그 점에서는 같은 생각이었 다.

"하지만 생각 외로 레스프라트 군의 저항이 거세었습니다. 사기도 충분히 좋은 것 같았구요. 저런 식이라면 세이드 성에서 꽤 버티지 않 을까 싶습니다."

파나로는 의외라는 투였다.

"레스프라트 군을 여기까지 데리고 온 솜씨도 그러했지만 디르크 총사령관을 대신해 레스프라트 군을 이끌고 있는 그 아들 역시 만만치 않은 상대라는 것이겠지요. 오늘의 전투로 봐서는 특별히 취약한 지점을 찾기가 어려웠습니다."

마콜리스가 말했다. 그러자 코테르는 코웃음을 쳤다.

"그 점을 인정한다 쳐도 식량이며 물자의 부족은 어쩔 수 없지. 그리고 겨우 공격 첫날인데 명색이 본대면서 그렇게 간단히 약점을 노출시키겠소? 저들의 물자 사정을 뻔히 알고 있는 터에 조급할 게 뭐 있겠소? 천천히 숨통을 조이다 보면 견디지 못하고 필경 나오게 될 것이오."

코테르는 자신의 승리를 굳게 확신하고 있었다.

레스프라트 군이 디파에서 후퇴한 날로부터 15일째를 맞이하는 새벽, 디파 남쪽 성문 탑 근처의 성벽에서는 작전의 다음 단계가 시작되려 하고 있었다. 일찍이 레스프라트 군 총사령관 디르크에게 사람을 보내어 협력 의사를 밝혔던 디파 군의 중대장 케리너 지그는 미리 정해진 작전 개시일에 따라 그날의 야간 당직을 자청해서 맡고 있었다. 디파에 있던 병력 상당수가 레스프라트 군을 추격해 나가고 성을 수비하기 위해 남은 병력은 평시의 1/5도 되지 않았다. 성문 탑의 수비대는 레스프라트 군 추격에 차출되지는 않았지만 그 대신 느슨해질 수밖에 없는 성벽 수비로 많이 빠져나가 있는 상태였다.

남쪽 성문 탑 수비대의 장교인 케리너도 평소라면 성문 탑에 있어야겠지만 그날은 남쪽 성벽의 수비를 맡고 있었다. 자정을 훨씬 넘긴 시각, 서서히 잠의 마수가 본격적으로 손을 뻗기 시작할 즈음 케리너는 자신이 맡은 곳의 성벽을 수비하는 병사들에게 미리 준비한 술과 음식을 돌렸다.

"이야~ 집에서 잔치라도 하셨습니까? 푸짐한데요."

"이거 죄송해서 어쩌죠. 아무튼 고맙습니다."

하루이틀 보아온 사이도 아닌지라 병사들은 추호의 의심없이 웬 횡재인가 기뻐하며 음식을 받아 들었다.

"아까 집에서 아내가 보내왔더군. 아이를 가졌다는 거야. 4년 전에 첫애가 태어난 뒤 죽 아이가 없었잖나. 큰 애가 몸까지 약해서 걱정이 많았는데, 빨리 내게 그 자랑이 하고 싶었던 게지. 아무튼 이제 한시름 덜겠어."

심장이 불안과 긴장으로 터져 나갈 것 같았지만 케리너는 너털웃음을 지으며 기쁨을 가장했다.

"그렇습니까? 축하드립니다."

"덕분에 저희가 횡재하는군요."

추격군이 디파를 출발한 지도 십여 일이 지나는 동안 디파의 모든 성문은 여전히 굳게 닫혀 있었으나 디파 성내에서는 지루하리만치 조용한 나날이 흐르고 있었다. 레스프라트 군은 멀리 뿔뿔이 흩어져서 달아났고, 추격군이 부지런히 레스프라트 군 본대를 뒤쫓고 있다는 소식에 자연히 수비대 병사들은 긴장을 풀고 편안한 상태로 있었다. 그런 차에 중대장이 직접 맛난 음식과 술을 가져와 권하니 누구도 사양하지 않았다.

"잘 먹겠습니다, 중대장님."

밤이 깊은 지도 오래여서 슬슬 허기를 느끼던 참이라 병사들은 기분좋게 음식을 먹기 시작했다. 특히 그들의 입맛을 끈 것은 차게 식힌 과일 음료였다. 후텁지근한 밤이어서 갈증을 느끼고 있던 병사들은 너도 나도 두어 잔씩 마셔댔다. 제법 큰 통에 담겨 있던 음료는 금방 남김없이 동이 났다. 케리너는 흐뭇하게 그 모습을 지켜보았지만 자신은 아무것도 입에 대지 않았다.

얼마 뒤 즐겁게 먹고 마신 병사들은 갑작스럽게 더욱 극성스러워진 졸음을 이기지 못하고 하나둘 성벽에 기대어서 잠이 들어버렸다. 케리너와 그가 믿고 있는 몇 명의 심복들은 그들을 대신해 서서 다른 곳에서 볼 때 아무 일도 없는 것처럼 보이게 위장했다.

약속한 시간이 점점 다가오고 있었다. 성벽에서 성문 탑으로 통하는 문을 열어놓고, 미리 약속되어 있던 지점에서 특공대의 연락을 초조하게 기다리고 있는데, 성벽 아래에서 화살촉이 없는 화살 한 대가 길게 포물선을 그리며 올라와 성벽 위에 툭 떨어졌다. 신호로 사용하는 화살이었다.

"주위를 잘 살펴라."

케리너는 낮은 소리로 부하들에게 이르고 자신은 횃불을 하나 집어 들어 정해진 신호를 그렸다. 그러자 그 지점으로 밑에서 무엇인가가 휙 날아오더니 성벽을 넘어와 바닥에 떨어진 뒤 스르륵 아래로 움직여 흉벽 안쪽에 걸렸다. 여러 갈래로 갈라진 갈고리였다. 그리고 얼마 지나지 않아 성벽 너머로 사람의 머리 같은 것이 쑥 올라왔다. 그 신속함에 놀라면서 손을 잡아 상대를 올려주려던 케리너는 상대방의 얼굴을 본 순간 화들짝 놀라서 손을 뻗은 채 멍하니 있었다. 성벽을 가장 먼저 올라온 것이 철인간 삼룡이였던 것이다. 펠레즈와 마찬가지로 위대한 도시인 디파의 건설기에도 고대의 철인간들이 다수 있었고, 펠레즈의 시간의 관만한 규모는 아니어도 철인간들이 모셔진 건물이 있었다. 대대로 디파 토박이인 케리너도 당연히 그곳에 가보았고 철인간에 대해

서도 알고 있었다. 그러나 이렇게 살아 움직이는 철인간이 눈앞에 나
타나니 얼떨떨할 따름이었다.

―안녕하십니까?

삼룡이는 공손하게 케리너에게 인사하곤 곧장 몸을 돌려 자신이 타
고 온 줄을 잡더니 아래에 있는 사람을 끌어 올렸다. 다음으로 올라온
것은 카라인 대장이었고, 그 뒤로 다른 대원들이 차례로 올라왔다. 성
벽 아래에서 대원들이 줄을 잡기가 바쁘게 삼룡이는 순식간에 그들을
성벽 위로 올렸다. 덕분에 50명에 달하는 특공대원 전원이 성벽에 올
라서는 데 걸린 시간은 얼마 되지 않았다. 그들은 모두 얼굴에 숯을 물
에 개어 발라서 새까맣게 위장하고 몸에는 흉갑조차 걸치지 않은 가벼
운 차림이었다. 단 한 명의 예외는 아르데였다. 그녀는 무술 대회 때
입고 있던 고대의 갑옷을 착용하고 있었는데, 생김새도 지금의 갑옷과
다르거니와 움직여도 소리가 나지 않고 금속 같으면서도 빛을 반사하
지 않았다. 케리너와 부하들에게 그들의 그런 모습은 무척 이질적이고
기이하게 느껴졌다. 카라인은 대원이 전부 올라온 것을 확인하고 케리
너에게 다가가 짧게 말했다.

"고츠 카라인입니다. 시작합시다."

"케리너 지그입니다. 성공을 빌겠습니다. 레스프라트 만세."

케리너는 카라인에게 인사하곤 미리 가져다 놓은 큰 물통을 가리켰
다.

"물을 준비했습니다. 제어실에는 물이 없으니 가져가시는 게 좋을
겁니다."

"고맙습니다."

카라인과 대원들은 빠른 동작으로 각자 지참하고 있는 가죽 주머니

에 물을 채웠다. 본격적으로 행동을 개시하기 전 카라인은 대원들에게 마지막으로 명령을 확인했다.

"오늘 동이 트기 전에 각자 맡은 지역을 장악하라. 실패는 용납되지 않는다. 중간에 마주치는 적은 되도록 피하되 여의치 않을 때는 흔적 없이 조용히 처리하라. 아침이 되기 전에 절대 우리의 존재를 눈치 채게 해서는 안 된다."

"예."

모두 작지만 절도있는 목소리로 대답했다.

"작전을 개시한다."

카라인의 말이 떨어지자 몇몇 대원들은 팔뚝에 달린 주머니에서 작은 모래시계를 꺼내 뒤집어서 다시 주머니에 넣었다. 그리고 삼룡이를 포함해 전원 최대한 몸을 낮추고 성문 탑으로 들어가는 문을 향해 민첩하게 뛰어갔다. 케리너와 부하들은 성벽의 수비에 이상이 없어 보이도록 계속 그 자리를 지켜야 했기 때문에 남아 있었다.

"저 사람들, 뭔가 많이 이상하군요. 복장도 그렇고 명령도 묘하고."

케리너의 부하 중 한 명이 낮게 중얼거렸다. 케리너가 대답했다.

"듣자 하니 신의 사도들이 양성하신 특별한 전사들이라 하더군."

"그나저나 철인간이 제 눈앞에서 움직이다니, 아직도 믿어지지 않는군요."

다른 부하가 그때까지도 실감이 나지 않는지 어느새 조용히 닫히는 성문 탑의 출입문 쪽을 흘끔거리며 말했다.

"그야말로 대의가 우리에게 있다는 증거지. 위대한 도시 디파는 위대한 도시 펠레즈와 더불어 고대의 진정한 계승자이며 레스프라트의 두 축 중 하나다. 결코 마니어 일가의 사유지가 아니야. 그뿐 아니라

고대의 영광을 체현하는 신의 사도들께서 레스프라트에 계시다는 건 곧 레스프라트의 부활이 정의이자 대의라는 뜻이다. 나는 디파를 본래의 자리로 되돌리는 일에 보탬이 되고자 하는 것이지 다른 뜻은 없다."

케리너의 확신에 찬 주장에 부하들도 조용히 공감하는 표정을 지었다.

"나중에 기회를 보아 우리도 제어실 중 한곳에 합류한다. 지금은 다들 자리를 지키도록."

한편 남쪽 성문 탑 안으로 들어간 특공대원들은 그림자처럼 은밀히 성문 탑의 핵심부를 향했다. 거대한 성문을 포함하고 있는 성문 탑은 성문 위쪽만으로도 6층에 달하는 거대한 규모로 그 자체가 하나의 독립적인 성채라 할 만했다. 미로처럼 복잡한 통로였지만 카라인은 전혀 헤매는 일 없이 대원들을 이끌고 나갔다. 그의 머리 속에는 성문 탑 전체의 구조가 손바닥 들여다보듯 환하게 들어 있었다.

성문 탑의 성문을 제어하는 장치는 총 5개의 제어실에 나누어져 있어, 그 다섯 곳을 동시에 장악하지 않으면 성문을 마음대로 열고 닫을 수 없는 구조로 되어 있었다. 그래서 특공대원들은 6층의 2개 실과 성문 옆쪽에 자리한 제일 아래의 2개 실, 그리고 3층의 중앙 제어실로 구성된 다섯 곳의 제어실을 일시에 장악하고 성문을 여는 조작을 해야 했다. 다섯 곳의 제어 장치를 무력화시키는 핵심 열쇠가 있기는 하였으나 그것은 디파의 성주만이 가지고 있으며 항시 휴대하고 있는 것으로 알려져 있었다. 그리고 설령 그 열쇠가 디파 성내에 있다고 해도 3층에 있는 중앙 제어실에서 사용하는 것이기 때문에 일단 성문을 연 뒤 그곳을 끝까지 지키면 성문을 다시 닫을 수는 없을 터였다.

　도중에 특공대원들은 10명씩 5개의 팀으로 갈라져서 각자의 목표 지점으로 향했다. 카라인이 이끄는 팀은 가장 중요한 3층의 중앙 제어실을 맡았고, 나머지 네 곳의 제어실에 각각 한 팀씩 배치되었다. 6층과 성문 측면에 있는 4개의 제어실은 하나의 좁은 복도를 낀 작은 방처럼 생긴 구조였으나 3층의 중앙 제어실만은 여러 개의 복도로 연결된 작은 홀 같은 구조로 유사시 지휘소의 역할을 할 수도 있는 곳이었다.

　복도와 홀 사이에는 문이 없이 그대로 트여 있고, 한가운데에 제어 시설이 있으며 굵은 원통형 기둥이 홀 가 쪽으로 빙 둘러가며 서 있었다. 제어판을 에워싸는 형태로 항시 4명의 전사들이 배치되어 있었는데, 그들은 일반 군인이 아닌 특수 신분의 전사들로 어떤 경우에도 그곳을 떠나지 않게 되어 있었다. 따라서 중앙 제어실이야말로 가장 장악하기 힘들고 지키기도 어려운 곳이었다.

　카라인이 이끄는 팀에는 아르데와 라얄 등이 속해 있었고 삼룡이도 그들을 따르고 있었다. 삼룡이는 등에 배낭과 작은 금속판을 둘러메고 있었다. 중앙 제어실로 통하는 여러 개의 복도 중에서도 가장 안전한 루트로 전진한 그들은 목표 지점에 다다를 때까지 누구의 눈에도 띄지 않게 접근하는 데 성공했다. 복도가 끝나고 중앙 제어실의 불빛이 비치는 지점에서 그들은 일단 멈추었다. 카라인이 뒤를 돌아보자 그의 바로 뒤에 있던 대원이 모래시계를 꺼내 확인하고 손가락으로 둘을 세어 보였다. 모래시계를 두 번 뒤집었다는 뜻이었다.

　모래시계는 그러고도 절반 정도 내려와 있었다. 카라인은 자신의 손가락으로 숫자 둘을 세어 보이고 다른 손으로 홀을 가리켰다. 다들 고개를 끄덕이고 기회를 엿보다가 카라인을 시작으로 홀 가 쪽을 빙 둘러싸고 있는 기둥으로 이동해 한 사람씩 몸을 숨겼다.

홀을 지키고 있는 사람들은 듣던 대로 총 4명이었으며, 훌륭한 무장에 차림새도 일반 병사들과는 달랐다. 하지만 그 4명이 전부는 아니었다. 카라인이 가지고 있는 정보에 따르면 12명이 3교대로 홀을 경비하며 홀을 지키는 4명 이외에 적어도 4명은 항시 홀에서 멀지 않은 곳에 있었다. 거기다 비상 사태가 발생하면 언제든지 홀로 달려올 수 있는 병사들도 3층 곳곳에 배치되어 있었다. 그러므로 함부로 시간을 끌다가는 낭패를 볼 수 있었다. 어떻게 해서든 가장 가까이에 숨어서 접근하여 재빨리 4명을 제압하고 제어판을 장악해야 했다.

홀의 정중앙에는 1m 정도 높이의 커다란 원통형의 금속체가 놓여 있었다. 그것이 중앙 제어실의 제어판이었다. 현재는 제어판에 열쇠가 꽂혀 있지 않지만, 성문 탑 내부도의 기록에 따르면 열쇠는 홀 바깥으로 가지고 갈 수 없게 되어 있으므로 저 안 어딘가에 있을 터였다.

기둥 뒤에 저마다 몸을 숨긴 카라인과 대원들은 꼼짝 않고 대기했다. 다섯 군데의 제어실에서 동시에 움직여야만 성공을 담보할 수 있었기에 미리 정해둔 시간을 기다리는 것이었다. 만약 한곳에서라도 먼저 움직였다가는 다른 제어실의 방비가 강화되어 동시에 다섯 곳을 장악하기는 한층 어려워질 터였다. 마침내 모래시계를 보고 있던 대원이 손가락으로 동그라미를 그려 보였다. 그것을 본 카라인은 손으로 다른 대원들에게 행동 개시를 지시했다. 대원들은 살금살금 움직여 4명의 전사들에게 조금씩 접근했다.

휙! 카라인이 단검을 던져 한 명의 등에 맞추었다. 그리고 곧장 뒤에서 덮쳐 그의 목을 베었다. 그와 동시에 대원들이 일제히 움직였다. 평소에 사용하는 큰 활 대신 작은 활을 가지고 온 라얄은 활을 쏘아 두 번째 전사의 목줄기를 꿰뚫었다.

한편 등에 차고 있던 긴 검을 뽑은 아르데는 자신을 노리고 달려드는 한 전사의 검을 자신의 검으로 받아 흘리고 곧장 그의 목을 찔렀다. 그리고 상대의 목에서 검을 빼자마자 뒤에서 그녀를 내려치는 다른 전사의 큰 도끼를 피하면서 검을 뒤로 돌려 적의 복부를 꿰뚫었다. 그녀의 빠르면서도 치명적인 공격에 순식간에 두 남자가 나가떨어졌다. 그 신속함에는 카라인조차도 놀란 듯했다. 복부를 관통당한 남자는 바닥으로 나뒹굴었으나 숨을 거두기 전 떨리는 손으로 허리에 차고 있던 뿔피리를 간신히 집고 마지막 힘을 다해 불었다. 삐이익~ 날카로운 소리가 홀 전체로 울려 퍼졌다.

"곧 적들이 몰려올 것이다. 빨리 열쇠를 찾아라."

카라인은 제어판의 앞을 가로막으며 침착하게 지시했다.

"이것인 것 같습니다. 제어판 측면에 걸려 있었습니다."

원통 제어판의 주위를 살펴보던 대원이 길쭉하게 생긴 통을 집어 들고 말했다.

"빼내서 꽂노록. 나머지는 제어판을 중심으로 둘러서서 적이 접근하지 못하도록 한다."

"예."

카라인의 명령을 받은 대원은 서둘러 통을 열어 안의 것을 꺼냈다. 안에 든 것은 길쭉한 모양의 투명한 봉이었다. 길이는 7, 80㎝정도에 육각형의 봉으로 매끈하게 다듬어져 있었는데, 윗부분이 굵고 아래로 내려갈수록 가늘어지는 생김새였다. 수정봉의 양끝은 평평하게 깎아져 있었다. 그는 그것을 제어판 가운데에 나 있는 구멍에 끼워 넣었다. 그러자 수정봉은 미끄러지듯이 안으로 부드럽게 밀려들어 가 끝까지 잠겨 들어갔다.

“열쇠가 맞습니다.”

“됐군.”

카라인이 대답하는 순간 여러 복도에서 와글와글 밀려들어 오는 적병들의 모습이 보였다.

“무슨 일입니까?”

“이 시간에 웬일입니까?”

의아한 목소리로 소리치면서 달려온 디파 병사들은 홀 안의 광경에 망연해서 우르르 멈춰 섰다. 잠시 동안 어색하고 무서운 침묵이 지나갔다. 곧 상황을 깨닫고 성문 탑 수비대의 장교가 소리쳤다.

“제어판에서 제어봉을 빼내야 한다. 저자들을 쳐라.”

그 말이 떨어지자마자 홀 내부는 순식간에 아수라장이 되었다. 카라인과 특공대원들은 제어판을 에워싸고 적과 뒤섞여 싸웠다. 그 와중에도 삼룡이는 태연자약한 태도로 가지고 온 금속판을 머리에 모자처럼 쓰고 끈으로 고정시키더니 메고 있던 배낭을 내려 그 안에 든 물건을 꺼내고 제어판 한쪽에 자리를 잡았다. 그가 꺼낸 것은 발로 굴러서 칼이나 무기를 가는 숫돌이었다.

“철인간이… 움직인다……”

“진짜 철인간이잖아?”

삼룡이를 알아본 디파의 병사들은 움직이는 철인간을 목도하고 어쩔 줄을 몰라 하며 머뭇거렸다. 그런 그들에게 장교가 소릴 질렀다.

“지금 그런 게 문제야? 어서 제어봉을 되찾아야 한다! 공격해!!”

그러나 그렇게 말한 장교 본인은 물론 디파의 병사들도 삼룡이에게는 다가가지 않았다. 삼룡이는 치열하게 벌어지는 전투와는 무관하게 평온한 얼굴로 자리를 지키고 앉아서 갈아야 할 칼이나 무기가 오기를 기다리고 있었다. 카라인과 대원들의 전투력도 대단했지만 아르데의 무용은 타의 추종을 불허했다. 고대의 갑옷으로 전신을 감싼 그녀는 한 치의 망설임이나 주저함없이 긴 검을 가볍게 휘두르며 적을 베어냈다. 고대의 검으로서 가진 명성에 걸맞게 아르데의 검에 부딪치면 상대방의 무기는 예외없이 날이 빠지거나 금이 가버리곤 했다. 라얄은 아르데의 근처를 돌면서 화살이 떨어질 때까지 쉴 새 없이 활을 쏘았다. 어지럽게 얽힌 혼전 속에서도 라얄의 화살은 빗나가는 법이 없었다. 한참 난전이 계속되고 있는데 복도 여기저기에서 허겁지겁 달려온 성문 탑 수비대의 병사들이 외쳤다.

"6층의 다섯 번째 제어실을 적에게 점거당했습니다."

"6층 네 번째 제어실에 적이 침입했습니다!"

"성문 측면 두 번째 제어실이 조금 전 적에게 넘어갔습니다."

잇달아 들어오는 소식에 중앙 제어실에 있던 디파 군은 혼란에 빠졌다.

"수비대장님은 뭐 하시는 거냐? 그걸 왜 내게 보고해?"

장교가 버럭 성을 냈다.

"수비대장님께도 지금쯤 연락이 갔을 겁니다."

구원을 청하러 왔던 병사들도 중앙 제어실에서 벌어지는 상황을 보고 어찌할 바를 모른 채 허둥거렸다. 그런데 그때 우우우우~ 바닥이 가볍게 진동하면서 묵직한 기계 음이 들려왔다. 성문이 열리는 소리였다. 모든 제어실을 장악하는 데 성공했다는 뜻이었다.

특공대원들은 더욱 기운을 차렸고 성문 탑 수비대는 당혹감을 감추지 못했다. 그들은 특공대와 싸우는 한편 다른 제어실 쪽으로 병력을 나누고 성문 탑의 수비대장에게 다른 곳의 병력 증원을 청하도록 요청하는 등 대응에 부산했다. 그리고 얼마 후 수비대장으로부터 일단 물러나서 전열을 재정비하라는 명령이 도착했다. 이미 많은 병사들이 희생되었던 터라 수비대는 명령을 받자마자 곧장 빠르게 빠져나갔다.

죽거나 부상당한 사람들은 수비대가 빠져나가며 수습해서 떠났으나 그들이 흘린 피가 바닥에 흥건하게 있어 조금 전의 격전을 말해 주고 있었다. 특공대원들은 겨우 한숨 돌리고 상처를 치료했다.

"성문을 열기 위해 다섯 곳의 제어실을 장악해야 하는 것과 마찬가지로 성문을 닫기 위해서도 다섯 곳의 제어실이 모두 필요하다. 그러므로 디파의 수비대는 병력을 다섯 곳으로 나눌 수밖에 없을 것이다. 게다가 대다수의 병력을 코테르 성주가 끌고 나갔기 때문에 디파 성내에 남은 병력은 많지 않다. 다른 성문 탑과 성벽의 방비도 비울 수는 없을 것이므로 이곳에 보낼 수 있는 병력은 한정되어 있다. 아군 별동대는 늦어도 3일 내에 도착하게 되어 있다. 별동대가 디파 성내에 진입할 때까지는 무슨 일이 있어도 이곳을 사수해야 한다."

"예."

모두 카라인의 명령을 비장한 각오로 받아들였다. 그들의 한 옆에서는 삼룡이가 조금 전까지 벌어진 격전에서 상하거나 무디어진 특공대의 무기를 모아 피와 기름을 닦아내고 숫돌에 갈고 있었다. 그는 인간을 해치지 못하게 되어 있는 고대 철인간의 기본 프로그램을 따르고 있어 전투에는 가담할 수 없었으나 특공대, 특히 카라인 팀의 활동을 보조하고 마리나 자매와 연락을 주고 받는 역할을 맡고 있었다.

남쪽 성문 탑을 장악당하고 성문이 열렸다는 소식은 곧장 디파의 성주관에 들어갔다. 코테르 성주를 대신해 디파를 지키고 있던 성주의 장남 타딜은 미처 잠에서 제대로 깰 틈도 없이 허둥지둥 회의실에 나갔다. 그곳에는 성주관의 수비대장과 파나로 사령관을 대리하고 있는 테커 장군 등이 모여 있었다.

"남쪽 성문 탑을 장악당했다니… 대체 어떻게 된 일이오?"

타딜은 아직도 이것이 꿈인지 생시인지 분간이 가지 않아 어리둥절한 상태였다.

"저도 어찌 된 영문인지 모르겠습니다."

테커 역시 어지러운 표정이었다.

"그럼 그게 정말 사실이란 말이오?"

타딜의 음성이 높아졌다. 테커는 감히 타딜을 똑바로 보지도 못하고 작은 소리로 대답했다.

"예, 그런 모양입니다."

"대체 누가 그런 짓을 했다는 말이오?"

"자세한 것은 모르겠지만 레스프라트 군인 것 같습니다. 남쪽 성문 탑의 수비대장 모네리의 보고에 따르면 숫자는 많지 않으나 고도로 훈련된 정예인 것 같다고 합니다."

"적이 몇 명이기에 다섯 군데의 제어실을 전부 장악당했단 말이오? 수비대는 대체 뭘 하고 있었소?"

타딜은 힐난조로 추궁했다.

"모네리 수비대장의 말로는 어찌 된 영문인지 성문 탑의 내부를 속속들이 알고 있었던 것 같다고 합니다. 어디선가 기척도 없이 숨어들어 와 갑자기 다섯 곳의 제어실에 동시에 출몰했다고 합니다."

"어떻게 그런 일이 있을 수 있소? 성문 탑의 내부가 어떻게 적에게 알려질 수가 있어? 혹시 모네리 그자가 문을 열어준 것 아니오? 아무리 아버님이 안 계시기로 이렇게 기강이 해이해질 수가 있소?"

타딜은 매섭게 테커를 몰아붙였다. 테커의 얼굴이 시뻘게졌다.

"모네리가 그럴 리는 없습니다. 지금 수비대를 이끌고 제어실을 되찾으려고 애쓰고 있는 중인 것으로 압니다."

"그가 아니라도 누군가가 제어실의 위치와 성문 탑의 내부를 알려줬단 말 아니오? 들키지 않고 제어실에 바로 나타났다는 이야기로 미루어 볼 때 성문 탑 내부를 전부 알지 않고는 불가능한 이야기 아니오?"

"그렇기는 합니다만, 누구의 짓인지 알아내기는 어렵습니다. 성문 탑 제어실의 경우는 경비를 맡은 전사들 외에는 함부로 출입할 수 없게 되어 있어 성문 탑 수비대라 할지라도 자세히 알지는 못합니다. 그리고 제어실의 경비를 맡은 전사들도 자신들이 맡은 곳 이외에는 출입하지 못하게 되어 있고요."

테커가 이유를 말하는데 타딜이 짜증스럽게 내뱉었다.

"됐소. 그런 것은 나중에 따지고 어서 수습해야 할 것 아니오? 빨리 침입자들을 섬멸하고 성문을 다시 닫으시오!"

그러자 다른 장군이 말했다.

"그러자면 남쪽 성문 탑에 지원 병력을 보내야 하지 않겠습니까? 모네리 수비대장이 현재의 병력만으로는 다섯 곳의 제어실을 모두 되찾기 어렵다고 지원을 요청해 왔습니다."

그 말을 들은 타딜이 테커에게 물었다.

"남쪽 성문 탑에 현재 병력이 어느 정도 있소?"

"300명이 조금 못 되는 것으로 알고 있습니다."

"적은 몇 명이오?"

"정확한 숫자는 알 수 없으나 대략 5, 60명 선인 모양입니다. 하지만 성문 탑의 경우는 각 제어실로 통하는 복도가 원채 좁은 데다 제어실의 공간도 넓지 못해서 한 번에 많은 숫자를 투입할 수가 없습니다."

"그렇다고 해도 적의 몇 배가 넘는 병력을 가지고 그만한 침입자를 해결하지 못한다는 말이오? 한 번에 많이 투입할 수 없으면 적이 지칠 때까지 계속 병사들을 집어넣으면 될 것 아니오?"

타딜은 한심하다는 듯이 인상을 찌푸렸다. 테커는 난처한 얼굴로 말했다.

"자세히는 모르겠습니다만, 적이 여간 정예가 아닌 모양입니다. 모네리의 보고에 따르면 벌써 꽤 많은 병사들이 죽거나 다쳤다고 합니다."

"정말 칠칠치 못한 자로군. 어떻게 그런 자가 성문 탑의 수비대장을 하고 있었는지. 정 그러면 테커 장군께서 알아서 증원을 해주시오."

타딜은 짜증을 내며 말했다.

"성문 탑에 병력을 더 보내려고 해도 현재 상황이 여의치 못합니다. 다른 성문 탑이나 성벽을 수비하는 병력에서 빼기는 어렵습니다. 혹시라도 다른 곳에 적군이 숨어 있을지도 모르는 일이라 그곳만큼은 지금 정도의 인원이 있어야 합니다."

"그럼 시내의 요새에서 보내면 될 것 아니오?"

"그렇긴 합니다만, 그것도 수가 많지 못합니다. 전부 남쪽 성문 탑으로 보내자니 앞으로 무슨 일이 있을지도 모르는 상황에서 시내를 무방비로 만들기도 그렇고……."

테커의 소극적인 태도에 답답해진 타딜은 발칵 역정을 냈다.

"아니, 이것도 안 된다, 저것도 안 된다, 안 된다는 소리만 하면 대체 뭘 어쩌자는 말이오? 그렇다고 성문을 저렇게 활짝 열어놓은 채로 두자는 거요? 그리고 시내에 일이 생기면 무슨 일이 생길 거라고 그러시오?”

“생각해 보십시오. 레스프라트 군이 성문 탑을 장악하고 성문을 연 데는 분명 이유가 있지 않겠습니까?”

“하지만 레스프라트 군은 전부 멀리 후퇴해 가지 않았소?”

“그것은 저도 알고 있습니다. 그래서 잘 이해가 되지는 않지만, 그래도 아무 이유 없이 저지르는 일이라 보기에는 너무 무모합니다.”

테커의 말을 듣고 있던 타딜의 얼굴에 불안한 빛이 스쳤다. 그는 다급히 테커에게 물었다.

“혹시 이 가까이에 레스프라트 군이 매복하고 있는 것 아니오?”

“저도 그 생각을 해보았습니다만, 그렇게 보기도 어렵습니다. 코테르 성주께서 추격군을 이끌고 나가시기 전에 선발대가 여러 방향으로 나가서 사방을 멀리까지 살폈지만 그런 흔적은 분명히 없었던 것으로 알고 있습니다.”

“하지만 테커 장군의 말씀대로 뭔가 이유가 있을 것 아니오? 설마 목적도 없이 죽을 짓을 하겠소?”

말을 멈춘 타딜은 갑자기 걱정스러운 눈빛이 되어 말했다.

“그럴 리는 없겠지만 혹시나 싶어하는 말인데, 아버님의 군대가 레스프라트 군에게 패하거나 한 것은 아닐 테지.”

“레스프라트 군은 식량이며 무기까지 버려두고 급히 달아났습니다. 비록 숫자가 많다고는 하나 병사들의 질도 낮고 물자 부족을 겪고 있을 터입니다. 들판에서 정면 대결을 벌인다면 디파 군이 그리 쉽게 패할 리가 없습니다.”

“그렇겠지?”

테커의 강한 부정에 타딜은 조금 마음을 놓다가 다시금 고개를 갸웃거렸다.

"정말이지 영문을 모르겠군. 분명히 이유가 있을 텐데… 그래도 혹시 모르니 주변에 정찰대를 보내보시오."

"알겠습니다."

테커가 대답했다. 타딜은 무엇을 생각해서인지 망설이는 기색으로 주저하다가 성주관의 수비대장 와드에게 지시를 내렸다.

"아버님께 전령을 보내시오. 여기서 알아서 처리해야 할 일이기는 하지만, 아무튼 이 사실을 알려 드리는 것이 좋을 것 같소. 적들의 동향이 심상치 않으니 조심하시라고 전하라 하시오."

"예."

본래라면 요새 간의 연기 신호로 빠르게 연락을 취할 수 있을 터이지만, 디파 이외의 모든 성과 요새를 소개하고 온 터라 디파를 나가 있는 코테르에게 연락을 취할 방법이라고는 직접 전령을 보내는 수밖에 없었다. 그때 다른 사람이 말했다.

"남쪽 성문 탑의 병력 증원은 어떻게 합니까?"

"그 문제는 아까도 말했지만 테커 장군께서 알아서 처리하시오. 성문 탑과 성벽의 병력은 두고 다른 곳에서 보낼 수 있는 병력을 모아 보내면 될 것 아니오?"

"알겠습니다."

테커가 떨떠름하게 대답하는데 증원을 거론했던 이가 조심스럽게 말했다.

"아까 테커 장군께서 말씀하셨듯이 시내의 요새나 시설에 있는 병력을 전부 보내는 것은 나중에라도 문제가 될지도 모릅니다. 성주관에 배치된 병력을 일부 이동시키면 어떻겠습니까?"

　그 말이 떨어지기가 무섭게 타딜은 대뜸 불쾌한 투로 쏘아붙였다.

　"시내를 무방비로 둘 수 없느니 뭐니 하면서 성주관의 병력을 빼내겠단 말이오? 그토록 완벽한 방비를 자랑해 온 성문 탑도 제대로 지키지 못하고 적에게 장악당하는 마당에 성주관이라고 안전할 수 있겠으며, 내가 어떻게 여러분을 믿고 안심하고 있을 수 있겠소? 병력 부족이니 뭐니 핑계대지 말고 어서들 가서 남쪽 성문 탑을 되찾으시오. 이런 일이 일어났다는 것 자체가 수치스럽소. 나중에 아버님이 돌아오시면 뭐라고 하시겠소?"

　타딜의 강한 비난에 테커를 비롯한 사람들은 크게 위축되어 몸둘 바를 몰라 했다. 타딜은 성주관의 수비대장 와드에게 명령했다.

　"지금부터 성주관의 주 출입구를 봉쇄하고 방비를 강화하시오. 그리고 신분이 확실치 않은 자는 절대로 성주관에 들어서는 안 되오."

　"명심하겠습니다."

　와드가 답했다.

　"회의는 이만 합시다. 여기서 더 시간을 끌어봤자 상황만 더 나빠질 테니. 테커 장군은 빨리 남쪽 성문 탑을 되찾는 일에 주력하시오."

　타딜은 회의를 끝내고 먼저 회의실을 나갔다. 테커 등은 석연치 않은 얼굴로 일어났다. 그들 중 누구도 성문 탑을 점거한 레스프라트 군의 진의를 아직 파악하지 못하고 있었다. 그러나 뭔가 불길한 일이 일어날 것 같다는 느낌이 그들의 뇌리를 짓누르고 있었다.

　"정말 모를 일이야. 레스프라트 군 전부가 달아난 것을 틀림없이 확인했는데, 무엇을 믿고 저런 무모한 짓을 하고 나선 거지?"

　테커는 머리를 갸웃거리면서 성주관을 나섰다.

후퇴 도중 반전하여 디파를 향한 클루오와 별동대가 디파에 도착한 것은 방향을 돌린 지 6일째 날의 새벽이었다. 무거운 갑옷이며 텐트, 여분의 식량을 전부 버리고 최대한 몸을 가볍게 만들어서 달려온 결과였다. 5일째 저녁 무렵 보병들의 대열에서 멀리 앞으로 나가 전방을 살피며 돌고 있던 기병 선발대가 디파에서 나온 것이 분명한 적 정찰대를 발견하고 추격 끝에 전원 사살했다는 보고가 있은 뒤, 별동대의 행보는 더욱 가속화되었다. 디파에서 정찰을 나왔다는 것 자체가 그들에게는 희소식으로 받아들여졌던 것이다.

"성문이 열려 있습니다!"

전날의 작은 충돌 이후 더욱 활발하게 대열의 전방을 감시하고 다니던 기병 선발대 일부가 보병 대열로 돌아오면서 목청껏 외치는 소리에 대열 전체에서 엄청난 환호성이 터져 나왔다.

보병 대열의 안쪽에서 병사들과 달리고 있던 클루오 역시 끓어오르는 흥분과 감격을 주체할 수 없을 지경이었다. 체력 문제 때문에 줄곧 뛰지는 못하고 기병들과 말을 탔다가 보병들과 함께 뛰기를 반복하면서 여기까지 온 그는 디파가 가까워질 무렵부터는 보병들 사이에 있었다. 너무 기뻐서 마구 고함이라도 지르고 싶었지만 그는 가까스로 그런 마음을 억누르고 목소리를 가다듬어 전령들에게 명령을 하달했다.

"기병들은 먼저 달려가서 적군이 성문 앞으로 몰려나와 가로막으려 하기 전에 성내로 진입하라. 그리고 보병들은 이제부터 나와 더불어 디파를 접수하러 간다. 성내로 진입한 이후, 메로노 대령은 3,000을 이끌고 서쪽 성문 탑으로, 라켈 대령은 역시 3,000을 이끌고 동쪽 성문 탑으로 향하라. 디파의 성문 탑은 구조가 복잡하고 장치가 많으므로 서둘러 장악하려 하기보다는 단단히 포위하고 적의 숫자를 줄이는 일에 주력하라. 나머지 병력은 나의 지휘 하에 성주관을 향해 간다. 성내에 점재한 작은 요새들은 무시하고 성주관과 성문 탑들을 주요 목표로 삼는다. 전군, 돌격!"

클루오의 명령이 떨어지기가 무섭게 전령들이 바삐 말을 달리며 대열 전체에 그의 명령을 전했고, 곧 기병들이 함성을 지르며 디파를 향해 뛰기 시작했다. 이에 질새라 보병들도 기세를 올리며 그 뒤를 따랐다.

"와아~ 승리다!"

"만세!"

"우린 이제 영웅이다!"

그들은 벌써 디파를 점령하기라도 한 것처럼 환희에 차서 목청껏 소리를 질러댔다. 여러 날째 잠자는 시간과 짬짬이 취한 휴식 시간 외에는 내리 달려와서 지쳤을 법도 했지만, 성문이 열려 있다는 소식은 별동대의 장병들에게서 그간의 피로를 흔적도 없이 걷어가 버렸다. 어디에서 그런 기운이 나는 것인지, 그들은 클루오의 독려없이도 신들린 사람처럼 펄쩍펄쩍 뛰면서 성문을 향해 신나게 달렸다.

별동대가 내지르는 우렁찬 함성은 들판에 메아리치며 성벽과 성문탑에 있는 모든 사람들에게 똑똑히 들렸다. 곧 남쪽 성벽의 초소에서 적의 내습을 알리는 커다란 나팔 소리가 울리고, 곳곳에서 다급한 외침이 잇달았다. 그렇지 않아도 성문이 열려 있다는 사실에 불안감을 느끼며 제어실을 되찾으려 애쓰고 있던 디파 수비군은 이 사태 앞에 어찌할 바를 모르고 공황 상태에 빠져들었다.

반면 이틀 동안 거의 쉬지도 못하고 힘겨운 사투를 치르고 있는 카라인을 비롯한 특공대 사람들에게 별동대의 함성은 구원의 빛과도 같았다. 기세등등한 그 함성은 누가 들어도 공격에 나서는 소리가 분명했다.

"아군 별동대가 도착했습니다. 현재 기마대가 성문으로 진입해 오고 있습니다."

삼룡이가 카라인에게 말했다. 인공위성으로 계속 상황을 체크하고 있던 바다와 우진이 알려준 사실을 전한 것이었다. 아군일 것이라 생각하면서도 그때까지는 혹시나 하는 마음에 긴장을 풀지 못하고 있던 대원들은 격한 감정을 숨기지 못했다.

"우리가 해냈습니다, 대장!"

대원들과는 달리 카라인만은 전혀 흥분하는 기색없이 냉철한 자세를 유지했다.

"별동대가 디파에 입성하여 성내를 완전히 장악할 때까지는 끝난 것이 아니다. 모두 침착하게 자신의 자리를 지켜라. 적이 물러난다고 해서 함부로 움직여서는 안 된다."

카라인의 엄한 명령에 대원들은 흥분을 가라앉히고 제어판을 둘러싼 채 중앙 제어실의 방어를 계속했다. 디파 군의 동요는 시간이 지날수록 더욱 확산되어 갔고 별동대가 시내로 들어오는 것을 막기 위해 남쪽 성문 탑에 있던 병력이 대거 성문 쪽으로 빠져나갔다. 얼마 지나지 않아 성문 탑 아래에서 별동대의 기병들과 디파 수비군 사이에 전투가 벌어지기 시작했다. 성주 코테르가 많은 병력을 이끌고 레스프라트 군을 추격해 나간 탓에 디파에 남아 있는 디파 군의 숫자는 전부 합해도 별동대 절반에도 못 미치는 수준이었다. 그나마 워낙 넓은 도시인 까닭에 여러 지점에 흩어져 있는 병력이 남쪽 성문에 모이는 데만도 만만치 않은 시간이 걸렸다.

성문 탑이 특공대에 의해 장악되고 성문이 열린 시점부터 만약을 대비해 성문 안쪽에 장대나 수레 등의 장애물들을 가져다 놓기는 했지만 한껏 사기가 오른 레스프라트의 기병들은 무시무시한 기세로 들이쳐서 그것들을 뛰어넘거나 밀어내고 안으로 진입해 들어왔다. 기마대의 돌격력이 진가를 발휘하는 순간이었다.

그 뒤를 이어 죽기 살기로 뛰어 기병들을 따라온 보병대가 가세했다. 다른 성문 탑과 성벽 및 요새에 흩어져 있는 디파 군이 미처 제대로 집결하기도 전에 별동대가 들이닥치면서 성문에서의 전투는 별동대가 압도적인 수적 우세를 보이며 전개되었다. 우세한 것은 숫자만이 아니었다. 사기가 오를 대로 오른 별동대는 두려움을 모르는 전설의 용자처럼 거침없이 앞으로 밀고 나갔다. 사실 흥분한 후열의 장병들이 무작정 밀어붙이는 통에 앞쪽에 선 이들은 밀려서라도 앞으로 나갈 수밖에 없기도 했다. 대열의 중간에 있던 클루오도 이 난장 속에서 바삐 밀려가고 있었다.

2개의 성벽에 걸쳐져 있는 성문 탑은 그 자체가 성채라 부르기에 손색없는 거대한 건물이었던 까닭에 두 번째 성벽을 지나 시내로 진입할 때까지의 구간은 마치 양 옆에 여러 개의 입구가 뚫려 있는 대형 터널과도 같았다. 병사들과 뒤섞여 밀려들어 가면서도 클루오의 시선은 혹시 있을지도 모르는 적의 공격을 의식해 통로 양 옆과 천장 등을 바삐 훑고 있었다. 대충 보기에도 여러 개의 비밀 장치며 침입자들에게 기습을 가할 수 있게 만들어진 출입구들이 배치된 것이 눈에 띠었다.

'성문 자체도 문제지만 이 안도 장난이 아닌걸. 아군이 성문 탑을 장악하지 않은 상태에서 억지로 뚫고 들어왔다간 크게 피해를 보겠어.'

상상만으로도 등골이 오싹해지는 기분이었다. 어째서 이 위대한 고대 도시가 난공불락이라 불리는지 그 이유를 알 것도 같았다.

별동대가 성문을 통과해 시가지로 진입하면서 그곳은 병사들의 아우성과 비명, 무기들의 파열음으로 가득 찼다. 특공대가 성문 탑을 장악하고 남쪽 성문이 열렸을 때부터 전에 없이 불안을 느끼고 있던 디파 시민들은 겁에 질려 무작정 문을 걸어 잠그고 집 안으로 숨어들거나 반대로 집에서 뛰쳐나와 안전한 쪽으로 달아나려고 했다.

다른 한편에서는 무기를 들고 나서서 아메트의 침략자들을 디파에서 몰아내자고 외치며 시민들을 선동하는 사람들도 있었다. 이때만을 기다리며 대기하고 있던 레스프라트의 협력자들과 동조자들이었다. 레스프라트 군이 디파 앞에 진을 치기 훨씬 전부터 디파 시내 곳곳에는 시민들의 봉기를 촉구하는 내용의 대자보가 나붙는 일이 반복되었다. 이에 동조하는 사람들이 몰래 준비를 해온 것이었다.

달아나려는 사람들과 무기를 들고 별동대에 가담하는 사람들, 디파 수비군과 별동대가 뒤엉키면서 남쪽 시가지는 극도로 혼란스러워졌다. 숫자와 기세에서 밀린 디파 군은 이내 남쪽 성문을 포기하고 흩어져서 달아나기 시작했다. 거침없이 성내로 진입한 레스프라트의 별동대는 클루오가 명령했던 대로 그곳에서 세 갈래로 갈라졌다. 3,000명가량은 서쪽 성문 탑으로, 다른 3,000명은 동쪽 성문 탑으로 향했고, 나머지 4,000여 명은 클루오 자신의 지휘 하에 성주관을 향해 돌진하기 시작했다. 거기에 무기를 들고 일어선 시민들이 가세하면서 디파 군은 더욱 수세에 몰렸다.

잠자리에 있다가 별동대의 시내 진입 소식을 전해 들은 코테르 성주의 장남 타딜은 옷을 갈아입을 겨를도 없이 허겁지겁 일어나 발코니로 나가서 남쪽 성문 탑 쪽을 보았다. 그때는 이미 별동대가 제방을 무너뜨리고 들이치는 거센 강물처럼 남쪽 시가지로 쏟아져 들어오고 있었다. 그 광경에 눈앞이 캄캄해졌다.

"적병의 숫자가 얼마나 된다고?"

타딜은 난간을 붙잡고 휘청거리는 몸을 간신히 지탱하면서 소식을 전해온 병사에게 물었다. 머리가 텅 빈 것처럼 멍해져서 조금 전에 적의 숫자에 대해 들었는지 어떤지조차 기억이 나지 않았다.

"1만 5천에서 2만 정도는 되는 것 같습니다. 그보다 더 될지도 모르겠습니다."

병사는 성문 탑 수비대 대장이 추정한 것에 자신의 짐작까지 보태어 말했다. 밀러드는 적에 대한 공포와 다급한 상황 때문에 적의 숫자를

실제보다 부풀려 평가한 것이었지만 타딜이 그런 것을 판단할 여유는
이미 없었다.

"전부 흩어져서 달아났다더니 어디서 그 많은 숫자의 적군이 왔단
말이야? 어떻게 위대한 도시 디파가, 절대 무너지지 않는 고대의 성벽
을 가진 우리의 도시가 이런 꼴을 당할 수 있나?"

그는 누구에게랄 것도 없이 절망적으로 분노를 터뜨렸다.

"도시가 이 모양이 되었는데, 테커 장군은 지금 뭘 하고 있는 건가?"

타딜은 별안간 뒤를 돌아보더니 임시 사령관 테커의 모습을 찾았다.
성주관의 수비대장인 와드가 대답했다.

"적을 막으러 나가신 것으로 압니다."

"그런데 와드 대장은 여기서 뭐 하는 거요?"

느닷없는 힐문에 와드는 당황한 기색으로 눈을 껌뻑이며 답했다.

"예? 저는 이곳 성주관을 지키는 것이 임무라……."

"그럼 어서 병사들을 모아 성주관 방비부터 해야 할 것이 아니오?
여기서 그러고 있으면 어쩌자는 거요?"

신경질적으로 외치는 타딜의 서슬 퍼런 추궁에 와드는 진작에 성주
관의 출입구를 봉쇄하고 외벽에 병사들을 배치해 놓았다는 변명을 할
틈도 없이 당황하여 허겁지겁 밖으로 나가려 했다. 그가 막 문을 나서
려는데 타딜이 다급히 소리쳤다.

"잠깐, 아버님께 급전을 보내야 하오. 디파가 적군에게 침입당했다
고, 어서 돌아오시라고 전하시오. 가장 빠른 말들을 주어 어서 내보내
시오. 남문 쪽은 이미 적들이 장악하고 있으니 서문으로 서둘러 나가
라고 하시오. 그리고 동쪽과 서쪽 성문 탑에도 연락하시오. 무슨 일이
있어도 성문 탑을 사수해야 하오. 머지않아 아버님께서 디파 군을 이

끌고 돌아오실 것이니 목숨으로 성문 탑을 지키라고 이르시오.”

“예.”

와드는 다급히 방을 나갔다. 타딜은 발코니를 나와 방 한쪽에 있는 긴 의자에 쓰러지듯이 몸을 기댔다. 남쪽 성문 탑이 장악당한 지 이틀째. 그저께 아침에 보낸 전령도 아직 코테르에게 도착하지 않았을 터였다.

“여보, 이제 우린 어떻게 해요?”

타딜의 뒤에 서 있던 아내가 부들부들 떨면서 물었다. 그녀의 낯빛은 죽음의 얼굴을 마주 본 사람처럼 파랗게 질려 있었다.

“당신은 아이들에게 가서 너무 놀라지 않도록 달래주시오.”

한손으로 이마를 짚고 의자에 기댄 채 아내에게 나가라고 손짓하던 타딜은 깊이 숨을 내쉬고 한결 가라앉은 목소리로 말했다.

“아직 끝난 것은 아니오. 다른 성문 탑도 있고 여러 요새들도 건재하오. 거기서 적들을 몰아낼 거요. 여기까지는 오지 못할 거요.”

그러나 말의 내용과는 반대로 타딜의 음성은 어두웠다. 지금 출발한 전령이 디파 군에 도착하기까지 며칠이 걸릴지 모르고 설령 빨리 도착한다고 해도 디파 군이 여기까지 돌아오는 데 또 얼마나 걸릴지 모를 일이었다.

“이러고 있을 일이 아니지.”

타딜은 벌떡 일어나 다시 발코니로 나갔다. 거센 함성을 지르며 밀고 들어오는 레스프라트 군이 보였다. 그들의 깃발이 똑바로 성주관을 향하고 있는 것을 깨달은 타딜은 정신이 번쩍 들었다.

“어서 나가서 준비해야겠소. 당신은 어서 아이들을 불러 함께 있으시오.”

아내에게 말한 그는 급한 걸음으로 방을 나갔다.

레스프라트 군의 별동대가 디파 성내에 들어가 본격적인 전투를 치르는 동안 카라인과 특공대원들은 남쪽 성문 탑을 지키면서 경계를 게을리하지 않고 있었다. 어떻게 전개가 되든지 간에 남쪽 성문 탑에 대한 장악은 유지하고 있어야 한다는 판단에 따른 것이었다. 바깥에서는 전투의 소음이 끊임없이 들려왔다.

그러나 남쪽 성문 탑은 그런 소란과 무관하게 조용하기만 했다. 지난 이틀간의 혹독한 싸움이 거짓말처럼 고요하게 가라앉은 성문 탑 안에서 카라인과 대원들은 고집스럽게 자리를 지켰다. 그 상태에서 어느덧 정오가 지나고 태양의 열기가 절정에 이르렀다가 조금씩 약해지기 시작할 무렵, 클루오가 보낸 300여 명의 레스프라트 군이 남쪽 성문 탑에 들어왔다. 병사들을 이끌고 성문 탑을 들어와 중앙 제어실을 찾아온 장교는 카라인에게 인사하고 말했다.

"뵙게 되어 영광입니다. 루텐 소령입니다. 별동대의 사령관이신 패서 장군께서 카라인 대장님과 특공대 여러분을 아군이 접수하고 있는 요새로 모시고, 저희에게 남쪽 성문 탑을 수비하도록 명령하셨습니다."

"오시느라 수고 많았소."

그제야 마음을 놓은 카라인은 홀가분한 기분으로 인사를 받고 루텐이 이끄는 레스프라트 군에게 남쪽 성문 탑의 방비를 넘기고 자신은 삼룡이 및 부하들과 별동대가 장악하고 있다는 성내의 요새로 갔다. 그들이 안내된 요새는 성주관에서 멀지 않은 곳에 위치한 것으로 현재 레스프라트 군 별동대가 지휘 본부로 사용하고 있었다.

요새에 들어간 그들은 우선 별동대의 사령관부터 만났다. 클루오를 대면한 순간 카라인은 그가 생각 외로 무척 젊어 보이는 것에 놀라는 한편 어디선가 만난 것 같다는 인상을 받았다. 그러나 그는 이 젊은 지휘관이 설마 아르데를 만나러 구왕궁에 몇 번 모습을 보였던 그 소년이라고는 상상치 못했다.

"특공대의 대장 고츠 카라인입니다."

카라인의 인사에 클루오는 초면인 척 가장하며 태연한 얼굴로 인사했다.

"패서 시어네입니다. 대장님과 특공대 여러분의 활약에 감사드립니다. 여러분 덕분에 디파에 무사히 진입할 수 있었습니다."

카라인의 뒤에서는 아르데가 눈이 휘둥그래져서 클루오를 뚫어지게 쳐다보고 있었다. 처음에는 그녀도 설마 클루오일까 생각했었으나 목소리를 들으니 확실해졌다. 라얄 역시 클루오를 알아보고 있었으나 그의 성격상 별로 얼굴에 드러나지는 않았다. 클루오는 아르데와 라얄에게 의미심장한 눈빛을 살짝 보냈다. 아르데는 클루오의 신호를 알아듣고 보일락 말락 엷은 미소를 머금으며 눈을 내리깔았다. 그런 사실을 알 리 없는 카라인은 클루오의 치하에 답례하고 있었다.

"저희가 성공해도 별동대가 제때 도착해 주지 못했다면 아무 소용 없는 일이지요. 예상보다 빨리 도착해 주셔서 참으로 기쁩니다. 이곳은 성주관에서 멀지 않은 것 같은데 시내의 전투 상황은 어떻습니까?"

"코테르 성주가 대다수의 병력을 끌고 나갔기 때문에 남아 있는 병력 자체가 적었습니다. 그래서 작은 요새들에까지 배치될 병력이 없었던 것 같습니다. 소수의 병사가 있는 요새들은 일단 내버려 두고 서쪽과 동쪽 성문 탑, 그리고 성주관을 포위하고 있는 상태입니다."

클루오의 설명에 이어 그의 부관들이 희색이 만면해서 저마다 자랑하듯 말했다.

"뿐만 아니라 디파 성내에서 많은 시민들이 무기를 들고 일어나 우리 레스프라트 군을 지원하고 있습니다."

"디파 군의 사기는 이미 떨어질 대로 떨어졌습니다. 분명 오래 버티지는 못할 겁니다."

부관들은 벌써 승리를 거두기라도 한 것처럼 들떠 있었다. 그런 분위기는 별동대의 다른 장교들과 병사들도 마찬가지여서 냉정한 정신 상태를 유지하고 있는 것은 클루오 혼자가 아닌가 싶을 정도였다.

"성문 탑에 계신 동안 잠시도 쉬지 못해서 많이 피곤하실 것으로 압니다. 식사와 잠자리를 마련해 놓았으니 이제 다음 일은 저희에게 맡겨두시고 편히 쉬십시오."

"감사히 따르겠습니다."

남다른 체력과 정신력을 자랑하는 특공대원들이었지만 지난 이틀간의 혈투는 가혹한 것이었다. 이제 마음 놓고 편안히 잘 수 있다는 생각만으로도 눈꺼풀이 저절로 감길 지경이었다. 아르데와 라얄도 그것은 마찬가지였다. 클루오와 따로 이야기를 나눌 시간도 없이 그들은 다른 대원들과 숙소로 가서 피와 땀으로 더러워진 몸을 씻자마자 죽음처럼 깊은 잠에 빠져들었다.

같은 시각, 디파에서 일어나고 있는 일은 거의 실시간으로 샤트에게 알려지고 있었다. 마리나와 릴리가 특공대와 동행하고 있는 철인간 삼룡이의 보고와 인공위성에서 촬영한 디파의 정황을 전자 종이에 담아 그에게 전하고 있었던 것이다. 별동대의 도착 소식을 받은 샤트는 주먹을 부르쥐고 나지막이 내뱉었다.

"됐다!"

샤트는 승리를 확신했다. 디파에서 성주 코테르에게 급전을 보내겠지만 이곳까지의 거리를 생각하면 아무리 서두른다 해도 며칠은 걸릴 것이다. 게다가 디파에서 오는 전령은 디파·아메트 군을 에워싸듯 요새에 포진한 레스프라트 군의 선발대며 척후병들을 통과해야 한다는 과제를 안고 있다. 설령 운좋게 통과해서 디파 군의 본진에 도착한다 해도 레스프라트 군에 포위된 디파·아메트 군은 마음대로 돌아갈 수 없는 처지에 처해 있고, 그러는 동안 디파의 상황은 종료될 것이다.

샤트는 즉시 아버지 디르크에게 이 사실을 알렸다. 디르크는 직접 전투를 지휘하기는 무리였으나, 작전 회의를 주재할 수 있을 정도로는 회복되어 있었다. 별동대가 디파에 진입했다는 소식에 디르크는 기쁨보다 얼떨떨함이 앞서는 반응을 보였다.

"정말이지 뭐라고 말해야 좋을지 모르겠구나. 이런 식으로 디파를 탈환하게 되다니……."

"조금 뒤의 작전 회의에서 이 사실을 모두에게 알리면 어떻겠습니까? 아군에게는 이 이상의 희소식이 없는 셈이고, 반대로 들판에 있는 디파 군의 사기는 결정적으로 떨어지게 되어 빨리 전쟁을 종결 짓는 데 도움이 될 겁니다."

"그렇게 되겠지. 디파의 코테르 성주야 디파에서 온 연락을 받을 때까지는 절대 믿으려 들지 않겠지만 말이다."

디르크는 그때쯤 되어서야 실감이 나는지 너털웃음을 지으며 샤트를 끌어안고 마음껏 기쁨을 누렸다. 샤트의 제안대로 그날 아침에 있던 작전 회의에서 별동대의 디파 진입이 발표되었다. 그리고 그 사실은 순식간에 세이드 성의 모든 장병들에게 퍼져 나갔다.

"이야아아~ 만세! 만세!"

그날의 공격을 준비하고 있던 디파·아메트 군 진지에서는 세이드 성에서 느닷없이 터져 나오는 레스프라트 군의 환호성에 어리둥절해서 그쪽을 쳐다보았다. 세이드 성벽에 가득히 올라선 레스프라트 병사들이 팔을 흔들고 펄쩍펄쩍 뛰면서 고래고래 소리를 지르고 있었다. 그리고 그 소리가 잦아드는가 했더니 이내 목소리 큰 병사 하나가 들판을 향해 고함을 질렀다.

"잘 들어라. 디파의 점령이 멀지 않았다! 오늘 우리의 별동대가 디파 성내에 진입했다. 지금 성주관을 포위하고 있으니 이제 디파는 끝장이다!"

그 말이 끝나기가 바쁘게 성벽 위의 레스프라트 병사들은 또 환호를 올렸다.

디파에 레스프라트 군이 들어가서 성주관을 포위했다는 주장에 디파 군과 아메트 군의 병사들은 무슨 소린가 싶어 웅성거렸다. 그 말을 곧이곧대로 믿는 것은 아니었지만, 그래도 레스프라트 군이 그렇게 말할 때는 디파에 무슨 일이 일어난 것이 아닌가 생각한 것이다.

세이드 성에서 레스프라트 군 장병들이 기세등등하여 소리 지르는 내용은 코테르가 있는 총사령부까지 들려왔다.

"디파에 레스프라트 군이 들어갔다고? 어림없는 소리!"

코테르는 어처구니없다는 듯 코웃음쳤다.

"그것도 오늘 들어갔다니… 여기서 디파까지 거리가 얼마인데 그걸 자기들이 안단 말이오? 그것부터가 말이 안 되고 있지 않소?"

　"하지만 레스프라트에는 이상한 고대인들이 있지 않습니까? 고대에는 가만히 앉아서 멀리 떨어진 곳의 소식을 알아내고 대화를 나눌 수도 있었다고 하니까, 그들이 가르쳐 주는 것일지도 모르지요."

　코테르의 경호대장인 다이튼이 무심코 한 말에 코테르는 잠깐 멈칫했다. 코테르도 프라트 상공에서 불꽃을 일으키며 떨어져 레스프라트에서 아메트를 몰아냈다고 일컬어지는 이상한 존재들에 대해 많은 소문을 들어서 알고 있었다. 그들이 정말로 신의 의지를 대리하는 초월적 존재인지 여부에 대해서는 사람들마다 의론이 분분했으나, 최소한 고대 문명과 닿아 있다는 점에서는 대체로 인식이 일치하고 있었다. 고대 문명을 자유자재로 이용하며 하늘을 날고 성채를 무너뜨리는 거대한 화살을 쏜다고 알려진 존재이니 레스프라트 군에게 멀리서 벌어지는 일을 알아내고 알려준다고 해서 이상할 것은 없었다.

　그러나 코테르는 못마땅한 눈초리로 다이튼을 쏘아보았다. 다이튼은 자신이 실수를 저질렀다는 것을 깨닫고 재빨리 입을 다물었다. 코테르에게 있어서 프라트에 있는 무적택배 사람들은 무척이나 껄끄럽고 신경 쓰이는 대상이었다. 고대 문명의 후계자를 자처하는 디파 사람들의 입장에서 고대인의 재래로 보이는 그들의 행적은 대단한 관심사였고, 그들이 프라트에 나타난 이후 일어나고 있는 모든 일들이 화제에 오르는 형편이었다. 무적택배 사람들의 존재로 인해 동요하는 시민들이 적지 않다는 것을 잘 알고 있는 코테르는 아예 그들에 대한 언급 자체를 피하고 있었다. 코테르는 다이튼의 말을 듣지 못한 것처럼 무시하고 다른 말을 했다.

　"어떻게 알았든 간에, 위대한 도시 디파 성내에 적이 침입한다는 것은 있을 수 없는 일이오. 아마 세이드 성에 물자가 동이 나기 시작하나

보지. 우리가 그 말을 믿고 돌아가기를 바라고 하는 짓 아니겠소? 성과 요새에 움쭉달싹못하고 갇혀 있는 레스프라트 병사들이 사실 여부를 확인할 방법도 없을 테니, 멋모르는 병사들의 사기 진작책도 될 테고. 대관절 세이드 성과 인근 요새에 죄다 틀어박혀 있으면서 무슨 수로 디파를 공격한단 말이오?"

레스프라트 군의 주장을 일고의 가치도 없다며 일축하는 코테르에게 아메트 군 사령관 마콜리스가 신중론을 폈다.

"하지만 세이드 성과 요새들에 레스프라트의 전병력이 들어가 있다는 보장은 없습니다. 현실적으로 우리가 확인할 길이 없으니까요. 게다가 일국의 군대 총사령관이 쓰기에는 너무 얄팍한 수가 아닐는지요? 거짓으로 그런 말을 꾸며댄다고 해서 우리가 꼭 물러난다는 법도 없고, 또 그런 식으로 자군의 사기를 올려봤자 며칠 지나지 않아 효력이 떨어질 텐데, 그걸 모를 만치 어리석지는 않다고 봅니다."

"본래의 총사령관이라면 그럴지도 모르지. 하지만 지금은 새파랗게 젊은 그 아들이 대리를 하고 있다지 않소. 그 나이치고는 꽤 분발해 왔지만 이제 슬슬 지쳐서 한계를 드러내고 있는 것이겠지."

"그렇게 보기는 어렵습니다. 레스프라트 군을 여러 갈래로 나누어 신속하게 안전한 지역까지 후퇴시킨 솜씨나 이 며칠간의 전투에서 보여준 지도력을 보더라도 그렇게 가볍게 보실 인물은 아닙니다."

마콜리스의 말에 파나로가 정색을 하고 따졌다.

"마콜리스 장군, 그럼 우리 디파가 정말로 적의 침입을 당했다고 생각하시는 겁니까? 장군의 말씀처럼 레스프라트 군이 일부 병력을 다른 곳으로 돌려 디파를 공격했다손 칩시다. 하지만 레스프라트 군의 전병력을 가지고도 디파의 성벽을 넘지 못했는데, 일부 병력이 그런 일을 해낼 수 있다고 보십니까?"

"만일의 경우를 말씀드리는 겁니다. 디파가 어떤 곳인지 저도 모르지 않습니다만, 적의 말을 단순한 거짓말로 치부하기엔 어딘지 석연치 않습니다. 디파에 새를 날리든지 해서 이쪽으로 전령이라도 한번 보내도록 연락을 해보는 것이 어떻겠습니까? 적어도 아군 병사들을 안심시킬 필요는 있습니다."

"아무래도 병사들이 아니라 장군 자신이 안심을 얻고 싶으신가 보오."

코테르의 노골적인 비아냥에도 마콜리스는 꿈쩍하지 않고 자신의 생각을 고집했다.

"조심해서 나쁠 것은 없습니다."

"알았소. 그렇게 하십시다."

코테르는 아무렴 어뗘랴 싶어 그의 의견을 받아들이고 마콜리스와 파나로에게 말했다.

"연락은 그렇다 치고 저들이 저렇게 멋대로 떠들도록 내버려 둬서야 쓰겠소? 쓸데없는 소리를 하지 못하도록 공격 준비를 하시오. 혼이 더 나야 정신을 차릴 모양이니."

"즉각 조치를 취하겠습니다."

파나로가 재빨리 대답했다. 마콜리스도 마지못해 대답하고 파나로와 그곳에서 나갔다. 마콜리스가 나간 뒤 코테르는 한심하다는 표정으로 혀를 찼다.

'저런 뻔한 거짓말에까지 일일이 동요하다니, 어지간히 디파에 돌아가서 안전하게 박혀 있고 싶은가 보군. 군인으로 뼈가 굵었다는 사람이 어째 저 모양인지.'

입속으로 투덜거린 코테르는 노곤한 표정으로 자신의 어깨를 툭툭 두드렸다. 이때까지만 해도 코테르의 염두에는 디파가 적에게 공격받았을지도 모른다는 생각은 들어 있지 않았다. 마콜리스가 걱정하는 말을 들으면서 희미한 불안이 잠깐 고개를 들기도 했으나 그것도 오래가지는 않았다. 디파는 천 년의 역사 동안 단 한 번도 외부의 적에게 점령당한 적이 없는 무패의 도시였다.

"디파가 점령당했다는 것은 얼토당토않은 거짓말이다. 디파가 어떤 곳인지는 너희들이 더 잘 알고 있지 않느냐? 저런 말은 들을 필요도 없다. 레스프라트 군이 급한 나머지 꾸며대는 소리다!"

디파 군의 진지에서는 장교들이 큰 소리로 병사들에게 외치며 전투 준비를 시작했다.

한편 자신의 막사로 돌아간 마콜리스는 코테르나 파나로와는 달리 찜찜한 기분을 떨치지 못하고 있었다.

"정말 디파에 레스프라트 군이 진입한 것일까요?"

마콜리스의 참모들이 염려가 그득해서 물었다.

"아마도 아니겠지만 혹시 모르지. 저쪽의 임시 총사령관이 워낙 만만치 않은 인물인 것 같으니. 그래도 설마… 아닐 거야. 그럴 리가 없지."

마콜리스 자신도 갈팡질팡하는 상태여서 분명한 결론을 내릴 수가 없었다.

"만약에, 만에 하나라도 레스프라트 군의 주장이 사실로 판명된다면 우리는 어떻게 해야 합니까?"

참모장의 질문에 마콜리스는 차갑게 말했다.

"확실하지도 않은 말을 함부로 입에 담지 말게. 오늘도 공격이 있을 테니까 그 준비나 하도록 하게."

"예."

참모들은 더 묻지도 못하고 물러났다.

'아직 모를 일이야. 섣불리 판단하지 말자.'

마콜리스는 자꾸만 스멀스멀 피어오르는 불안감을 짓누르면서 일단 현재에 충실하자고 마음먹었다.

디파가 벌써 점령되기라도 한 것처럼 기세를 올리는 레스프라트 군에 대해 디파·아메트 군에서는 그 사실을 강력히 부인하며 세이드 성에 대한 공격을 계속했다. 기실 코테르를 비롯한 디파 군의 지휘부에서는 디파가 공격당했다는 것을 믿지 않고 있었다. 그러나 레스프라트 군의 주장이 있고 사흘째 밤에 지칠 대로 지친 몰골의 전령이 디파 군의 본진에 도착하면서 상황은 일변했다.

"비켜라. 성주님께 급히 아뢸 일이 있다."

전령은 다급히 소리치면서 병사들 사이를 헤치고 총사령관의 막사로 달려갔다. 그가 타고 있는 말 뒤에는 긴 줄로 세 마리의 말이 연결되어 있었다. 저녁을 먹고 무기를 손질하며 쉬고 있던 병사들은 저마다 무슨 일인가 싶어서 다같이 일어나 그의 모습을 눈으로 좇았다. 먼지를 잔뜩 뒤집어쓰고 입술이 까맣게 타 있는 전령과 말들의 지친 상태로 보아 대단히 급하게 왔다는 것을 짐작할 수 있었다.

"굉장히 서둘러 온 모양인데."

"도시에 정말 무슨 일이 있는 것 아닐까?"

"설마 정말 공격받은 건 아니겠지?"

병사들은 불안해하며 웅성거렸다.

총사령부에 도착한 전령은 코테르와 두 사령관 등의 앞에 서자 정식으로 인사를 할 틈도 없이 절망적인 어조로 호소했다.

"타딜님의 명을 받아 코테르 성주께 아룁니다. 사흘 전 새벽 디파의 남쪽 성문으로 레스프라트 군이 침입하여 시가지로 진입했습니다. 어서 군대를 돌려 디파로 돌아와 주시기 바랍니다."

"뭐라고?"

코테르는 의자를 박차고 벌떡 일어섰다.

"적이 시가지에 침입했다고? 어떻게 성문 탑을 통과했단 말인가? 대체 숫자가 얼마나 되기에?"

전령은 자신보다 이틀 앞서 디파를 출발한 전령이 아직 오고 있는 중이거나 도중에 적에게 차단되었다는 것을 깨닫고 처음부터 설명했다.

"적병에게 침입을 당하기 이틀 전 새벽에 레스프라트 군의 일부가 성벽을 넘어와 남쪽 성문 탑을 장악하고 성문을 열었습니다. 디파 수비군에서는 성문 탑을 되찾기 위해 공격을 계속하였으나, 적들은 어찌된 영문인지 성문 탑의 내부를 속속들이 알고 있어서 성문의 제어실을 장악하고 버텼습니다. 그 상태에서 이틀이 지나고 레스프라트 군이 들이닥친 것입니다. 디파에 진입한 레스프라트 군은 1만 4, 5천 명 전후로 보이며 기병이 포함된 정예였습니다."

전령의 입에서 나온 숫자에 모두 또 한 번 놀랐다. 마콜리스도 그것만큼은 믿기 어려워했다.

"1만이 훨씬 넘는다고? 그만한 숫자가 대체 어디에 숨어 있다가 나타났다는 말인가? 실제보다 부풀려진 것 아닌가?"

마콜리스의 질문에 전령은 확실하게 말했다.

"타딜님께서는 그렇게 보고 계셨습니다. 제가 보기에 아무리 적게 잡아도 1만은 넘어서는 것이 분명합니다. 그뿐 아니라 디파 내에서 무기를 들고 일어난 자들이 있어 레스프라트 군에 가세하고 있었습니다. 제가 성주관을 나와 서쪽 성문으로 가는 도중 직접 목격한 사실입니다."

그 자리에 있는 사람들은 절망적인 신음을 흘렸다. 디파에 남아 있는 수비 병력은 4천을 조금 넘어설까 말까 하는 수준이었고, 그나마 성문 탑과 성벽, 요새 등에 흩어져서 배치되어 있었다.

"성문 탑이 어떻게 적에게 장악될 수 있단 말인가? 혹시 안에서 성문 탑의 수비대장이 열어주기라도 한 것 아닌가?"

파나로가 다급히 물었다.

"그렇지는 않습니다만, 성문 탑의 수비대 중에 내통자가 있었던 것은 사실인 것 같습니다."

전령이 대답했다. 파나로가 이해할 수 없다는 표정으로 말했다.

"하지만 성문을 제어하는 제어실의 장소와 다루는 방법은 기밀 중의 기밀이라 웬만한 사람은 모를 터인데?"

"말씀드렸지 않습니까. 적들은 성문 탑의 내부를 환하게 알고 있었다고 합니다."

"어떻게 그럴 수가!"

성주 코테르를 포함해서 누구도 그 까닭을 알 수 없었다. 레스프라트 왕실에 디파의 성문 탑 내부도가 있었다는 사실은 디파의 성주조차 모르는 극비였던 것이다.

한동안 침통한 침묵이 흘렀다. 디파가 당장 항복하지는 않았겠지만, 아직까지 버티고 있을지는 미지수였다. 레스프라트 군의 장담대로 오래지 않아 디파가 점령되거나 어쩌면 벌써 점령되었을지도 모른다는 불길한 생각이 모두의 머리 속을 짓누르고 있었다. 디파 군의 현재 상황을 알지 못하는 전령은 이런 분위기가 못내 이상하게 느껴졌던 듯 조심스럽게 사람들의 안색을 살피고 있다가 용기를 내어 말했다.

"지금 디파는 한시가 급합니다. 어서 돌아가 디파를 도우셔야……."

마콜리스의 나지막한 음성이 그의 말을 가로막았다.

"지금은 우리 마음대로 후퇴하기도 쉽지 않은 입장이네."

"예?"

전령은 더욱 의아한 표정이었다. 마콜리스는 딱한 마음이 들어 상황을 설명해 주었다.

"현재 아군의 전면에 있는 세이드 성에는 레스프라트 군의 본대가 있고, 양 측면으로 멀지 않은 거리에 있는 요새들에는 나머지 레스프라트 군이 자리를 잡고 우리를 압박하고 있네. 섣불리 방향을 돌렸다간 사방에서 포위 공격을 받게 되어 있어."

"예?"

전령은 말을 잃었다. 그때 디파 군의 사령관 파나로가 더듬거리며 말했다.

"하, 하지만 어떻게든 해야 하지 않겠습니까? 이대로 있다가는 디파가 위험합니다. 디파가 점령당하면 모든 것이 끝입니다."

그러나 마콜리스는 파나로의 말에 반박했다.

"되돌리기에는 너무 늦었습니다. 우리가 지금 당장 여기서 철수하여 디파로 돌아간다고 해도 도착하기까지 여러 날이 소요됩니다. 오늘이 벌써 성내에 적이 진입한 지 사흘째이고 곧 나흘째로 넘어갑니다. 우리가 돌아갔을 때면 이미 상황이 끝났을 것입니다. 하지만 무엇보다 우리가 디파로 돌아가도록 레스프라트 군이 손놓고 보고 있을 리가 없다는 것이 문제입니다. 대열의 후방과 측면에서 공격당하는 것처럼 위험천만한 일이 없다는 것을 파나로 장군도 모르시지는 않겠지요?"

조목조목 짚어내는 마콜리스의 차갑도록 선명한 논리에 파나로는 말문이 막혔다. 마콜리스는 얼굴이 벌게져 아무 말도 하지 못하는 파나로에게서 시선을 거두고 코테르에게 물었다.

"성주님, 이제 어떻게 하실 생각이십니까?"

코테르는 대답이 없었다. 그는 아직도 디파 성내에 적군이 밀고 들어갔다는 사실을 현실로 받아들이지 못하는 듯했다. 파나로가 풀이 죽어서 마콜리스에게 물었다.

"마콜리스 장군, 장군이 생각하시기에는 저들이 앞으로 어떻게 나올 것 같습니까?"

"글쎄요, 디파를 점령한다면 굳이 여기서 결전을 벌일 필요가 없어질 테니, 내일이나 모레쯤 사자를 보내어 항복을 권유하지 않겠습니까?"

"그 다음은요?"

파나로는 절망 때문에 자존심이고 뭐고 다 잊어버리고 마콜리스에게 매달리듯 물었다. 마콜리스는 조용히 눈짓으로 코테르를 가리키며 말했다.

"총사령관이신 성주께서 결정하실 일이겠지요."

모두의 시선이 코테르에게 쏠렸다. 그러나 코테르는 마콜리스의 말을 듣지 못한 것인지 아니면 듣고도 못 들은 척하는 것인지 고집스럽게 입을 다물고 있었다. 냉철하게 빛나는 눈빛이나 꼿꼿한 태도로 보아 이성을 되찾은 것은 분명해 보였지만, 코테르는 끝내 아무런 결론도 내리지 않고 사람들을 내보냈다.

총사령부를 나와 자신의 막사로 돌아가면서 마콜리스는 코테르나 파나로 등이 보였던 반응을 떠올리고는 몇 번이나 헛웃음이 나오는 것을 참았다. 상황으로 따지자면 그래도 레스프라트 사람들과 동포인 디파 사람들보다는 적국의 사령관인 자신이 가장 두려워하며 떨고 있어야 맞을 것이다. 마콜리스도 물론 코테르 성주와 파나로가 그토록 두려워하는 이유는 잘 알고 있었다.

'그래, 저렇게 두려움에 떠는 것도 당연하겠지. 레스프라트가 디파 군의 장교나 일반 병사들은 손대지 않고 그대로 둘지 몰라도, 성주며 사령관 같은 지휘부 인사들은 반역자로서 엄히 처단할 것이 뻔하니까.'

레스프라트가 디파 원정을 나서면서 내건 대의명분도 디파의 반역자들을 처단한다는 것 아니었던가? 코테르나 파나로나 목숨을 부지하기 어려운 처지일 것은 당연한 일이었다. 오히려 마콜리스 자신은 아메트인인 까닭에 반역 같은 죄목과는 무관하므로 곱게 항복하기만 한다면 아메트와의 협상을 거쳐 돌아갈 수 있으리라는 것이 그의 예상이었다.

베르테스가 정식으로 왕위에 오르고 국가의 회복을 선포한 이래 레스프라트는 대외적으로 국가의 위신과 위엄을 갖추려는 노력을 보여왔다. 그런 만큼 자칫 잔인하다는 평판을 불러올 불필요한 학살은 피할 터였다. 그리고 그것이 아니더라도 디파를 점령하여 목표를 달성한 레스프라트 군이 구태여 큰 희생이 수반될 전투를 고집하진 않을 것이라는 짐작이 가능했다. 물론 아메트의 내부 사정이 혼란스러워 협상 대상이 정해지지 않을 경우 돌아가기까지 시간이 꽤 걸릴 수도 있고, 또 돌아간 뒤에는 디파를 잃은 책임을 지게 될 것이라는 점에서는 그도 코테르와 크게 다르지는 않은 입장이었다.

'어쩔 수 없지. 죽기 살기로 싸워봤자 돌파구가 보이는 것도 아니고, 이러나 저러나 끝이라면 부하들의 목숨이라도 살리는 길을 택할 밖에……. 그런데 저 고집불통 성주가 끝까지 싸우기를 주장하면 어쩐다……?

마콜리스는 걸음을 멈추고 주변을 돌아보았다. 바깥에서는 병사들이 삼삼오오 모여들어 불안한 기색으로 술렁이고 있었다. 디파에서 급하게 전령이 도착했다는 소식이 그새 전체로 퍼져 나간 것이었다. 레스프라트 군이 며칠째 외치고 있는 디파 침공이 정말이 아닌지, 그러면 자신들은 앞으로 어떻게 될지 등의 문제로 의론이 분분했다. 또한 대부분 디파 출신인 그들로서는 남아 있는 가족들에 대한 걱정도 클 수밖에 없었다. 그런 모습이 남의 일 같지가 않아 마콜리스는 짧은 한숨을 쉬고 다시 걸음을 옮겼다.

이튿날 어수선한 분위기 속에서 아침을 맞이한 디파 군의 본진에 세이드 성의 레스프라트 군 총사령관 디르크가 보낸 사자가 코테르를 찾아왔다. 코테르의 앞으로 안내되어 온 사자는 바깥에까지 들릴 만큼 크고 낭랑한 음성으로 디르크가 보낸 메시지를 읽어 내려갔다. 전날 밤 디파의 성주관이 항복했다고 선언하고 디파·아메트 군의 항복을 권유하는 내용이었다. 기실 성주관이 항복했다는 것은 아직 사실이 아니었으나 레스프라트 군 수뇌부에서는 곧 사실이 될 것으로 여기고 있었고, 전쟁을 하루라도 일찍 종결 짓기 위해 조금 앞당겨 선언한 것이었다.

"…디파의 장악이 끝난 이상, 더 이상 무고한 피를 흘릴 이유는 없소. 명예롭게 항복한다면 디파 군과 아메트 군의 장병들의 목숨을 보장할 것이며, 디파의 성주 마니어 코테르 및 주요 인사들은 후일 공정한 재판을 거쳐 처분이 결정되도록 하겠소."

"공정한 재판?"

코테르가 코웃음을 쳤다.

"반역자들을 토벌하겠다는 명분을 내걸며 전쟁을 일으켜 놓고 이제 와서 공정한 재판이라?"

레스프라트의 사자는 바짝 긴장하는 눈치였다. 코테르의 입가에 조소가 떠오르는가 싶더니 이내 그의 입에서 날카로운 독설이 튀어나왔다.

"감히 나더러 얌전히 목을 길게 빼고 그 베르테슨가 뭔가 하는 자가 처분을 내리기만 기다리고 있으라고? 위대한 도시 디파를 뭐라고 생각하는 건가? 디파는 프라트에 있는 자들이 벌레처럼 꾸물대며 땅이나 파던 시절에 고대의 문명을 이어받은 문화를 꽃피운 문명의 수호지이다. 프라트 따위가 주제넘게 넘볼 수 없는 위대한 곳이란 말이다. 그 디파의 주인인 나를 허울뿐인 엉터리 재판에 걸어 처단하겠다고? 돌아가서 디르크에게 전하라. 나 마니어 코테르는 비굴하게 목숨을 구걸하느니 끝까지 싸울 것이라고."

레스프라트의 사자는 코테르의 모욕적인 언사에 안색이 바뀌었지만 침착하게 대응했다.

"디르크 총사령관께서는 여러분이 즉시 대답을 주기 어려울 수도 있으므로 앞으로 이틀간 유예 기간을 가지자고 제안하셨습니다. 이틀 뒤 같은 시각에 다시 찾아뵙겠습니다. 그때까지 잘 논의해 보시기 바랍니다."

그가 고개를 숙여 인사하고 몸을 돌리는데 코테르는 큰 소리로 소리쳤다.

"이틀이든 사흘이든 기다릴 것 없다. 디파는 절대로 항복하지 않을 것이다!"

사자는 아무런 대꾸도 않고 그대로 밖으로 나갔다.

총사령부 안에는 불편한 기운이 감돌고 있었다. 사람들은 불안을 감추지 못한 채 코테르의 눈치를 살피고 있었고 코테르는 분기 어린 표정으로 의자에 기대어 눈을 감고 있었다. 얼마 뒤 코테르가 말했다.

"작전을 논의해 봅시다. 회의 준비를 하시오."

코테르의 주제로 열린 작전 회의에는 디파 군과 아메트 군의 양사령관과 주요 지휘관들이 배석했다. 어둡고 암울한 분위기가 감도는 속에서 코테르가 입을 열었다.

"레스프라트 군에서 사자가 왔다 간 것은 다들 알고 있을 것이오. 디파가 항복했다고 주장하며 참으로 건방진 태도로 항복을 권고하더군. 그러면서 병사들은 살려주겠으나 나와 디파의 주요 인사들은 모두 재판에 걸어 처분하겠다고 했소. 반역 혐의를 씌워 재판에 끌고 나가 최대한 수치스럽게 만들어 죽이겠다는 소리지. 미리 말해 두겠지만 이 자리는 항복 따위를 논의하기 위한 자리가 아니오. 저 시건방진 레스프라트 놈들에게 어떻게 해줄 것인지 이야기해 봅시다."

"디파가 정말로 항복했다는 말입니까?"

어느 지휘관의 질문에 코테르는 냉소적으로 대답했다.

"그자들은 그리 주장하더군."

디파에 레스프라트 군이 진입한 지 나흘째, 성주관과 성문 탑 등에서 아직 버티고 있을 가능성도 있지만, 어차피 의미없는 일이었다. 아무리 분발하더라도 앞으로 2, 3일을 넘기지 못할 것이고, 그전에 이곳

에서 디파로 돌아가 구원하기란 불가능하다는 것은 누구나 인정하고
있었다. 그러니 설령 레스프라트 군의 주장이 현재는 사실이 아니라
해도 임박한 사실인 것은 틀림없었다. 이제 그들에게 남은 방법은 항
복이 아니면 강행 돌파뿐이었다. 다시 무거운 정적이 지나가고 마콜리
스가 말했다.

"제 생각부터 말씀드리겠습니다. 코테르 성주께서는 항복을 논외로
하셨지만, 제가 보기에 지금의 상황에서는 도저히 승산이 없습니다.
레스프라트 군의 제안을 잘 고려해 보실 필요가 있다고 생각합니다."

"지금 나더러 항복하라고 말하는 거요? 그것이 군인이란 사람이 입
에 담을 소리요?"

코테르의 음성이 날카로워졌다.

"항복이란 말이 참 쉽게도 나오는구려. 아무리 애초부터 싸울 마음
이 없었기로 부끄러운 줄을 아시오!"

코테르가 온갖 모욕적인 말을 동원해 몰아세우는 데도 마콜리스는
침착함을 잃지 않았다. 그는 불쾌한 기색 하나 보이지 않고 차분한 어
조로 말했다.

"디파가 점령되었다면 돌아갈 곳이 없다는 이야기입니다. 그러면서
도 아군은 현재 수적으로 우세하며 사기가 오를 대로 오른 적군에게
둘러싸여 있습니다. 지금과 같은 상황에서 전투를 계속하면 병사들의
피해만 막대할 뿐 얻을 것이 없습니다."

그때 디파 군의 장군 중 한 명이 용기를 내어 마콜리스에게 동조했
다.

"제 생각도 마콜리스 장군과 같습니다. 상황이 너무 나쁩니다. 만일
조금이라도 지금의 상황을 뒤집을 가능성이 있다면 모르되, 그렇지 못

한 상황입니다. 자칫하면 애꿎은 병사들만 희생될 것입니다. 그러니 모쪼록 현명한 판단을……."

갑자기 코테르는 버럭 소리를 질러 그의 말을 가로막았다.

"입 닥치시오! 항복하자고 하면 레스프라트에서 그대의 목숨은 살려 줄 것 같소?"

"저는 지금 병사들에 대해 말하고 있는 겁니다."

"시끄럽소! 더 이상 항복 운운하면 명령 불복종으로 처단하겠소. 다른 사람들도 똑똑히 들으시오. 항복은 없소! 이 시간 이후로 내 앞에서 항복이란 말을 입에 담는 자가 있거든 본보기로 그자부터 목을 칠 것이오."

코테르의 칼날 같은 엄포에 좌중은 고요히 가라앉았다. 코테르는 잡아먹을 듯한 기세로 참석자들의 얼굴을 하나하나 훑어보았다. 모두 코테르의 얼음 같은 회색 눈동자와 마주칠 때마다 두려운 표정으로 시선을 돌렸다. 예외가 있다면 마콜리스 정도였다. 마콜리스는 여전히 흐트러짐없는 태도로 코테르에게 물었다.

"그러면 총사령관께서는 어떻게 하실 생각이십니까?"

"할 수 있다면 당장 디파로 돌아가는 것이 최상이겠지. 하지만 지금의 상황에서는 적에게 후방과 측면을 고스란히 드러내게 되어 위험하기 짝이 없소. 그렇다면 남은 방법이 뭐가 있겠소?"

코테르의 반문에 마콜리스의 눈썹이 약간 꿈틀거렸다. 그러나 그는 입을 꾹 다물고 대답하지 않았다. 답을 몰라서가 아니었다. 코테르는 그것을 알면서도 아랑곳없이 사람들의 얼굴을 둘러보며 말을 이었다.

"그동안 내가 너무 안이하게 생각했던 것 같소. 내일 레스프라트 군의 본대가 있는 세이드 성을 총공격합시다. 오늘 하루는 병사들을 푹 쉬게 하고 내일의 결전에 대비한 준비를 하시오. 그리고 병사들에게 레스프라트 군의 주장은 그들의 나쁜 상황을 둘러대기 위해 꾸며진 거짓이라 일축하시오."

"하지만 이미 디파에서 전령이 온 것까지 알려져 있어서 병사들의 사기가 말이 아닙니다. 거기다 레스프라트에서 사자가 다녀갔으니 저희의 말을 잘 믿지 않을 것입니다."

뒤쪽에 앉은 지휘관이 우물쭈물하면서 꺼내는 말을 코테르는 신경질적으로 되받았다.

"그런 일쯤은 그대들이 알아서 무마해야 될 것이 아니오? 일일이 내가 병사들을 찾아다니면서 위무라도 하라는 말이오?"

코테르의 노기등등한 기세에 사람들은 숨도 제대로 쉬지 못하고 잔뜩 움츠러들었다. 지금의 코테르에게는 누가 무슨 말을 한다고 해도 통하지 않을 것이 분명했다. 그런 중에 줄곧 잠자코 있던 디파 군의 사령관 파나로가 용기를 내어 질문했다.

"세이드 성을 총공격하여 승리한다 하더라도 다른 요새에 있는 레스프라트 군은 어떻게 합니까?"

코테르는 짐짓 대수롭지 않게 말했다.

"레스프라트 군의 질이 낮고 제대로 지휘할 줄 아는 장교도 적다는 것은 귀관들도 잘 알지 않소? 본대가 격파되면 나머지 오합지졸들은 지레 겁을 먹고 흩어질 거요."

"하지만 세이드 성을 격파한다 해도 사방이 레스프라트의 영토가 아닙니까?"

파나로도 이때만큼은 걱정을 떨칠 수가 없는지 재차 물었다. 코테르의 눈빛이 매서워졌다.

"레스프라트의 영토라니? 세이드 성을 포함해 이 일대는 전부 디파의 영토요. 그리고 세이드 성에 있는 레스프라트 군의 본대에 주요 지휘관들이 다 모여 있지 않소? 레스프라트 군은 그들이 없으면 옳게 지휘할 자도 없소. 우리가 세이드 성을 공격하는 동안 다른 요새에서 꼼짝도 못하고 틀어박혀 있기만 하는 것을 보면 모르겠소? 그러니 우리는 레스프라트 군을 분쇄하고 디파로 돌아가면 되오. 고작 1만 남짓한 적병에게 디파를 빼앗긴대서야 말이 되오? 동쪽 성문 탑과 서쪽 성문 탑은 안에 식량이며 무기며 충분히 비축되어 있어 오래 버틸 수가 있소. 전령을 보내 우리가 곧 간다고 알리시오. 그리고 세이드 성을 늦어도 모레까지는 끝장내시오."

코테르는 자신만만한 태도로 전의를 불태웠다. 그는 아직 자신이 상황을 통제할 수 있다고 믿고 있는 것이 분명했다. 그의 그런 강한 자신감과 태도 앞에 더 이상 누구도 다른 의견을 내지 못했다. 회의라기보다 코테르의 일방적인 명령 전달에 가까운 자리였다.

그러나 코테르의 자신감이 다른 사람들에게까지 전파되지는 못한 듯 작전 회의가 끝난 다음 자리에서 일어나는 지휘관들의 표정은 밝지 못했다. 공성전에서 전 병력을 동원하여 총공세를 벌이는 것은 작전 중에서도 가장 하책으로 간주되는 것이었다. 제대로 된 공성 병기도 없이 사다리와 조잡한 수레 정도만을 가지고 무작정 성을 공격하다가는 수많은 병사들이 목숨을 잃을 것이 분명했다. 그러나 총사령관이 결정한 이상 뒤집을 수는 없었다. 한 사람 두 사람 그곳을 나가는데 코테르가 파나로와 마콜리스를 불러 세웠다.

"두 분 사령관께는 따로 드릴 말씀이 있으니 잠시 남아주시오."

마콜리스와 파나로는 자리에 돌아가 앉았다. 파나로는 맞은편에 앉은 마콜리스의 시선을 피해 고개를 살짝 돌리고 있었다. 마콜리스가 경멸이 담긴 냉랭한 시선으로 그를 보고 있었던 것이다.

모두 나가고 자신과 경호 대장을 포함해 네 사람만 남게 되자 코테르는 테이블 앞으로 몸을 내밀고 나지막한 어조로 두 사람에게 말을 건넸다.

"내가 왜 두 분 장군을 남으라고 했는지 아시겠소?"

파나로와 마콜리스는 영문을 몰라 하며 코테르를 보았다. 코테르는 더욱 목소리를 낮추어 말했다.

"내가 총공격을 주장했을 때 두 분이 어떤 생각을 했을지 잘 알고 있소. 나는 군인은 아니지만 그리 바보는 아니니까. 세이드 성을 총공격해서 격파하는 일에 많은 병사들이 희생될 것이라는 사실을 모르지는 않소. 그리고 세이드 성의 레스프라트 군 본대를 분쇄한다 해도 디파를 되찾는 것이 당장은 무리라는 것도 잘 알고 있소."

두 사령관은 더욱 의아한 표정이 되어 코테르의 말에 귀를 기울였다. 코테르의 말은 계속되었다.

"세이드 성에 있는 적군의 본대를 분쇄하고 나면 방향을 돌려 아메트로 가야겠소."

파나로는 이 말을 전혀 예상하지 못했던 모양으로 눈이 휘둥그레졌다. 마콜리스는 조금 놀라기는 했지만 곧 있을 수 있는 일이라 받아들인 것인지 평소의 표정으로 돌아갔다.

"물론 아메트까지 가는 일이 쉽지만은 않다는 것도 알고 있소. 세이드 성을 함락시키더라도 우리의 피해만도 만만치 않을 것이고, 다른 요새에 있는 레스프라트 군이 아무리 오합지졸이라고는 해도 가만히 있지 않겠지. 하지만 이만한 병력이 있는데 설마 나와 몇 사람쯤 아메트에 못 갈 것이야 있겠소?"

코테르의 이야기를 듣는 동안 파나로의 얼굴은 조금씩 굳어지고 있었다.

"하지만 아군 병사들의 희생은 어떻게 합니까? 대부분이 전사하게 될지도 모릅니다. 그들은 디파의 시민이기도 합니다."

"바로 그 디파를 위해서요. 내가 살아남아야 디파도 있소. 레스프라트에서는 이제 자신들이 디파를 빼앗았다고 생각하겠지만 내가 살아 있는 한 어림도 없소."

코테르의 눈은 추호의 흔들림도 없이 비정하게 빛나고 있었다. 코테르의 강변에 파나로는 할 말을 잃은 듯 코테르를 멀거니 쳐다보았다. 파나로의 큰 눈은 불안하게 흔들리고 있었다. 조금 뒤 파나로가 주저하며 말했다.

"아메트가 우리를 받아줄지 어떨지도 모르는 일 아닙니까?"

"누가 새 왕이 되든 아메트는 나를 받아주게 되어 있소. 내가 있어야 디파에 대한 권리를 주장할 근거가 되거니와 나만큼 디파를 속속들이 알고 있는 사람도 없으니까. 그 점은 마콜리스 장군께서도 잘 알고 계실 거요."

그렇게 못 박은 코테르는 이번엔 마콜리스에게 고개를 돌리고 말했다.

"마콜리스 장군, 아까 경솔하게도 항복 운운했었지만 잘 생각해 보시오. 여기서 항복해서 레스프라트 군의 포로가 되면 당장은 살 수 있겠지만, 나중에 아메트에 돌아가 봤자 디파를 잃은 책임을 지고 사형당하든가 운이 좋아도 파면당하는 등 죄를 면치 못할 거요. 차라리 나를 보호해서 아메트로 가는 것이 당신에게도 어느 정도 면죄부가 주어질 텐데, 그 편이 훨씬 나은 선택 아니겠소?"

마콜리스는 무표정한 얼굴로 잠자코 있으면서 긍정도 부정도 하지 않았다. 파나로가 마콜리스의 눈치를 슬쩍 살피면서 말했다.

"하지만 그렇게 되면 아메트 군이 후일 디파를 대규모로 공격할 것 아닙니까?"

"당연히 내 도시를 찾아야지. 아메트든 레스프라트든 그깟 깃발에 관계없이 디파는 디파요. 베르테스라는 애송이는 위대한 도시 디파를 모욕하고 내게 이런 수모를 안겨준 것을 반드시 후회하게 될 것이오."

코테르는 베르테스에게 강한 적의를 불태웠다.

"두 분 장군께서는 내가 말한 것을 염두에 두고 세이드 성을 공략한 다음 우리가 취하게 될 행로와 세부 계획을 마련해 주시오. 내가 살아서 아메트까지 가지 못한다면 병사들의 희생이 그야말로 헛되지 않겠소? 두 분이 잘 의논하셔서 오늘 밤에 내게 보고해 주시오."

코테르의 당부에 파나로와 마콜리스는 마지못해 고개를 숙였다.

"알겠습니다."

두 사람의 대답에 코테르는 흡족한 미소를 지었다.

"됐소. 두 분 다 바쁘실 텐데 지금은 이 정도로 해둡시다."

"예, 이만 나가보겠습니다."

두 사령관은 코테르에게 인사하고 함께 그곳을 나왔다.

"우리는 참 대단한 분을 모시고 있는 것 같소. 안 그렇소?"

파나로와 나란히 총사령부를 걸어나오던 마콜리스가 문득 묘한 웃음을 흘리며 나지막이 말했다. 파나로는 대답없이 골똘한 얼굴이었다.

밤이 지나고 코테르가 결정한 총공격의 아침이 밝았다. 레스프라 군

의 사령관 디르크가 제시한 유예 기간을 무시라도 하는 것처럼 디파·
아메트 군은 총공격을 앞두고 터질 듯한 긴장감 속에 바삐 움직이고
있었다. 그러나 겉으로 보이는 조용함과는 달리 병사들은 너 나 없이
짙은 불안과 두려움에 휩싸여 있었다. 오늘의 전투에서 과연 살아남을
수 있을지 불투명한 그들 자신의 목숨과 디파에 남아 있는 가족들에
대한 걱정이 모두의 머리에서 떠나지 않고 있었다. 일부는 장교들에게
들리지 않게 조심하며 끼리끼리 강한 불만을 토로하기도 했다.

레스프라트 측이 병사들의 목숨을 보장한다는 조건으로 항복을 제
안했다는 사실은 어느 정도 공공연한 비밀로 퍼져 나가 있었다. 그런
데 디파까지 점령당한 상황에서 총공격 명령이 떨어진 것이다. 그러나
그런 불만은 조금이라도 소요를 일으키려는 자는 그 자리에서 참살하
라는 총사령관 코테르의 무시무시한 명령 앞에 감히 겉으로 표출되지
는 못하고 있었다.

한편 총사령부에서는 결전의 시작을 앞두고 작전 회의가 열리려 하
고 있었다. 완전 무장을 갖춘 지휘관들이 자리에 배석하고 상석에 코
테르 성주가, 그의 양 측면에는 파나로와 마콜리스가 앉았다. 코테르
는 근엄한 자세로 입을 열었다.

"그동안 수고들 많았소. 이제 오늘로서 이 지리한 싸움에 종지부를
찍읍시다. 총력을 다해 세이드 성의 적을 분쇄하고……."

코테르의 말이 끝나지도 않았는데 별안간 파나로가 자리에서 벌떡
일어났다. 그가 허리에 찬 검을 잡는가 싶더니 다음 순간 차가운 빛이
번득이며 코테르의 목이 댕경 잘려 나가 바닥에 나뒹굴었다. 너무도
급작스럽게 발생한 일이라 누구도 말릴 틈이 없었고, 무슨 일이 일어났
는지 깨닫기까지도 시간이 걸렸다. 코테르의 경호 대장 다이튼이 재빨

리 검을 뽑아 파나로에게 다가가려는 찰나 마콜리스가 큰 소리로 외쳤다.

"성주는 죽었소! 누구를 위해 싸우려 하시오?"

그의 힘있는 목소리에 압도되어 다이튼은 자신도 모르게 멈춰 섰다. 그것과 동시에 무기를 뽑으려던 다른 지휘관들의 움직임도 일순 멎었다. 파나로는 담담한 얼굴로 사람들에게 말했다.

"세이드 성의 레스프라트 군을 격퇴하고 디파로 돌아간다던 코테르 성주의 말은 거짓이었소. 그는 그 길로 아메트로 달아나려고 하였소. 어제 코테르는 디파의 병사들이 전부 죽어도 상관없으니 자신이 아메트로 빠져나갈 방법을 강구하라 내게 명했소. 그럼에도 나는 혹시라도 그가 밤새 마음을 바꾸지 않을까 희망을 걸었었소. 그러나 오늘 보았듯이 성주는 제 목숨 하나 살겠다고 자신을 믿고 따라온 부하들을 아무런 거리낌도 없이 몰살시키려 했소. 이 자리에서 내가 죽더라도 상관없소. 하지만 그런 자를 위해 모두가 죽을 필요는 없소."

파나로의 말을 들은 지휘관들은 대단히 충격을 받은 모습들이었다. 그러나 그의 말을 거짓이라 반박하는 이는 없었다. 코테르라면 충분히 그럴 수 있다는 것은 최근 며칠간의 추이를 보더라도 짐작할 수 있었다. 무기를 잡고 있던 손들이 슬그머니 거두어졌다.

"성주가 죽었으니 더 이상 헛되이 싸울 필요가 없소. 패장으로서 모든 책임은 내가 지겠소. 레스프라트 군에 사신을 보내서 항복의 뜻을 전합시다."

파나로가 말했다. 사람들은 침묵으로 동의의 뜻을 대신했다.

그로부터 얼마 뒤 디파 군에서 항복 의사를 밝히는 사자가 세이드 성에 들어갔다. 레스프라트 군의 총사령관 디르크 이하 주요 인물들의 앞으로 안내된 디파 군의 사자는 항전을 주장하던 디파 성주 코테르가 내부의 사태로 죽었다는 사실을 밝히고, 디파 군과 아메트 군 장병들의 생명 보장과 지도부에 대한 공정한 재판이라는 약속이 지켜진다면 무장을 해제하고 항복하겠다는 의사를 전달했다. 디르크는 분명하고 확실한 어조로 사자에게 답했다.

"레스프라트 군의 총사령관으로서 약속하겠소. 디파 군 장병들의 안전을 보장하며, 디파의 지도부 인사들은 공정한 재판을 거쳐 처분이 결정될 것이오. 아메트 군의 경우, 포로로서 합당한 대우를 받게 될 것이며 추후 아메트와의 협상을 거쳐 귀국이 허락될 것이오. 또한 이번의 항복 결정은 명예롭고 용기있는 결단으로서 충분히 고려의 대상이 될 것이오."

"감사합니다. 총사령관께서 말씀하신 내용을 그대로 전하겠습니다."

"일몰 전까지 시간을 줄 터이니 그때까지 무장 해제를 끝내고 준비를 하시오."

"알겠습니다."

디파의 사자는 레스프라트 군 진영의 호의적인 태도에 적이 안심하며 디르크에게 절하고 디파 군의 진지로 돌아갔다. 사자가 떠나간 뒤 세이드 성에서는 기쁨의 환호가 울려 퍼졌다.

디파 · 아메트 군의 항복 소식은 특공대와 있는 삼룡이에게 마리나와 릴리가 보낸 통신으로 디파 성내의 레스프라트 군 별동대에도 알려졌다. 성주관과 동서 성문 탑을 포위하고 공격한 지 닷새째, 그렇지 않아도 성주관에서 농성 중인 디파 군에서는 피로와 실의의 기색이 역력히 드러나고 있었다. 며칠 버티지 못하고 항복하지 않을까 하는 예상이 나오고 있던 차에 디파·아메트 군의 항복 소식이 들어온 것이다. 클루오는 즉각 이 소식을 적극적으로 이용했다.

"성주관에 있는 병사들은 잘 들어라. 디파의 반역자 코테르가 죽고, 디파 군과 아메트 군은 항복했다. 거기서 버텨봤자 아무도 도와주러 오지 않을 것이다. 이미 죽은 코테르에게 충성해 봤자 헛일이다. 이제 그만 항복해서 살 궁리를 하라!"

승리의 환호성과 함께 레스프라트 군에서 의기양양하게 외치는 말에 성주관의 디파 병사들은 놀라고 당황하여 흔들리기 시작했다.

"거짓말이다. 아버님이 돌아가실 리 없다! 뻔한 거짓말이니 대꾸할 필요조차 없다. 무시하라!"

타딜은 강하게 부인했지만 기실 그의 마음속에서도 희망은 꺼져 가고 있었다. 동쪽과 서쪽 성문 탑은 레스프라트 군의 연이은 공세에도 아직 버티고 있었으나 아무리 기다려도 구원군이 나타났다는 연기 신호는 올라오지 않았다. 성주관을 지키는 병사들의 사기도 좋지 못했다.

처음에는 성을 나간 디파·아메트 군이 들판에서 레스프라트 군에게 포위되어 오도 가도 못하고 있다는 레스프라트 군의 주장을 믿지 않았었지만, 며칠이 지나도록 바뀌지 않는 상황에 어쩌면 그 말이 사실일지도 모른다는 의구심이 서서히 확신으로 바뀌어가고 있었다. 거기다 레스프라트 군은 공격을 가하는 틈틈이 성주관의 장병들을 회유하는 말을 끊임없이 외치고 있었다. 엄중한 감시에도 불구하고 밤을 틈타 몰래 성주관을 빠져나가 레스프라트 군에 항복하는 숫자가 늘어가고 있었다.

"성주가 죽었는데 더 버텨서 어쩌겠다는 거냐? 죽은 코테르의 목을 가져다 들이대야 정신을 차릴 모양이구나. 거기서 그렇게 있어봤자 남은 길은 개죽음밖에 없다. 목숨이 아깝지 않느냐? 지금 항복하면 목숨도 건질 수 있고 디파를 떠나지 않아도 된다."

"마니어 코테르 일가가 디파를 멋대로 아메트에게 팔아버린 것부터가 잘못된 것이다. 그런데 그런 마니어 가문에 충성할 필요가 어디 있는가?"

바깥에서 그런 소리가 기세등등하게 들려오는 가운데 타딜은 머리를 감싸 쥐고 앉아 있었다.

"어떻게 할까요? 병사들이 흔들리고 있습니다. 뭔가 조치를 취하셔야……."

수비대장 와드가 물었다. 그의 얼굴에도 감출 길 없는 불안과 초조함이 묻어 있었다. 타딜은 버럭 소리를 질렀다.

"사실일 리가 없지 않소? 저건 분명히 거짓말이오. 먼 곳에서 일어난 일을 어떻게 저들이 알고 있다는 말이오? 설마 아버님이 디파를 떠나시자마자 돌아가시기라도 했단 말이오? 병사들이 동요하더라도 그걸 바로잡아야 할 사람이 내게 와서 그런 식으로 말해서 어쩌자는 거요? 어서 가서 병사들을 독려해 싸울 생각이나 하시오!"

"죄, 죄송합니다."

와드가 나가는 모습을 바라보던 타딜은 혼자 남자 조금 전의 기세가 무색하게 기운을 잃고 어깨를 늘어뜨렸다. 와드에게 퍼부은 말은 전혀 타딜의 본심이 아니었다. 어느 것이 진실인지 그로서도 도저히 판단이 서지 않았다. 보다 정확히 말해 정상적인 판단을 내릴 수 있는 단계가 아니라는 편이 옳았다. 병사들이나 와드가 품고 있는 두려움보다 타딜이 느끼는 공포는 더욱 크고 실제적인 것이었다. 만에 하나 레스프라트 군의 주장이 사실이라면 그는 물론이고 가족들까지 무사하기 어려울 것이 뻔했다.

"어떻게 해야 하지?"

타딜은 머리칼을 쥐어뜯으며 괴로워했다. 아무리 고민해도 대책 같은 것은 애초에 있을 수 없었다.

지옥 같은 하루가 지나고 해가 진 후, 레스프라트 군이 보낸 사자가 타딜의 앞에 와서 섰다. 사자는 지금 항복한다면 성주관의 장병들과 고용인들의 안전을 보장하고 타딜과 나머지 가족들의 경우에도 일단 구금하되 후에 재판을 거쳐 죄를 결정하도록 약속하겠다는 말로 항복을 권유했다. 타딜이 어떤 대답도 않자 사자는 하루의 시간을 주겠다는 말을 남기고 성주관을 물러났다.

타딜은 그때부터 아무도 들이지 말라는 명령을 내리고 혼자서 서재에 틀어박혔다. 생각을 정리해 보려고 했으나 마음과는 다르게 뿌옇게 흐려진 머리에서는 아무 생각도 일지 않고 나른하며 무감각한 상태로 빠져들었다. 얼마나 시간이 지났는지도 모르는 채 멍하니 책상 앞에 그냥 앉아 있는데 불현듯 누군가가 문을 두드렸다. 처음에는 못 들은 척 무시하려 하였으나 문을 두드리는 소리는 점점 커지며 지칠 줄 모르고 계속되었다. 타딜은 하는 수 없이 일어나 문을 열었다. 문 앞에는 집사장이 서 있었다. 그를 나무라려던 타딜은 늙은 집사장의 손에 쥐어져 있는 창을 보고 흠칫 놀라 그 자리에 못 박힌 듯 서 있었다. 집사장이 말했다.

"아무도 들이지 말라는 말씀을 어겨 죄송합니다, 타딜 도련님. 하지만 이 말씀을 꼭 드리고 싶어 결례를 무릅쓰고 왔습니다. 저를 비롯한 성주관의 모든 사람들은 기꺼이 도련님과 마니어 가문을 위해 죽을 각오가 되어 있습니다. 비록 늙은 몸이지만 저 역시 무기를 들고 끝까지 싸울 것입니다."

집사장의 주름진 얼굴에는 비장한 각오가 담겨 있었고, 핏발이 선 눈은 단호하게 빛나고 있었다. 타딜은 물끄러미 그의 얼굴을 바라보다가 고개를 떨구었다. 자신이 아직 걸음마를 배우기도 전부터 성주관에 있었다는 집사장은 어찌 보면 가족이나 다름없는 사람이었다. 그런 그가 창을 들고 있다는 사실에 놀라기부터 했던 자신이 부끄럽기도 하고 평생을 헌신하고도 이제 목숨까지 기꺼이 주겠다는 그의 마음이 사무치도록 고마웠다. 목울대가 떨리는 것을 간신히 참으며 타딜은 집사장에게 말했다.

"고맙습니다. 그 마음, 잊지 않겠습니다. 아직 좀 더 생각할 일이 있으니 가서 주무십시오."

"도련님께서 주무시지 않는데 제가 어찌 잠들 수 있겠습니까?"

"나는 서재 안쪽 방에서 잘 테니 가십시오."

타딜은 가지 않으려는 집사장을 달래어 억지로 보내고 문을 닫았다. 그러나 집사장에게 했던 말과는 달리 그는 침대가 있는 방이 아닌 책상에 돌아가 앉았다. 머리 속은 여전히 흐렸지만 타딜은 결단을 내려야 할 시간이 다가오고 있음을 느끼고 있었다.

뜬눈으로 생애에서 가장 길고 괴로운 밤을 지낸 타딜은 새벽이 다가올 무렵 드디어 마음을 굳혔다. 그리고 그 결심이 흔들리기 전에 아침 일찍 성주관 밖의 레스프라트 군에게 사자를 보내어 전날의 약속이 지켜지는 것을 조건으로 항복 의사를 전했다. 그리고 그날 오전, 마침내 성주관의 문이 열리고, 성주관을 지키고 있던 병사들과 장교들이 줄줄이 나와서 가지고 있던 무기를 전부 바닥에 내려놓았다. 수비대의 다음에는 성주관의 집사장과 하인·하녀 등 고용인들이 나왔고, 마지막으로 마니어 코테르 성주 일가가 걸어나왔다. 성주 코테르의 아내를 비롯해 그의 장남 타딜과 차남, 딸, 그리고 그들 각자의 가족들이었다. 성주관의 외벽 문 앞에 집결해 있는 레스프라트 군 지휘부를 마주 보는 위치에서 가족들과 나란히 멈춰 섰던 타딜은 홀로 앞으로 한 걸음 걸어나와서 큰 목소리로 말했다.

"내가 마니어 타딜이오. 패서 장군의 약속을 믿고 항복을 결정했으니 약속대로 성주관의 고용인들과 수비대 장병들의 안전 보장 및 나의 가족에 대한 최소한의 대우와 공정한 처분을 요구하는 바이오."

비통함이 가득 담긴 매우 수척한 얼굴이었으나 마지막까지 품위를 지키려고 애쓰는 기색이 역력했다. 클루오는 긍정의 의미로 고개를 저으며 말했다.

"제가 패서 시어네입니다. 그 점은 염려 마십시오. 약속은 반드시 지키겠습니다."

그제야 클루오의 얼굴을 제대로 쳐다본 타딜은 설마 하는 표정으로 그에게 물었다.

"당신이 패서 장군이라고?"

"그렇습니다."

클루오의 대답을 듣고도 타딜은 믿기 어려운 듯 황당한 얼굴로 그를 건너다보았다. 클루오는 그것에 신경 쓰지 않고 부하에게 명령을 내렸다.

"성주 일가를 감옥에 구금하도록. 예의에 어긋나는 일이 없도록 정중히 모시게.”

“알겠습니다.”

명령을 받은 장교는 병사들을 이끌고 그들에게 가서 감옥으로 데리고 갔다. 병사들에게 둘러싸여 가면서 타딜은 아무래도 믿겨지지 않던지 몇 번이고 클루오를 뒤돌아보았다. 대담하게도 본대와 외따로 떨어져서 디파를 기습 공격해 온 레스프라트 군의 지휘관이 저렇게 젊은 사람일 것이라고는 꿈에도 생각지 못한 일이었다.

‘저런 애송이에게 천 년의 위대한 도시 디파가 당했다는 말인가?

타딜은 허탈한 심경으로 하늘을 올려다보았다. 그런 그를 조롱이라도 하는 것처럼 하늘은 파란 호수처럼 맑게 빛나고 있었다.

■ 제12장

지식의 관

코테르가 죽고 디파·아메트 군이 항복한 데 이어 디파의 성주관까지 항복했다는 소식이 들어오자 마리나와 릴리는 지체없이 프라트의 무적택배 사람들에게 이 사실을 알렸다. 박상 등은 지휘차의 조종실에 모여 마리나 자매와 통신으로 이야기를 나누었다.

"정말로 전쟁이 끝난 건가요?"

지혜가 잘 믿어지지 않는지 재차 확인했다. 릴리는 자신들의 승리인 양 가슴을 펴고 자랑스럽게 말했다.

[네, 완전히 종료되었어요. 여기 상황이야 우리가 직접 보고 들었으니까 확실한 거고, 디파 쪽도 삼룡이가 있으니까 틀릴 리가 없죠. 모레까지는 이곳을 정리하고, 글피 오전에 디파로 간다더군요.]

"두 분은 어떻게 하실 겁니까?"

박상의 질문에 마리나는 당연하다는 투로 답했다.

[여기까지 같이 행동해 왔는데 디파 입성도 봐야죠. 그리고 어차피 디파에 있다는 지식의 관을 조사해야 하잖아요. 번거롭게 우리가 왔다 갔다 할 것 없이 나중에 여러분이 디파에 오는 것이 어떻겠어요?]

마리나의 제안을 들은 박상은 대답에 앞서 그녀에게 물었다.

"그곳에서 디파까지 가는 데 얼마나 걸릴 것 같습니까?"

[올 때는 9일 걸렸지만, 갈 때는 더 걸리겠죠. 일단 승리를 축하하는 연회를 열 겸 병사들을 이틀 정도 쉬게 할 모양이고, 행군 속도도 훨씬 느려지지 싶어요. 또 포로들도 수습해야 하구요. 대원에게 물어보니까 디파에 들어가려면 한 14, 5일은 걸릴 거라고 보고 있더군요.]

"디파에 들어간 뒤 레스프라트 군 전체가 곧장 프라트에 돌아오지는 않겠죠?"

우진이 물었다.

[당연하죠. 처리할 일도 많고 해서 빨리 돌아가진 못할 모양이에요.]

그 말을 들은 지혜가 일행에게 말했다.

"마리나 씨의 말대로 하는 게 좋을 것 같네요. 전쟁이 생각보다 일찍 끝나긴 했지만 거기서 원정군이 프라트까지 돌아오려면 적어도 5, 60일 은 넘게 걸리겠어요. 우린 한시가 급한데 그때까지 기다릴 수는 없어요. 레스프라트 군이 디파에 들어가고 나면 치안도 안정될 테니까 마리나 씨와 릴리 씨는 레스프라트 군과 같이 디파에 가 있고, 우리가 나중에 그곳으로 가서 합류하는 것으로 하죠."

다른 사람들의 생각도 지혜와 같았다. 박상이 말했다.

"그럼 레스프라트 군이 디파에 입성한 뒤 상황을 봐서 우리가 그곳 에 가는 것으로 합시다."

[알겠습니다.]

쌍둥이 자매는 동시에 한목소리로 대답했다.

"지금 거긴 잔치 분위기겠네요."

우진이 물었다. 릴리는 크게 고개를 주억거렸다.

[그럼요. 바깥은 지금 장난이 아니에요. 다들 우리를 멀리서라도 보기만 하면 어찌나 환호하면서 절을 하는지 쑥스러워서 바깥에 잘 다니지도 못하겠어요. 우리가 있어서 이겼다고 생각이라도 하는 모양이에요.]

"도움이 된 것은 사실이지 않습니까?"

우진은 빙글빙글 웃었다. 마라나는 미소 지으며 머리를 흔들었다.

[우리가 실시간으로 정보를 제공한 것이 어느 정도 도움이 되기는 했겠지만, 어디까지나 작전을 지휘하고 직접 싸운 사람들의 공이죠. 작전이 잘될지 어떨지는 우리도 알 수 없는 일이었던걸요.]

"그래도 정보가 얼마나 중요한 요소인데요. 그리고 두 분이 양성하신 특공대가 정말 큰일을 해내지 않았습니까?"

[그렇기는 하죠.]

특공대 이야기가 나오자 마라나도 뿌듯한 표정이 되었다.

"그쪽에서 보낸 승전 보고가 여기까지 오는 데 어느 정도 걸릴 것 같습니까?"

박상이 물었다. 마라나는 잠시 머리 속으로 생각해 보고 대답했다.

[아무리 빨라도 20여 일은 걸릴 거예요. 그리고 보고서를 작성하는 데 걸리는 시간도 생각해야 할 거구요.]

"너무 늦군요."

입속으로 중얼거린 박상은 일행에게 말했다.

"디파에서 보낸 승전 보고가 도착하기 전에 우리가 디파에 가게 될

지도 모르니 승전 소식을 노드 씨를 통해 국왕에게 알려두는 게 어떻겠습니까?"

그러자 박창이 말했다.

"괜찮기는 한데 여태까지 아무 말도 안 하다가 느닷없이 이겼다는 소식을 전해주면 놀라지 않을까?"

디파에서 일어나는 일들은 마리나 자매와의 연락을 통해 지속적으로 확인하고 있었지만, 진행 중인 작전에 대해 섣불리 거론하지 말자는 내부 의견에 따라 그때까지는 노드와 로네스를 포함해 레스프라트의 누구에게도 알리지 않고 있었다.

"자세한 이야기를 다할 필요는 없다고 봅니다. 그건 나중에 총사령관의 보고를 받으면 될 테니까요. 우리는 그저 마리나 씨와 릴리 씨를 통해서 승전 소식을 들었다고만 하면 되지 않겠습니까?"

우진이 말했다. 우진의 생각이 타당하다고 생각한 박상 등은 그렇게 하기로 하고 마리나 자매와 통신을 끝낸 다음 노드와 로네스를 불러서 디파의 탈환이 성공리에 끝났음을 알려주었다. 난데없이 승전 소식을 듣게 된 노드와 로네스의 놀라움은 대단히 컸다. 그러나 무적택배 사람들의 말이라면 무조건 믿는 그들은 한 치의 의심없이 바로 베르테스에게 보고하러 왕궁으로 내려갔다.

베르테스는 마침 레히트 재상과 재무대신 엘트와 자신의 집무실에서 회의를 하고 있었다. 디파 토벌전에 추가로 지원군을 편성하여 베르테스 자신이 지휘해서 가는 일을 논의하는 자리였다. 회의 도중 시종으로부터 노드가 디파에 대해 급히 보고할 것이 있다며 와 있다는 말을 들은 베르테스는 두 사람을 그 자리에 들어오게 했다. 집무실에 들어온 로네스와 노드는 세 사람에게 고개 숙여 절하고 테이블에 다가

갔다.

"디파 토벌전에 대해 급히 보고할 일이 있다고 했다는데, 무슨 일이오?"

베르테스가 물었다. 그와 다른 두 사람에게서는 혹시라도 좋지 않은 소식이 아닌지 하는 우려의 기색이 담겨 있었다. 노드는 감격에 찬 어조로 말했다.

"기뻐하십시오, 폐하. 신의 사도들께서 디파 토벌전에 나선 레스프라트 군이 디파 토벌을 성공리에 끝내고 승리를 거두었다는 소식을 주셨습니다. 성주 코테르는 죽었고, 디파는 항복했다고 합니다."

베르테스와 레히트, 엘트는 멍한 얼굴로 일제히 그를 쳐다보았다.

"지금… 뭐라고 하셨소?"

반신반의하며 베르테스가 물었다. 노드는 조금 전보다 큰 목소리로 상세하게 설명했다.

"신의 사도들께서 말씀하시기를, 반역자 코테르 성주는 양군의 교전 중 위기에 치한 디파 군의 내부 반란으로 사망했고, 디파 토벌군의 별동대가 디파에 입성하여 성주관의 항복을 받았다고 합니다. 이 소식은 디파 토벌군과 함께 그곳에 가 계신 신의 사도 두 분께서 직접 연락하여 알려주신 것으로 압니다."

베르테스와 두 사람은 뭐라 형언할 수 없는 표정이 되어 한동안 가만히 있었다. 도무지 실감이 나지가 않고 어리둥절했던 것이다.

"기쁘면서도 아직도 믿어지지 않는군요. 제가 잘못 들은 것이 아니기를 바랄 뿐입니다."

얼마 뒤 레히트가 입을 열었다. 엘트는 기쁜 낯으로 말했다.

"신의 사도 여러분께서 알려주신 것이니 틀림없는 사실이겠지요."

"그야 말할 나위 있겠소."

베르테스의 얼굴에도 그제야 미소가 떠올랐다.

"디르크 원수께서 정말 큰일을 해내셨습니다. 자세한 개요는 디르크 원수에게서 오는 보고를 봐야 알겠지만, 그때까지 궁금해서 기다릴 일이 큰일입니다."

레히트는 그로서는 드물게 소리 내어 웃었다. 엘트도 레히트를 따라 미소 지었다.

"그러게 말입니다. 디파에서 여기까지 전령이 도착하려면 아무리 서둘러도 20일은 넘어 걸릴 텐데, 그동안 짐작만 해야 하다니 많이 답답할 것 같습니다."

"아무튼 이제 이 서류들은 더 이상 검토할 필요가 없겠군요."

베르테스는 테이블 위에 수북이 놓여 있는 서류 더미를 홀가분한 눈길로 보았다. 전부 디파 토벌전의 추가 지원과 응원군의 편성 및 준비에 관한 것들이었다.

"폐하, 디파 탈환 소식을 언제 공표하실 생각이십니까?"

레히트가 물었다. 베르테스는 대답했다.

"이런 좋은 소식을 알고 있으면서 묵혀둘 필요가 있겠습니까? 당장 대신들을 모아 회의를 열고 그 자리에서 공표하기로 합시다."

"예."

레히트와 엘트는 한목소리로 베르테스의 말에 동의했다.

얼마 뒤 급히 열린 각료 회의에서 베르테스가 디파의 탈환 소식을 전하자 사람들의 반응은 처음의 베르테스 등과 비슷했다. 디파 점령이 이토록 빨리 끝나리라고는 아무도 상상조차 하지 못한 일이었다. 모두 자세한 이야기를 듣고 싶어했지만 아직 디르크가 보낸 보고가 도착하지 않아 베르테스도 더 해줄 이야기는 없었다.

그날의 회의는 베르테스와 디르크 총사령관에 대한 칭송과 디파 탈환에 대한 감격을 토로하는 말들로 왁자지껄한 분위기였다. 그리고 그날이 지나기 전에 이 소식은 프라트 전체로 퍼져 나갔다. 그로부터 며칠이 지나도록 프라트 시내 전체가 흥분으로 들썩거렸고, 이 승리 역시 신의 사도들의 은덕이라 여긴 미테르 교의 사제와 신도들은 다시 한 번 성대한 의식으로 무적택배 사람들에게 감사를 표했다.

디파의 항복으로부터 이십여 일이 경과했다. 디파에서 보냈을 전령은 아직 프라트에 도착하지 않고 있어 소식을 애타게 기다리는 프라트 사람들의 조바심을 자아내고 있었다. 무적택배 사람들은 지식의 관에 가는 일을 더는 미룰 수 없다고 생각하고 베르테스에게 알린 뒤 지휘차로 디파로 떠났다. 지휘차에는 박상 형제 등 5명 이외에 노드와 로네스, 파디아를 비롯한 일단의 미테르 교 사제들과 경호 임무를 맡은 특공대원들이 동행해 있었다. 프라트 상공을 지나 한참을 날아가 디파 근처에 다다르자 마리나와 릴리가 에어 바이크를 타고 마중 나왔다.

"굳이 마중 나올 것까지는 없었는데……."

우진이 인사처럼 건네는 말에 릴리가 짱짱한 목소리로 말했다.

"심심해서 바람도 쐴 겸 나왔어요. 시내에 머물고 있다지만 우리 마음대로 바깥을 다닐 수 있는 것도 아니고, 둘이만 붙어 있으려니 영 심심했거든요."

"디르크 총사령관께는 우리가 가는 걸 말씀드렸습니까?"

박상이 물었다.

"그럼요. 다같이 성주관에서 머물면 돼요. 내일 저녁에는 연회를 마련하신다고 하더군요. 디파에 얼마나 있어야 할지 모르지만 너무 사양해도 실례될 것 같아서 잠자코 있었어요."

릴리가 대답했다.

"잘하셨습니다. 어차피 한 번쯤은 정식으로 인사를 드려야죠."

박상은 그렇게 말했다. 이곳 사람들과의 연회 자리가 썩 편한 것은 아니었지만, 릴리의 말처럼 모든 일을 자꾸 사양할 수만도 없는 일이었다.

무적택배 사람들의 지휘차는 마리나 자매의 안내를 받으며 디파 성벽을 넘어 성주관을 향했다. 검은 형체의 지휘차가 하늘을 나는 모습에 성벽과 시내에 있던 사람들의 시선이 그곳에 쏠리며 탄성이 새어나왔다.

일행의 최종적인 목적지는 디파의 성주관 뒤편에 있다는 '기억의 보관소'라는 건물이었다. 펠레즈의 시간의 관과 비슷한 역할을 하는 곳으로, 아담이 그곳에 지식의 관으로 통하는 입구가 있다고 했기 때문이었다. 그러나 다짜고짜 그곳부터 찾아가는 것은 결례가 될 것 같아 우선 성주관에 내려 디르크 총사령관에게 인사를 하고 가기로 한 것이었다.

성주관 안쪽 정원에는 총사령관 디르크를 비롯한 주요 장성들과 카라인 및 특공대원들이 나와서 무적택배 사람들을 기다리고 있었다. 지휘차가 내려서자 그들은 고개를 조아려 그들을 맞이했다. 박상 등은 디르크 등과 간단히 인사를 나누고 즉시 기억의 보관소에 들렀으면 한다는 의사를 밝혔다. 디르크는 그 자리에서 카라인에게 박상 일행의 호위를 맡기고 그들을 기억의 보관소로 안내토록 했다.

기억의 보관소는 고대 디파의 건설 초기에 디파를 이끌었던 지도자들의 납골당 겸 철인간들의 무덤이었다. 정확한 육각형 건축물인 기억의 보관소는 펠레즈에 있는 시간의 관이 그러했듯이 주변의 다른 건물들과는 사뭇 다른 이질적인 느낌의 건물이었지만, 시간의 관보다는 규모가 훨씬 작은 편이었다. 건물의 꼭대기 층에는 반구형의 둥그스름한 물체가 있는 것이 눈에 띄었다. 투명한 구체인지 무적택배 사람들이 보았을 때는 하늘의 푸른색을 띠고 있었다.

기억의 보관소 맞은편에는 펠레즈의 시간의 관에서처럼 공원 묘지가 넓게 조성되어 있고 관리자와 경비병들이 있었다. 그들은 레스프라트 군이 디파에 입성한 뒤에도 교체되지 않고 그대로 남아 자신의 임무를 계속하고 있었다. 기억의 보관소의 관리자인 코든은 머리가 희끗희끗한 초로의 남자였다.

"위대한 도시 디파의 기억의 보관소 관리자인 코든 도미입니다. 신의 사도 여러분의 말씀은 그간 많이 들어왔습니다. 이렇게 찾아주시니 영광입니다."

말로만 그러는 것이 아니리 코든은 무적택배 사람들의 내방에 진심으로 감격하여 눈물까지 글썽이고 있었다. 특히 아담을 비롯한 철인간들을 바라보는 그의 시선은 따뜻하고 애틋하여 그들에 대해 품고 있는 진심 어린 애정을 느낄 수 있었다.

"뵙게 되어 기쁩니다. 저는 박상이라고 이쪽은 동생인 박창, 그리고……."

박상은 그에게 일행을 소개하고 기억의 보관소를 둘러보고 싶다고 청했다. 코든은 기꺼이 응하고 직접 안내하겠다고 자청했다. 박상 등은 감사히 받아들이고 그의 안내를 받아 기억의 보관소 안으로 들어갔다. 아담과 수정 등의 로봇과 파디아를 비롯한 미테르의 사제들은 무

적택배 사람들을 따라갔지만, 특공대원들은 혼잡을 피하기 위해 바깥
에 남았다. 코든은 부관리자인 젊은 남자에게 횃불을 들게 하고 자신
은 무적택배 사람들을 안내했다.

　기억의 보관소 내부는 놀랍도록 시간의 관과 유사했다. 일부러 빙글
빙글 돌아가게 만든 벽면에다 아마도 펠레즈의 벽화를 그린 사람이 그
리지 않았을까 싶은 벽화가 설명문과 함께 그려져 있었고, 코든의 설명
역시 시간의 관의 관리자 라이팔란과 대체로 동일한 내용이었다. 두
도시가 건설 초기부터 밀접하게 연관되어 있었다는 것은 그것에서도
쉽게 짐작이 되었다.

　벽화가 끝난 맨 끝의 벽면에는 디파의 건설 초기에 남아서 도시를
건설하고 지켰던 마지막 어른들의 이름이 기재되어 있었다. 그 앞에
간 무적택배 사람들은 코든을 따라 고개를 숙이고 잠시 묵념했다. 그
뒤 그 목록을 바라보던 그들은 특이한 점을 한 가지 발견했다. 지도자
의 이름을 새긴 곳에 6명의 이름이 동일한 크기로 새겨져 있다는 것이
었는데, 세 번에 걸쳐 지도부에 변동이 있었지만 6명이라는 숫자만큼
은 그대로였다.

　"이곳은 지도자가 여러 분이었나 보군요."

　우진이 코든에게 물어보았다.

　"예. 위대한 도시 디파는 초기부터 상당 기간 6명의 위원들이 중요
사안을 결정하고 지도하는 6인위원회라는 집단 지도 체제를 유지해 왔
습니다."

　"하지만 지금은 한 명의, 그것도 세습제인 성주가 있지 않습니까?
언제부터 그렇게 된 겁니까?"

　우진은 평소의 습관대로 디파의 역사에 흥미를 나타냈다.

"여러 가지 부침이 있었지만 지금과 같은 체제로 굳어진 것은 대략 5, 600년 전쯤부터라고 볼 수 있습니다."

"그때부터 마니어 일가가 성주였습니까?"

이 질문을 받은 코든의 얼굴에는 기이한 느낌의 미소가 떠올랐다.

"그렇지는 않습니다. 비록 마니어 가문이 고대의 6인위원회에도 이름이 등장하는 오래된 가문이기는 하지만 말입니다."

코든의 말투는 어딘지 냉소적인 울림이 있었다. 드러내고 말하지는 않고 있지만 그는 마니어 일가에 대해 반감을 가지고 있었던 것 같았다. 우진은 이것저것 더 묻고 싶어했지만 지혜가 작은 소리로 그를 말렸다.

"역사 같은 건 나중에 알아보고 지금은 여기나 둘러보자구요."

우진은 머쓱해서 입을 다물었다.

다음으로 코든은 일행을 건물 중앙에 있는 계단으로 안내했다. 그곳의 구조도 시간의 관과 비슷해서 엘리베이터로 보이는 4개의 기둥이 눈에 띄었다. 다른 점이라면 시간의 관의 계단이 1층에서 멎어 있는 데 비해 이곳의 계단은 지하로 내려갈 수 있게 연결되어 있다는 것 정도였다. 코든은 계단 앞에서 박상 등에게 물었다.

"위로 올라가시면 철인간들이 모셔져 있고 아래에는 고대의 지도자들이 모셔져 있습니다. 어느 쪽부터 가보시겠습니까?"

"위쪽부터 가보죠."

지혜가 재빨리 대답했다. 그녀에게는 인간의 무덤보다 철인간들의 무덤 쪽이 훨씬 흥미로웠던 것이다. 코든은 지혜의 말에 따라 무적택배 사람들을 위로 안내했다. 코든의 설명에 의하면 기억의 보관소는 지상 5층 지하 1층 구조로 지상 2층에서 5층까지가 철인간들을 위한 공간이었다. 현재 하나의 공간으로 트여 있는 그곳은 과거에는 칸막이가 있어서 구획되어 있었던 흔적을 남기고 있었다. 시간의 관과 마찬가지로 철인간들은 투명한 덮개가 달린 석관에 누워 있었다. 전신이 제각기 다른 사이즈와 색으로 알록달록하기는 그들도 마찬가지로 각각의 기능이 정지할 때까지 최대한 활동했던 것이 분명했다.

"여기에서도 철인간들은 끝까지 충실했구나."

지혜는 또다시 감동이 밀려드는 듯 촉촉해진 눈으로 철인간들을 둘러보았다. 그리고 뿌듯한 얼굴로 아담과 세 철인간들을 돌아보았다.

"다른 모든 것이 우리를 배신한대도 이들만은 끝까지 남아 우리를 지켜주고 따를 거잖아. 완전히 신뢰할 수 있는 존재가 있다는 건 정말 대단한 일이야. 같은 인간끼리도 그러기가 힘든데 말이야."

"누난 무인도에 떨어져도 로봇만 있으면 살겠어."

박창은 그런 지혜를 보고 웃었다.

"다 봤으면 내려갑시다."

저쪽에서 박상이 말하자 다들 아래로 내려가기 시작했다. 지혜는 그곳을 떠나기 아쉬운 듯 철인간들을 둘러보며 걸음을 돌리려다 불현듯 천장으로 고개를 돌렸다. 다른 층과 다름없이 평범하게 생긴 천장을 이상하게 바라본 그녀는 코든에게 물었다.

"들어오기 전에 이 건물 꼭대기에 둥근 물체가 있는 것을 봤는데 그건 뭐죠?"

"이 건물이 존재하던 당시부터 있던 것이기는 합니다만, 구체적으로 어떤 것인지는 저도 잘 모릅니다. 다만 항시 하늘의 빛깔을 받아 아름답게 반사하는 그 반구형 물체를 저희는 빛의 구슬이라 부르고 있습니다."

이번에는 우진이 물었다.

"혹시 그게 공중으로 떠오른다거나 하는 그런 이야기를 들은 적이 없습니까?"

"아니오. 그런 말씀은 전해 들은 바 없습니다."

코든은 확실한 어조로 대답했다.

"그냥 장식인가? 그렇게 보긴 뭔가 있을 것 같은데……."

지혜는 고개를 갸웃거리며 용도를 짐작해 보고자 애썼지만 당장은 뚜렷이 떠오르는 바가 없었다. 그래서 그것은 나중으로 미루고 코든과 일행을 따라 아래로 내려갔다.

지상에서 지하로 내려가는 계단에는 고대의 금속으로 만든 문이 있고 자물쇠가 걸려 있었다. 코든은 허리에 차고 있던 열쇠로 그것을 열고 앞장서서 내려갔다. 계단을 내려간 무적택배 사람들은 지하의 묘당을 본 순간 이상한 느낌을 받았다. 막연히 지구의 납골당과 비슷한 곳일 것으로 짐작했는데 그곳은 12개의 금속 조각상들이 일정한 간격으로 놓여 있어 마치 조각 전시장을 방불케 했다. 조각상들은 모두 사람 형상이었는데 실제 사람 크기와 같은 등신대로 의자에 앉아 있거나 책을 들고 서 있는 등 실로 포즈와 모양이 다양했다. 코든과 젊은 부관리자는 그곳에 들어서자마자 허리를 깊숙이 숙여 절했다. 무적택배 사람들과 미테르의 사제들도 그들을 따라 머리를 숙였다.

"이 조각상들은 뭡니까?"

박창이 코든에게 물었다.

"위대한 도시 디파의 초기를 이끈 지도자들의 납골묘입니다. 각 조각상은 그분들의 모습을 본떠 만든 것으로 안에 유골이 수납되어 있습니다."

그 말을 듣고 보니 조각의 발치마다 이름이 새겨진 금속판이 있었다. 조각상의 숫자를 세어본 우진이 고개를 갸웃거렸다.

"6명씩 3기면 18분일 텐데 왜 조각상은 12개입니까?"

코튼은 부드럽게 미소 지으며 답했다.

"3기의 기간 동안 겹치는 분들이 있어서 그렇습니다. 이곳에 계신 분들은 모두 지식과 학문, 문화의 수호자로서 고대의 문명을 보존하고 전파하는 일에 애쓰셨습니다."

코튼의 설명처럼 조각상의 사람들은 제각기 책이나 악기, 도구를 들고 있어 그들이 학자나 예술가, 지식인이었음을 드러내고 있었다.

박상은 통역기를 끄고 일행에게 물었다.

"여기는 대강 다 둘러본 것 같은데 어떻게 하시겠습니까? 일단 나가서 점심을 먹고 다시 와서 지식의 관을 찾아볼까요? 아니면 지금 들어가 볼까요?"

"지식의 관에 대한 구체적인 일은 아직 비밀로 해둬야 할 텐데, 이 사람들을 데리고 가기는 그렇지 않습니까? 지금은 우선 나갔다가 나중에 우리끼리 들어와서 찾아보는 것으로 하지요."

우진이 말했다. 그의 말이 타당한 것 같아 그들은 일단 나갔다가 다시 오기로 합의했다. 밖에 나오니 어느덧 정오가 훌쩍 지나 있었다. 무적택배 사람들은 코튼에게 감사 인사를 하고 나중에 따로 자신들끼리 안을 둘러보고 싶다고 청했다. 코튼은 자신은 한낱 관리자일 뿐이라며 언제든지 필요할 때 이용하라고 공손하게 대답했다.

코튼과 헤어져 성주관에 돌아가자 그들을 맞이할 만반의 준비가 갖추어져 있었다. 박상 일행은 점심을 먹고 조금 쉬다가 공기 침낭과 음식물 등의 물품을 철인간들에게 들려서 다시 기억의 저장소로 갔다.

지식의 관에 들어가서 필요한 자료를 찾다 보면 시간이 많이 걸릴지도 모른다는 지혜의 의견에 따른 것이었다.

파디아와 노드, 로네스에게는 자신들끼리 기억의 저장소에서 확인할 것이 있다고 말해 성주관에 남아 있도록 양해를 구했다. 기억의 저장소에 간 박상 일행은 그곳까지 자신들을 호위해 온 특공대원들도 성주관으로 돌려보내고 로봇들만 대동하고서 기억의 저장소에 들어갔다. 아담은 시간의 관에서처럼 기억의 저장소의 시설을 가동시키고 엘리베이터로 박상 등을 지하로 안내했다. 그러나 그들이 내린 곳은 아까 코든과 함께 왔었던 지하 1층의 납골묘였다.

"왜 여기에서 내렸지?"

박상이 이상해하며 물었다. 시간의 관에서처럼 곧장 지하 깊은 곳까지 엘리베이터가 연결되어 있을 것으로 생각했던 것이다. 아담이 대답했다.

—지식의 관은 대단히 중요한 기밀 시설이므로 이 엘리베이터로는 갈 수 없습니다. 지식의 관으로 가는 입구는 별도로 마련되어 있습니다.

"그럼 여기에 입구가 있단 말이야?"

지혜가 그곳을 둘러보았다. 12개의 조각상과 벽면, 바닥을 두루 살펴보았지만 아무리 둘러봐도 문이라 할 만한 것이 없었다.

—박상님, 지식의 관의 입구를 열까요?

아담이 박상에게 확인을 구했다.

"거길 가려고 왔으니 당연히 열어야지."

목적을 모르지 않을 텐데 구태여 묻는 것이 이상하다고 생각하면서도 박상은 대답해 주었다.

─알겠습니다.

아담이 답한 뒤 생각지도 못한 일이 일어났다. 조각상들이 갑자기 약간씩 움찔거리는가 싶더니 어느 순간 12개 전부가 일제히 제자리에서 방향을 틀었다. 동시에 제각기 서로 다른 방식으로 움직였기 때문에 어느 조각상이 어떤 식으로 움직였는지는 알 수 없었다. 그리고 방 한쪽의 바닥이 움직여 네모난 공간이 생겨났다.

─입구가 열렸습니다.

그때까지 조각상들의 변화에 어리둥절해서 둘러보고 있던 무적택배 사람들은 아담의 말에 정신을 차리고 그를 따라갔다. 바닥에 생긴 공간 아래로는 지하로 내려가는 계단이 있었다.

"이런 식으로 입구가 숨겨져 있다니 굉장한데요. 꼭 보물이라도 찾으러 가는 기분이야."

박창이 즐거워했다.

일행은 조수에게 라이트를 켜게 하고 아담을 따라 계단을 내려갔다. 길고 비좁은 계단을 한참 내려가자 커다란 방처럼 생긴 공간이 나왔다. 바닥이며 천장에는 발광 반도체를 설치해 놓아 은은한 노란 빛이 그곳을 채우고 있고, 계단에서 마주 보이는 벽에는 4개의 큰 문이 나란히 있었다. 문끼리의 간격이나 문의 형태로 보아 엘리베이터의 문처럼 보였다. 아담은 그중 첫 번째 문 앞에 가더니 그것을 열었다. 짐작한 대로 엘리베이터가 맞았다. 아담은 박상을 가장 안쪽에 타게 하고 자신이 그 앞을 가리듯이 서서 일행이 모두 타기를 기다렸다가 엘리베이터를 가동시켰다. 층이 표시되지 않은 엘리베이터는 상당히 깊이 내려가는 느낌이었다.

─도착했습니다.

엘리베이터가 멈추고 아담은 문을 열었다. 엘리베이터의 앞에는 천장이 높은 육각형의 홀이 펼쳐져 있고, 홀 안쪽에는 그 좌우로 통로가 하나씩 트여 있었다. 박상 일행이 엘리베이터를 나와 홀 안쪽으로 걸음을 내딛는데 어디선가 낯선 음성이 들려왔다.

[지식의 관에 오신 것을 환영합니다, 박상 총사령관님, 홀에서 오른쪽은 지식의 관 열람실이고 왼쪽은 요인 대피 시설입니다.]

박상은 깜짝 놀라 아담을 보았다.

"어떻게 내 이름을 알지?"

—펠레즈와 디파는 문명 보존을 위한 공동 운명체로서 각자의 영역을 보존하며 유기적으로 협력하도록 되어 있습니다. 펠레즈에는 에너지 관련 시설과 제반 시스템을 통제하는 센터를 두었고, 디파에는 문명의 지식 보존을 맡겼으며, 지식의 관은 디파의 제3기 6인위원회의 최종 결정에 따라 펠레즈의 총사령관님의 명령을 받도록 되어 있습니다. 따라서 펠레즈의 지휘 센터와 정보 공유가 이루어지며 제가 가지고 있는 정보에 의거해 여러분을 펠레즈의 지도부로 인식하고 있는 것입니다.

"와~ 형, 힘 세네."

박창이 놀리듯이 말하며 웃었다. 박상은 박창의 농담을 무시해 버리고 아담에게 물었다.

"지식의 관 열람실은 알겠는데 요인 대피 시설은 또 뭐지?"

—만일의 사태에 대비하여 주요 요인들의 안전을 확보하기 위한 공간입니다. 비상시의 생활 시설이라고 할 수 있습니다.

"잘됐네요. 어차피 며칠쯤은 각오하고 왔는데 잠잘 곳이 있다면 훨씬 지내기 좋겠어요."

지혜가 말했다.

"어디부터 가보실 겁니까?"

우진이 박상에게 묻는데 지혜가 냉큼 말했다.

"말하나마나 열람실부터 가봐야죠. 그게 우리의 목적이잖아요. 그 것 때문에 전쟁까지 일으켰는데."

전쟁이란 말에 박상의 눈썹 끝이 불쾌한 듯 꿈틀거렸다. 그러나 그 는 금방 그런 표정을 지우고 아담에게 말했다.

"지식의 관 열람실부터 가보지."

―알겠습니다.

아담을 따라 홀에서 오른쪽 복도로 조금 걸어가자 길이 완만하게 구 부러지고 더 전진하자 육중하게 생긴 금속제 문이 가로막고 있었다. 아담은 그것을 열고 일행을 그 안으로 안내했다. 금속문 너머에는 양 옆으로 기다란 복도가 있었다.

―여기서부터는 사서가 안내해 드릴 겁니다.

아담이 말했다.

"사서라니? 혹시 사서 역할을 하는 철인간이 있는 건가?"

지혜가 기대에 차서 소곤거렸다. 그런데 그들의 앞에 나타난 것은 직경 50㎝가량의 날아다니는 금속 원반이었다. 작은 비행체처럼 날아 와 무적택배 사람들의 발치쯤의 높이에서 멈춘 원반 중앙에서 빛이 올 라오더니 홀로그램이 생겨났다. 그것은 중년 남자의 모습을 하고 있었 다.

[안녕하십니까, 박상 총사령관님. 지식의 관의 사서 1입니다. 모시게 되어 영광입니다. 무엇을 원하십니까?]

갑작스러운 일이라 박상이 머뭇거리는데 그에 앞서 지혜가 사서에 게 말했다.

“정보를 검색하고 싶어. 가능한 모든 정보가 필요해.”

[제한없이 모든 정보를 검색하는 것은 특별 열람실에서만 가능합니다. 특별 열람실은 1급 행정관과 총사령관 및 총사령관의 특별한 인가를 얻은 장성 급만이 입장할 수 있습니다.]

사서의 설명을 들은 지혜는 슬그머니 걱정이 되었던지 한결 조심스런 말투가 되어 물었다.

“우리는 괜찮아?”

[여러분의 경우 박상 총사령관님과 그분의 허락을 얻으신 분이라면 가능합니다. 단 박창 취사병님은 이에 해당되지 않으므로 특별 열람실에는 입장하실 수 없습니다.]

난데없는 차별에 박창은 뜨악했다.

“난 총사령관의 동생인데 그래도 안 돼?”

[죄송합니다만 불가합니다.]

사서는 냉정하게 잘라 말했다. 릴리가 키득거렸다.

“어쩔 수 없어요. 지구에서도 그건 마찬가지죠. 총사령관 동생이든 뭐든 계급이 안 되면 안 되는 거예요.”

박창은 부루퉁해서 박상을 쳐다보았다.

“형, 어떻게 안 돼?”

박상은 미소를 감추고 곤란한 척 딴청을 피웠다.

“글쎄다… 아무리 내가 총사령관이래도 취사병에서 단번에 장성을 만드는 건 좀… 평소에 네가 나한테 충성하는 것도 아니고.”

“됐어. 치사해서 안 해. 까짓것 안 들어가고 안 보면 되지.”

툴툴거린 박창은 사서에게 물었다.

“설마 일반 열람실에도 들어가지 못하는 건 아니겠지?”

[일반 열람실은 입장 및 열람이 가능합니다.]

"됐어. 그럼 난 거기로 해줘."

"그럴 것 뭐 있어. 방법을 알아봐서 같이 들어가면 되지."

조금 미안해진 박상이 말했지만 박창은 고개를 저었다.

"아냐. 어차피 지혜 누나가 찾는 건 봐봤자 알아보지도 못할 테고 재미도 없을 테니 난 나대로 딴거나 알아볼래."

"향신료에 대해 알아보시려고 그러죠?"

우진이 알겠다는 표정으로 말하자 박창은 대답 대신 씨익 웃었다.

[어떻게 할까요, 총사령관님?]

사서 1이 물었다. 박상은 박창의 얼굴을 보았다. 박창은 정말로 따로 가고 싶어하는 눈치였다. 원하는 대로 해주는 것이 좋겠다고 생각한 박상은 사서 1에게 말했다.

"본인이 원하는 대로 해줘."

[알겠습니다.]

사서 1이 대답하고나자 떠다니는 금속 원반이 하나 더 나타났다. 거기서도 홀로그램이 생겨났는데 이번에는 젊은 여성형이었다.

[안녕하십니까, 사서 2입니다. 박창 취사병님을 일반 열람실로 안내하겠습니다.]

사서 2의 미모에 처음에는 마냥 좋아 벙글거리던 박창은 상냥한 인사에도 표정이 뚱해지더니 형 박상을 돌아보았다.

"사서는 이쪽이 훨씬 나은데, 이놈의 취사병 소리 좀 뺄 수 없어?"

"총사령관님 소리도 듣기 좋은 건 아냐."

시큰둥하게 대꾸한 박상은 사서들에게 계급은 빼고 부르도록 명령했다. 두 사서는 동시에 대답했다.

[알겠습니다. 앞으로 별도의 명령이 있으실 때까지 계급은 생략하도록 하겠습니다.]

그래서 무적택배 사람들은 두 갈래로 나뉘었다. 박상 등은 사서 1을 따라 특별 열람실이라는 곳으로 갔고, 박창은 혼자서 사서 2를 따라갔다.

박상과 지혜 등이 들어간 특별 열람실이라는 곳은 꽤나 특이한 구조였다. 방은 전체적으로 육각형으로 생겼는데, 가운데에 육각형의 큰 테이블이 있고 테이블 중앙에는 크고 투명한 구체가 놓여 있었다. 펠레즈의 시간의 관 통제실에 있던 것과 같은 구조였으나 테이블을 둘러싸고 6개의 큰 의자가 놓인 점이 달랐다. 6개의 의자들 뒤에는 여러 개의 의자들이 에워싸는 형태로 놓여 있었다. 또 문에서 정면으로 보이는 벽면과 그 양 옆은 전체가 유리처럼 투명한 재질로 되어 있었고, 나머지 세 벽면은 아무런 무늬 없이 검고 반질반질한 재질로 덮여 있었다.

"재미있는 구조네요. 가운데에 있는 저건 홀로그램 장치인가 본데요."

우진이 방 안을 둘러보며 신기해했다. 마리나 자매는 투명한 벽 쪽으로 가보더니 그곳에서 큰 소리로 일행을 불렀다.

"이리들 와서 저것 좀 보세요. 저쪽에 굉장한 것이 있군요."

다들 얼른 그녀들에게 가보았다. 릴리의 손가락이 가리키는 멀리 앞쪽의 광경이 눈에 들어온 순간 그들은 자신도 모르게 낮은 탄성부터 올렸다. 특별 열람실 너머로는 광대한 공간이 열려 있었는데, 그 공간은 대단히 아름답고 신기한 장면을 연출하고 있었다. 수많은 육각형 기둥이 다닥다닥 빈틈없이 붙은 형상으로 깊은 바닥에서 위로 치솟아 있고, 그 육각형 기둥들의 가운데에는 다른 것들보다 대여섯 배 이상 큰 육각형이 있었다. 그 모습은 거대한 벌집처럼 보였다. 그리고 육각형 기둥들의 군집 주위에는 검은 층이 야자 껍질처럼 두텁게 감싸고 있었다.

"저 기둥들은 대체 뭘까요?"

릴리가 누구에게랄 것도 없이 중얼거렸다.

"글쎄, 발전 시설 같은 것 아닐까요? 그렇게도 보이는데."

지혜가 말하는 데 아담이 가르쳐 주었다.

─저 시설들은 지식의 관의 메인 컴퓨터와 보조 컴퓨터들입니다. 문명의 제반 분야를 총망라하여 저장하고 있는 기억의 저장소라고 할 수 있습니다.

"저것이 컴퓨터라고?"

지혜는 눈을 동그랗게 뜨고 벽면에 붙어서 더 똑똑히 보려고 애썼다.

"메인 컴퓨터와 보조 컴퓨터들이 너무 바짝 붙어 있는 것 아냐?"

우진이 아담에게 물었다.

─각 컴퓨터들 사이에는 격벽이 설치되어 있습니다. 때문에 천재지변이나 적의 공격 등 불의의 사고 시에도 전체가 파괴되는 일이 결코 일어나지 않도록 설계되어 있습니다.

"그렇다면 우리가 보고 있는 것은 컴퓨터의 본체가 아니라 컴퓨터를 싸고 있는 외장 격벽이겠군."

바다가 중얼거렸다.

"다른 열람실에서도 저기가 보이는 건가?"

일반 열람실에 가 있는 박창을 떠올린 박상이 묻자 사서 1이 대답했다.

[아니요. 저곳을 확인할 수 있는 곳은 이 특별 열람실 이외에는 없습니다. 일반 열람실은 접근이 철저히 차단되어 있습니다.]

"저기에 가려면 어떻게 가는 거지?"

마리나가 물었다.

[특별 열람실 자체가 이동하게 되어 있습니다.]

사서 1의 대답에 우진이 조그맣게 휘파람을 불고 탄복했다.

"멋진데요. 전망도 근사하고."

한편 마리나는 방의 세 면을 덮고 있는 투명한 벽면을 손끝으로 살짝 두드려도 보고 매만져 보더니 말했다.

"일종의 금속이군요. 이렇게 중요한 곳에 사용한 걸 보면 강도와 내구력이 굉장하겠어요."

눈도 깜빡이지 않고 컴퓨터가 있는 곳을 뚫어져라 쳐다보고 있던 지혜는 아담에게 물었다.

"그런데 저기 컴퓨터들의 가 쪽에 있는 저 검은 층은 뭐지? 굉장히 두껍게 되어 있는데 방어나 완충 장치 같은 거야?"

—아니요. 그것들은 정보를 저장할 수 있는 매체를 모아놓은 곳입니다.

"CD 같은 건가? 저 정도면 어마어마한 양이겠는데?"

지혜는 이마에 주름이 지는 줄도 모르고 더 자세히 보려고 애를 썼지만 구체적으로 어떤 것인지 알 수가 없었다. 그러자 아담이 물었다.

—이곳에도 같은 것이 있습니다. 보여 드릴까요?

지혜는 재빨리 돌아섰다.

"빨리 보여줘."

그러자 아담은 검은 벽면으로 가더니 뭔가를 조작했다. 그러자 문이 있는 곳을 제외한 검은 벽 전체가 빙글 돌아 반대쪽 면이 나왔다. 벽면 전체는 수많은 칸막이로 이루어진 책장 또는 와인병을 보관하는 선반처럼 생겼고, 각 칸에는 육각형의 물체들이 빽빽하게 꽂혀 있었다. 아담은 거기서 하나를 뽑아 지혜에게 내밀었다.

―이것입니다.

그것은 뚜껑이 있는 육각형의 길쭉한 통이었다. 지혜는 뚜껑을 젖히고 안에 있는 것을 꺼냈다. 통 안에서 나온 물건은 길쭉하고 투명한 수정봉처럼 생긴 것이었다. 길이는 30㎝ 정도였고 윗부분이 굵고 아래로 내려갈수록 가늘어지는 생김새였는데 양쪽 모두 끝 부분이 육각형으로 평평하게 다듬어져 있었다.

"여기에 정보를 저장한다고?"

지혜는 그것을 들고 이리저리 살펴보았다. 다른 사람들도 신기해하며 그녀의 주위로 몰려들었다. 얼음처럼 투명한 그것은 매우 견고해 보였으며 표면이 차갑고 매끄러웠다.

"꼭 수정 같군요. 예쁘기는 한데 휴대는 좀 불편하겠는데요."

우진에 이어 릴리도 한마디했다.

"굉장히 견고해 보이네요. 이 정도면 곤봉으로도 사용할 수 있겠어요."

지혜는 아담에게 그것을 보이며 물었다.

"이것에 정보를 저장해서 가져가면 지휘차에서 이용할 수 있어?"

―물론입니다.

아담의 대답에 박상이 이상해하며 질문했다.

"그렇다면 어째서 펠레즈의 지휘차에는 이런 것이 하나도 남아 있지 않았지?"

―펠레즈와 디파의 마지막 지도자들께서 확보 가능한 물량 전부를 모아 디파의 지식의 관에 보관하도록 정하신 것으로 압니다.

"그건 그렇고 여긴 언제 만들어진 거지? 이 정도의 시설이면 전쟁 뒤의 파멸 상태에서 만든 건 아닐 것 같은데."

이번에는 우진이 물었다.

―지식의 관은 파멸 전쟁 이전부터 존재하던 기밀 프로젝트였습니다. 만약의 경우에 대비하여 문명을 보존하고 후대에 전하기 위한 목적으로 만들어진 곳입니다. 파멸 전쟁 후 디파가 건설된 것은 지식의 관을 보호하고 후일 문명의 기록을 적극적으로 활용할 수 있는 기반을 조성하고자 하는 목적에서였습니다.

"디파는 펠레즈처럼 원래부터 있던 도시가 아니었단 말이야?"

―전쟁 전의 디파는 전원 지대에 자리한 평화로운 교육 도시로 펠레즈와 같은 대도시는 아니었습니다."

"그럼 여기에는 도시 전체에 걸쳐진 광대한 지하 공간도 없겠네."

―그렇습니다. 디파에는 이곳 이외 넓게 트인 지하 공간은 없습니다.

"흐음, 같은 위대한 도시라도 서로 출발점이 다르군. 펠레즈가 옛 도시의 재건이라면 디파는 지식의 관을 보호하기 위해 증축한 도시인 셈이니까."

우진이 알겠다는 듯 고개를 주억거리면서 중얼거리는데 지혜가 말했다.

"그런 거야 아무럼 어떻겠어요? 중요한 건 여기에서 우리가 정말 필요로 하는 정보를 찾을 수 있느냐 하는 거죠."

지혜는 그렇게 말하고 투명 구체 앞의 의자에 앉더니 사서 1에게 명령했다.

"사서 1이라고 했지? 지금부터 필요한 정보를 요구할 테니 찾아줘."

[알겠습니다.]

사서 1이 대답하자 박상 등도 서둘러 자리에 앉았다.

"박창 씨에겐 좀 미안하지만 테이블에 달린 의자가 6개밖에 없으니 7명이 다 들어왔으면 한 사람은 혼자 뒤에 앉을 뻔했네요."

릴리의 장난스러운 말에 우진은 웃음기 어린 시선으로 박상을 슬쩍 쳐다보더니 놀리듯이 말했다.

"릴리 씨가 그런 말했다고 나중에 박창 씨에게 이를 겁니다."

"앗, 잘못했어요. 그냥 잊어주세요."

릴리는 뜨끔했던지 비는 시늉까지 하며 과장되게 사과했다. 그때 지혜가 큰 소리로 말했다.

"다들 조용히 하세요. 이제부터 중요한 작업에 들어갈 거니까."

우진과 릴리는 얼른 입을 다물었다.

"구체적으로 어떤 것을 알아보실 건가요?"

마리나가 물었다.

"전에도 말했지만 여러 가지가 필요해요. 우선 나는 금속 문제부터 해결책을 찾아볼 생각이에요. 우리 우주선을 수리해야 뭐든 할 수 있을 테니까, 현재 상황에서 재현할 수 있는 강한 금속을 알아봐야죠. 그리고 이곳의 달에 있던 기지를 비롯해서 태양계 내에 있는 우주 시설에 대한 정보를 검색하고, 이 별의 우주 개발 수준과 또 우주 자체에 대한 정보도 검색해야죠."

"우주에 대한 정보요?"

릴리가 고개를 갸웃거리는데 바다가 대신 대답했다.

"간단히 말씀드려 우주 지도를 비교하는 겁니다. 우리 우주선의 컴퓨터에 담긴 우주 지도를 이곳의 컴퓨터에 들어 있는 것과 비교하는 거죠. 만일 일부분이라도 일치하는 부분이 나온다면 그것이 우리를 돌아가게 해줄 단서가 될 수 있을 테니까요."

"그거 좋은 생각이네요."

릴리는 손뼉을 딱 쳤다. 그러자 우진이 씁쓸한 투로 말했다.

"어떻게 될지는 아직 모르는 일입니다. 이곳의 컴퓨터에 들어 있는 정보가 이 별의 시간으로 천 년 전의 우주도라는 점을 먼저 생각해야 합니다. 지금까지의 기간 동안 일어난 우주의 변화까지 시뮬레이트해야만 제대로 된 비교가 가능합니다. 그리고 우리가 가지고 있는 우주 지도와 여기의 것을 비교하는 작업도 모르긴 몰라도 시간이 꽤 걸릴 겁니다."

"어떻게 된 게 간단한 일이라곤 하나도 없네요. 여기 오는 것부터 그렇게 장애물이 많더니만."

릴리는 김이 빠지는지 작게 한숨을 쉬었다.

그동안 지혜는 사서 1에게 명령을 내려 금속에 대한 정보부터 검색하기 시작했다. 특별 검색실의 조명이 약간 어두워지는가 싶은 순간 정육각형 테이블의 각 면이 위로 80도가량 올라오더니 모니터가 되었다. 그리고 가운데에 있는 투명한 구체 안에는 홀로그램이 생겨났다. 사람들 앞에 펼쳐진 모니터에는 검색 목록으로 짐작되는 복잡한 문자가 빼곡하게 들어찼다. 지혜는 자신이 원하는 정보에 접근하기 위해 아담과 사서 1에게 자주 질문을 던지며 조금씩 구체적으로 찾아나갔다. 다른 사람들은 잘 알지 못하는 분야이다 보니 주제넘게 입도 뻥긋

하지 못하고 조용히 지켜보고 있었다.

"음, 역시 어려운걸."

한참 뚫어져라 화면을 응시하고 있던 지혜는 얼마 뒤 이마를 찡그리고 신음처럼 내뱉었다. 디파 원정이 계속되는 동안 나름대로 아담을 통해 이 별의 과학에 대해 공부해 왔었지만, 이런 정보를 보자마자 바로 이해할 수 있는 수준에는 아직 이르지 못했다. 지혜가 골치를 썩이는 모습을 본 박상 등은 씁쓸한 웃음을 주고받았다. 그들은 어려운 정도가 아니라 지혜와 아담이 지구 말로 주고받는 말조차 이해를 하지 못하고 있었다. 고민하는 지혜에 대해 예의상 박상과 마리나 자매 등은 계속 자리를 지키고 있었으나 상황은 나아지기는커녕 점점 더 심해졌다. 도무지 알아볼 수 없는 정보를 보고 있자니 나중에는 등이며 엉덩이가 아파오고 몸이 저절로 꼬이면서 지루함에 겨워 졸음이 몰려오는 지경이었다.

"우린 봐도 소용이 없을 것 같은데, 어떻게 하죠?"

우진이 박상에게 조그맣게 소곤거렸다. 박상은 지혜의 눈치를 살피다가 그녀에게 말을 걸었다.

"우린 아무리 봐도 모르겠는데 밖에 나가 있어도 되겠냐?"

지혜는 홀로그램에 온 신경이 쏠려 있어 다른 사람은 안중에도 없었다. 그녀는 건성으로 대꾸했다.

"응, 알아서 해."

"그럼 수고해라. 우리는 다른 곳을 보고 있을게."

박상은 내심 다행이라 생각하며 의자에서 일어났다. 마리나 등도 기쁜 낯으로 그를 따랐다. 다른 일행이 나가든 말든 개의치 않던 지혜는 아담이 박상을 따라가려고 하자 고개를 휙 돌렸다.

"아담, 넌 여기 남아서 날 도와야 해."

아담은 대답 대신 박상에게 물었다.

—어떻게 할까요, 박상님?

"난 다른 철인간들이 경호하면 되니까 남아서 지혜를 도와줘."

—알겠습니다.

아담은 지혜의 옆으로 돌아갔다. 지혜는 입술을 살짝 내밀고 투덜거렸다.

"내가 수리해서 기동시켰는데 박상 녀석을 최고 대장으로 모시다니… 뭔가 불합리하잖아!"

작은 말소리도 놓치는 법이 없는 아담은 공손하게 말했다.

—이해하십시오. 저는 기스칼의 총사령관님을 모시는 철인간입니다. 지혜님의 명령에도 물론 따르지만 박상님의 일을 최우선으로 두고 행동해야 합니다. 총사령관님은 박상님이시니까요.

"알아, 알고 있어."

이제 와서 아담을 붙잡고 실은 박상이 총사령관이 아니라고 말할 수도 없고 지혜는 손을 내저으며 그냥 인정해 버렸다. 그리고 금방 그 일에 대해서는 잊어버리고 다시 홀로그램에 열중하기 시작했다.

지혜와 아담, 조수를 남기고 특별 열람실을 나온 박상 등은 문 앞에서서 이제부터 무엇을 할지 망설이고 있었다. 그런데 곧 또 다른 사서가 그들 앞에 나타나서 친절하게 안내를 자청하고 나섰다.

"지식의 관의 사서들은 순서대로 출동하나 보군요."

사서 3이라고 자신을 소개하는 홀로그램을 보고 우진은 재미있어 했다.

이쪽이 대답할 때까지 지치지 않고 상냥하게 묻는 사서 3에게 박상은 박창이 있는 제1 열람실로 가자고 했다. 박창 혼자 다른 곳에 있는 것이 마음에 걸렸던 것이다. 사서 3의 안내를 받아 제1 열람실 앞에 간 박상은 별 생각 없이 문을 열었다. 그런데 안으로 한 발 들이밀던 그는 썰렁한 표정으로 멈춰 섰다.

일반 열람실에도 특별 열람실에서처럼 가운데에 홀로그램 장치가 있는 테이블이 있었는데, 그 앞에 앉은 박창이 넋을 잃고 바라보고 있는 홀로그램은 음식에 대한 정보가 아니라 완전히 벗고 있는 전라의 여인들이었다. 머리에 헬멧 비슷한 것을 쓰고 있었기 때문인지 박창은 박상이 바로 곁에 갈 때까지도 다른 사람이 그곳에 들어온 것도 모르고 여인들의 나신에 열중하고 있었다.

"뭐 하는 거야?"

박상이 등을 툭 건드리자 박창은 화들짝 놀라 뒤를 돌아보았다. 박상과 바다, 우진에 더해 마리나 자매까지 같이 있는 것을 본 그는 놀라서 홀로그램을 끄는 것도 잊고 허둥거렸다.

"아, 아니… 조미료에 대해서 알아보다가 잠시 머리가 아파서……."

박상은 박창의 머리에서 헬멧을 벗기고 싸늘하게 말했다.

"그거나 좀 끄고 말하지 그래?"

박창은 그제야 홀로그램이 켜져 있는 것을 깨닫고 얼른 사서 2에게 명령해 중단시키고 멋쩍은 얼굴로 일어났다.

"한참 걸릴 줄 알았는데 벌써들 끝났나 보네요."

"도중에 나왔어요. 합금에 대해 알아보고 있는데 뭐 아는 게 있어야죠. 지혜 씨는 남아서 계속 정보를 검색하고 있고, 우리끼리 먼저 나왔어요.”

우진이 소리없는 웃음을 흘리며 말했다.

“문명의 보존을 위한 곳이라 별의별 정보가 다 있는 모양이네요.”

릴리가 약간 심술궂은 미소를 띠고 건네는 말에 박창은 겸연쩍게 머리를 긁적이다가 열심히 변명을 늘어놓으며 다른 이야기로 화제를 돌리려 애썼다.

“조금 전까지 정말 조미료에 대해서 알아보고 있었어요. 너무 열심히 찾다 보니 진짜 머리가 아파져서 잠깐만 머리를 식히려고 한 건데… 아, 그렇다. 피스벵 설탕 말이에요, 그게 고대에도 설탕의 재료로 쓰이던 작물 중 하나였어요. 지구의 사탕수수처럼 주류로 쓰인 것은 아니었지만, 그건 피스벵으로 만든 설탕이 가격이 비싼 고급품이어서 그런 거라더군요. 재래식으로 만드는 방식을 알아봤더니 저랑 형이 개발한 방법에 보완할 점이 있었더라구요. 우리 방식이 대략 맞기는 한데, 전분 대신 넣고 있는 그 고구마 같은 것 말고 다른 두 가지를 첨가하더군요. 그러면 피스벵 특유의 향이 빠져서 단맛만 남게 되고 가루로 만들어도 뭉치지 않게 되어서 상품 가치가 높아지는 거죠.”

박창의 설명을 관심 깊게 듣고 있던 우진이 물었다.

“고대에 설탕의 재료로 사용했었다면 왜 피스벵 설탕의 제조법이 후대에 전해지지 못했을까요?”

우진이 호응해 주자 신이 난 박창은 유창하게 설명했다.

“문제는 피스벵 나무 자체에 있었어요. 피스벵이 지구의 배나 사과나무처럼 큰 나무에 열리는 건 우진 씨도 아시죠? 그런데 이 피스벵이란 놈은 기후를 까다롭게 타는 편인 데다가 어린 나무가 자라서 열매를 맺기까지의 기간이 길어요. 자연 재배의 경우 쓸 만한 열매를 얻으려면 30년 이상 걸린다고 되어 있어요. 그런데 천 년 전의 전쟁 이후 꽤 오랜 기간 동안 이상 기후가 계속되었고, 그동안 가뜩이나 전쟁 기간 동안 피해를 입었던 피스벵 나무들이 대부분 죽어버렸던 거죠.”

“피스벵에 대한 설명에서 전쟁 이후의 이야기도 나오던가요?”

우진이 의아하게 물었다.

“그건 내가 따로 알아본 겁니다. 나도 피스벵 설탕이 왜 후대에 단절되었는지 이상해서 혹시 전쟁 이후의 상황에 대한 기록이 있는지를 알아봤죠. 그랬더니 디파의 마지막 지도자들이 생존해 있었을 때까지는 기록을 남겨놓았더라구요.”

“박창 씨, 의외로 굉장히 꼼꼼하시네요. 게다가 그런 설명을 다 기억하시고.”

릴리의 감탄에 박창이 으쓱해하는데 박상이 냉소를 흘리며 말했다.

“이 녀석은 자기가 좋아하거나 자기에게 필요하다 싶은 일에만 집중력을 발휘하죠. 그 외에는 아예 무지하거나 무시하구요.”

“그게 어때서? 그러는 형은 만물박사셔?”

박창은 부루퉁해서 말했다. 박상은 그 말에 대답하지 않고 다른 이야기를 했다.

“지혜는 꽤 시간이 걸릴 것 같다. 어쩌면 오늘 안에 여기서 나가지 못할 수도 있을 거야.”

“지혜 누난 뭔가에 집중하면 그렇잖아. 아마 오늘 밤은 여기서 자겠다고 우길걸. 내일 저녁의 연회에는 갈 수 있을지 모르겠다.”

“일단 침낭이랑 식료를 좀 가져왔으니까 여기 있겠다고 하면 할 수 없겠지.”

둘의 이야기를 듣고 있던 바다가 박상에게 말했다.

"여기서 얼마간 머물 것 같다면 아까 아담이 말했던 요인 대피 시설이란 곳을 둘러보는 것이 어떻겠습니까? 거기에 일부라도 시설이 남아 있을 수도 있지 않겠습니까?"

"좋은 생각이네요. 정보를 찾는 건 앞으로 두고두고 할 일이니까 잠잘 곳부터 살펴보는 편이 좋겠어요."

마리나가 찬성했다. 다른 사람들도 같은 생각이었다. 6명은 그 방을 나와 사서 2와 3에게 안내를 시켜 요인 대피 시설이라 불리는 곳으로 갔다. 엘리베이터가 있는 홀까지 나가서 오른쪽 복도로 간 곳에 있는 그곳은 요인 대피 시설이라는 용어에 걸맞게 여러 명의 사람들이 장기간 머물면서 생활할 수 있게끔 되어 있었다.

복도 끝에 나오는 원형 홀을 중심으로 소회의실과 대회의실, 사무실 등 직무를 보는 공간이 배치되어 있고 거기서 더 안쪽으로는 여러 개의 침실과 샤워실, 화장실, 주방, 식당, 운동실 등의 생활 공간이 있었다. 지식의 관처럼 요인 대피 시설에도 전기가 들어와 있어 사용하기에 큰 불편은 없어 보였다.

"아담이 시설을 전부 가동시켰나 봅니다. 화장실도 사용 가능하고 샤워실에 물까지 나오는데요. 식량만 있으면 여기서도 얼마든지 생활할 수 있겠어요."

우진은 감탄을 아끼지 않았다.

"정말이네. 프라트에 있는 숙소보다 훨씬 좋은데요."

박창도 소풍 나온 아이마냥 즐거워했다.

"이 정도면 대충 다 둘러본 것 같고 아마도 저기가 마지막 구역인 모양이네요."

마리나가 정면에 보이는 문을 가리키며 말했다. 마지막 방은 철인간의 수리실이었다. 지휘차에서도 본 적이 있는 낯익은 장비들이 배치되어 있어 그들로서도 바로 알 수 있었다. 철인간의 수리실에서 옆으로 통하는 문을 발견한 박상은 바깥에 출입구가 없이 수리실을 통해서만 들어갈 수 있는 방이 무엇일까 생각하며 문을 열었다. 문이 열리는 순간 박상은 흠칫 놀랐다. 방 안 가득히 들어차서 바깥을 쏘아보는 수많은 눈들에 놀란 것이었다.

"세상에, 이게 다 뭐예요?"

릴리도 눈을 동그랗게 뜨고 방 안을 들여다보았다. 그 방에는 바닥 가득히 철인간의 머리들이 놓여 있었다.

"누가 이렇게 해놨는지는 몰라도 되게 악취미네. 머리만 죄다 모아놓은 것도 그렇지만 하필이면 문을 향해 눈을 치켜뜨고 있게 할 건 또 뭐람."

박창이 기분 나빠 했다.

"그러게요. 여럿이 같이 있기에 망정이지 혼자서 이런 걸 봤다간 심장 마비 걸리기 딱 좋겠어요."

우진은 놀란 가슴을 쓸어 내렸다.

"왜 이렇게 해놓았을까요? 여기 사람들은 철인간을 몹시 소중히 여기고 정중하게 다루던데, 이 철인간들은 대체 뭐길래 이렇게 해놓은 걸까요?"

마리나가 이상해했다.

"우리가 생각해도 소용없죠. 나중에 아담에게 물어봅시다."

박상의 말을 듣고 별안간 박창이 피식 웃었다.

"그리고 보면 아담 녀석을 누더기라고 놀릴 일이 아니긴 해. 그 녀석이 없었으면 해결 못할 일이 한두 가지가 아니니 말이야."

그 말에는 박상을 포함해 모두 수긍할 수밖에 없었다. 처음에는 수정이나 조수 같은 로봇이 한 대 늘어난 정도로만 여겼는데, 어느새 아담은 이 별의 고대 문명을 탐색하는 데 없어서는 안 될 길잡이가 되어 있었다. 어쩌면 전에 지혜가 주장했던 것처럼 아담은 지구의 로봇보다 훨씬 고도의 기능을 지닌 존재일지도 모른다는 생각도 들었다.

문을 닫고 수리실을 나온 그들은 철인간들이 가지고 온 짐을 그곳에 놓아두고 지식의 관으로 돌아갔다. 지혜에게 가보니 그녀는 그때까지도 특별 열람실에 꼼짝도 않고 앉아서 자료를 보고 있었다. 너무도 심각하게 몰두하고 있는 터라 말을 걸기도 미안해질 정도였다. 그래도 대피 시설에 있는 철인간의 머리에 대해서 말해 두는 편이 좋을 것 같아 박상은 지혜에게 말을 건넸다.

"잠깐 이야기 좀 할 수 있겠나?"

"뭔데?"

지혜는 모니터와 홀로그램에서 눈을 떼지 않고 건성으로 대답했다.

"저쪽의 요인 대피 시설이란 곳에서 철인간들의 머리를 발견했어."

"철인간의 머리?"

그 말에는 주의가 끌렸던지 지혜는 고개를 획 돌렸다.

"응, 세어보지는 않았는데 대략 봐도 백 개는 넘어 보이더군. 가서 보겠어?"

"그렇게 많이?"

지혜는 구미가 당기는 표정으로 어떻게 할까 잠깐 망설이더니 말했다.

"나중에 자기 전에 가서 보지, 뭐. 어차피 머리뿐이라니까 급할 건 없겠지. 그보다 이런 작업은 하다가 도중에 맥이 끊기면 안 좋아. 할 때 집중하는 게 좋아."

"오늘은 여기서 잘 거냐?"

지혜가 이렇게 말할 것으로 대충 짐작하고 있었지만 박상은 일단 물어보았다.

"나갔다가 또 들어오기 귀찮아. 시간 아깝잖아. 마땅히 잘 만한 곳이 없으면 여기 구석에라도 침낭 펴고 자면 돼."

"그럴 필요는 없어. 저기 대피 시설에 침실, 욕실, 화장실까지 다 있으니까."

"그거 잘됐네. 잘 때 갈 거니까 나중에 이 방에 빵이나 좀 갖다 줘."

지혜는 다시 모니터로 시선을 돌리고 말했다. 박상은 더 말해도 소용없을 것이라 생각하고 다른 사람들과 특별 열람실에서 나왔다.

"우리도 일반 열람실에 가서 구경이라도 하죠."

우진의 제안에 따라 그들은 일반 열람실로 가서 저마다 관심있는 분야의 자료를 찾아보며 시간을 보냈다.

나와서 식사하는 시간도 아까워하며 특별 열람실에서 밤늦게까지 시간을 보내던 지혜는 박상의 여러 번의 재촉을 받고서야 그곳에서 나와 요인 대피 시설로 왔다. 그녀는 별로 피곤해 보이지 않았고 눈빛이 생생하게 살아 있었다.

"지식의 관은 정말 굉장해. 지구에도 이런 류의 시설이 있다는 이야기를 들은 적이 있지만, 아마 이 정도로 잘해놓지는 못했을걸."

지혜는 지식의 관에 대한 감탄을 아끼지 않았다.

"누나 마음에 꽤나 든 모양이네."

박창이 말하자 지혜는 냉큼 대답했다.

"마음에 들고말고. 생각 같아서는 프라트에 돌아가지 않고 여기서 그냥 살았으면 좋겠어."

"그래도 우리 우주선이 그곳에 있는데 그럴 순 없지."

박창이 말했다. 지혜는 순순히 수긍했다.

"알고 있어. 그냥 기분이 그렇다는 거지. 이제 그 철인간들의 머리가 있다는 방에 가볼까?"

"피곤하지 않냐?"

박상이 걱정했지만 지혜는 머리를 흔들고 오히려 재촉했다.

"전혀. 어서 가보자."

그래서 무적택배 사람들은 철인간들의 머리가 모여 있는 곳으로 갔다. 지혜도 방 안 가득히 놓여 있는 철인간들의 머리를 보고 놀랐다.

"정말 이상한 광경이네. 뭐 때문에 이렇게 해놓았을까?"

철인간들의 머리 중에서 하나를 집어 들어 이리저리 살펴보던 지혜는 그것을 아담에게 건넸다.

"어떤 용도의 철인간인지 알겠어?"

아담은 철인간의 목 아래 매끈한 연결부를 보더니 대답했다.

―이 모델은 #*%$#@로 군용 철인간입니다.

"모델 명이 뭐라고?"

잘 듣지 못한 우진이 되묻자 아담은 다시 한 번 말했지만 역시 통역기로는 제대로 통역되지 않았다.

"신경 쓰지 마세요. 기호나 암호문은 그럴 수도 있으니까."

지혜는 가볍게 넘기고 아담에게 다른 철인간들의 머리도 확인하도록 했다. 전부 공통적으로 군용이라는 대답이 나왔다.

"군용이면 이 녀석들과는 달라서 사람을 해칠 수도 있겠네."

박창이 삼룡이 등을 가리키며 물었다.

─그렇습니다. 전투 명령이 있으면 적으로 판단되는 인간을 사살할
수 있습니다.

아담의 대답을 들은 무적택배 사람들은 새삼스러운 얼굴로 철인간
들의 머리를 쳐다보다가 아담에게 눈길을 돌렸다.

"넌 어떻지? 너도 군용이겠지?"

우진이 묻자 아담은 예의 무덤덤한 말투로 대답했다.

─그렇습니다.

"명령이 있으면 인간을 해칠 수도 있고?"

─예. 그리고 총사령관님의 안전에 위험이 발생하는 경우에는 명령
이 없더라도 행동할 수 있습니다.

그 말을 들은 우진이 혼잣말로 중얼거렸다.

"독자적인 판단이 가능하다는 건가?"

우진의 말을 잘 듣지 못한 박창은 아다다 등을 가리키며 아담에게
물었다.

"그럼 네가 프로그램을 이식한 이 녀석들은 어때? 이 녀석들도 너처
럼 군용에 포함돼?"

─그렇지 않습니다. 콰지모도, 아다다, 삼룡이의 경우 두부 자체가
민간용이기 때문에 원천적으로 군용 철인간 프로그램을 넣을 수 없게
되어 있습니다. 그래서 기본 프로그램만 이식한 것입니다.

"아담, 저 녀석들의 이름은 포르토스, 아라미스, 아토스라고 했잖
아."

지혜가 이름 분쟁의 원흉인 박창을 째려보며 아담에게 주의를 주었
다.

─죄송합니다. 박상님께서 콰지모도, 아다다, 삼룡이로 부르시는 터

라 저도 그렇게 불렀습니다.

아담은 깎듯이 사과했으나 지혜의 명령에 따를 의사는 없어 보였다. 지혜의 이글이글 불타는 눈길을 피해 박상은 어색한 얼굴로 고개를 돌렸다.

우진은 방 가득히 있는 철인간들의 머리를 보며 나름의 추리를 펼쳤다.

"이것들이 모두 군용이라면 펠레즈의 시간의 관이나 이곳 기억의 저장소에 있는 철인간들은 전부 민간용이겠군요. 전쟁으로 문명이 멸망했을 정도니 군용 철인간은 해체해서 쓸 수 있는 부분은 전부 민간용 철인간에게 주고 머리만 이렇게 따로 모아놓은 모양이네요."

그러자 아담이 말했다.

─펠레즈의 경우는 다릅니다. 펠레즈에서는 군용 철인간도 민간용과 병용해서 사용했습니다. 그 대신 총사령관님의 직접적인 명령없이는 전투 모드를 발동할 수 없게끔 제어를 걸어놓았습니다.

"디파도 그렇게 하면 될 텐데 어째서 굳이 이런 방식을 취했지?"

─그 이유는 저도 모릅니다. 디파의 지도자 분들께서 내리신 판단이시겠지요.

우진이 아담에게 이것저것 물어보는 동안 팔짱을 끼고 철인간들의 머리를 보고 있던 지혜는 박상에게 말했다.

"상태가 어떤지는 모르지만 나중에 시간이 날 때 검사해 보고 사용 가능한 것이 있으면 가져가자."

"머리만 어디에 쓰게?"

"앞으로 다른 도시도 다니다 보면 젠브루에서처럼 철인간의 부분들을 얻을 수 있을지도 모르잖아. 그때 조립해서 쓰려고."

"지금도 철인간이 네 대나 있는데 자꾸 숫자를 늘여서 뭐 하겠어? 꼭 그럴 필요가 있을까?"

"그건 모르지. 지금까지는 레스프라트 내니까 위험한 일이 없었지만 다른 곳에서는 사정이 다를걸. 그리고 나중에 우주선을 수리할 때도 철인간이 많으면 더 빨리 일을 할 수 있을 테고."

"제 생각에도 그렇습니다."

우진이 말하자 바다도 고개를 끄덕였다. 끝까지 반대할 이유가 따로 있는 것도 아니므로 박상은 지혜의 생각대로 하기로 했다. 지혜는 들고 있던 철인간의 머리를 바닥에 내려놓고 그 방을 나왔다.

"급한 일은 아니니까 지식의 관에서 대충 일이 끝나면 검사해 봐야지."

"여기서는 얼마 정도 있을 생각이에요?"

릴리가 물었다.

"기간을 정하기보다는 필요한 정보를 언제 찾아내느냐에 달린 거겠죠. 최소한 며칠은 여기 있어야 할 것 같아요."

"그럼 내일 저녁에 총사령관님이 여는 연회는 어떻게 하고?"

박창의 물음에 지혜는 고개를 저었다.

"난 못 가. 지금 그런 곳에 가서 앉아 있을 마음도 안 들고."

박창에게 대답한 그녀는 일행을 둘러보며 말했다.

"내일 연회에는 여러분끼리 다녀오세요. 전 아담과 여기에 남아 있을게요."

혼자 남아서 편히 놀겠다는 것도 아니고 다같이 집에 돌아갈 방법을 연구하겠다는 사람을 억지로 연회에 데려갈 순 없는 노릇이었다. 박상 등은 지혜가 하겠다는 대로 두기로 했다.

"이젠 씻고 자야겠어요. 내일은 아침부터 또 매달려 봐야죠. 먼저 갈게요."

지혜는 입을 가리고 하품을 하면서 수리실에서 나갔다. 나머지 사람들도 그녀를 따라 그곳에서 나왔다.

"정말 여기서 방법을 찾을 수 있을까?"

저 앞에 걸어가는 지혜가 듣지 못하게 박창이 작은 소리로 형 박상에게 소곤거렸다.

"그렇다고 믿어야지."

박상은 자신의 소망을 답으로 대신하고 일행에게 말했다.

"우리는 내일 오후 연회에 늦지 않게 시간 맞춰서 나갔다가 끝나는 대로 돌아옵시다. 보아하니 여기서 여러 날 더 머물러야 할 것 같은데 먹을 것도 더 가져오고 지휘차에서 생필품도 더 챙겨오죠."

모두 고개를 끄덕였다. 지식의 관이 이처럼 무사하게 남아 있다는 사실은 무적택배 사람들에게는 복음과도 같았다. 어쩌면 이곳에 있는 방대한 정보 속에서 자신들을 지구로 돌려보내 줄 열쇠를 찾을 수 있을지도 모른다는 희망이 그들의 마음을 전보다 한결 가볍게 해주고 있었다.

『무적택배』 4권에 계속…

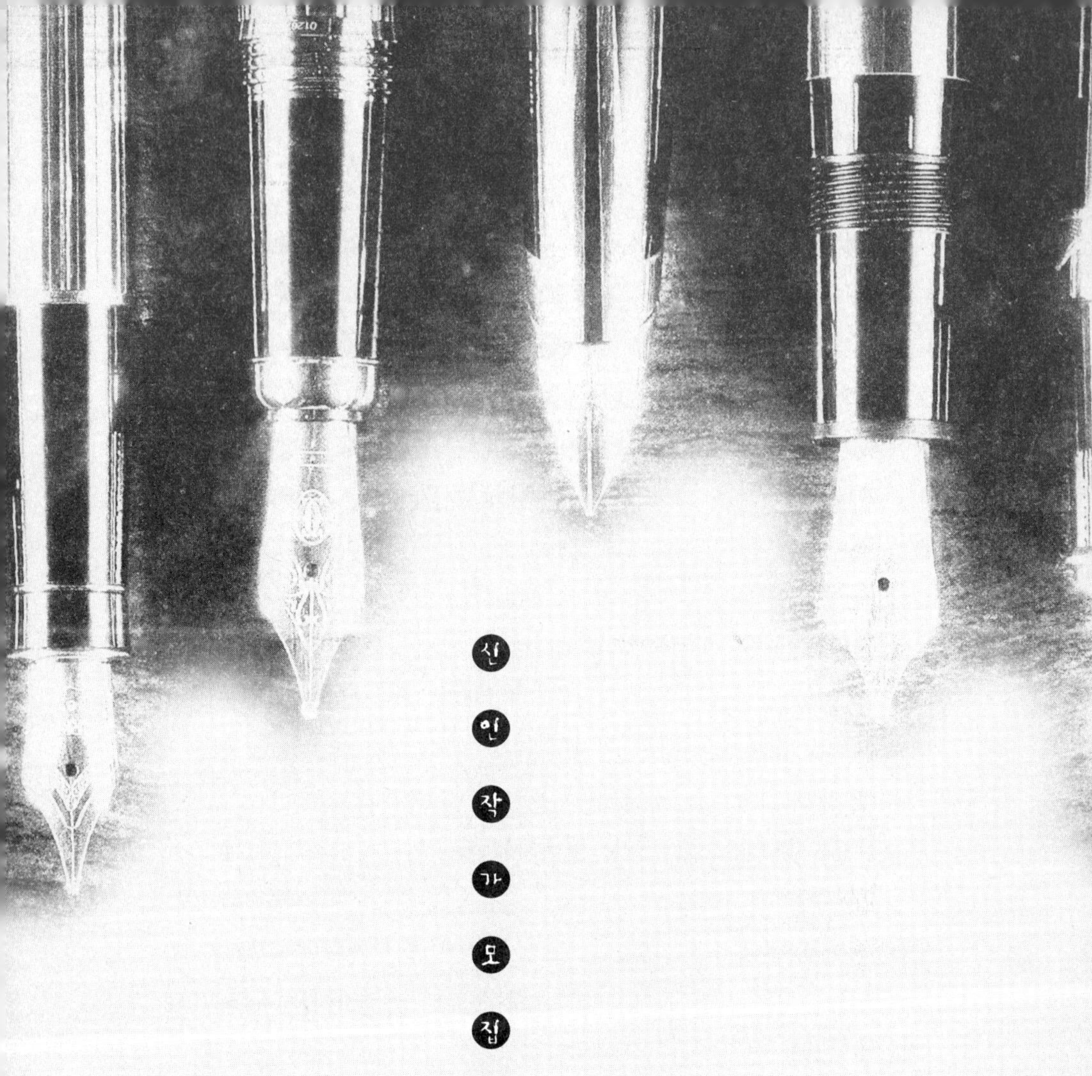

신
인
작
가
모
집